一个人，遇见一本书

TopBook 饕书客

美國怪談

American Legend

〔美〕埃丝特·福布斯
(Esther Forbes) 等 著
秦 瞳 译

陕西新华出版传媒集团 陕西人民出版社

图书在版编目（CIP）数据

美国怪谈 /（美）埃丝特·福布斯（Esther Forbes）等著；秦瞳译. —西安：陕西人民出版社，2018
ISBN 978 - 7 - 224 - 12800 - 0

Ⅰ. ①美… Ⅱ. ①埃… ②秦 Ⅲ. ①故事—作品集—美国—现代 Ⅳ. ①I712.4

中国版本图书馆 CIP 数据核字（2018）第 152611 号

出 品 人：惠西平
总 策 划：宋亚萍
出版统筹：关　宁
策划编辑：韩　琳　王　凌
责任编辑：王　倩　张启阳
整体设计：哲　峰

美国怪谈

作　　者　埃丝特·福布斯等
译　　者　秦　瞳
出版发行　陕西新华出版传媒集团　陕西人民出版社
（西安北大街 147 号　邮编：710003）
印　　刷　西安建明工贸有限责任公司
开　　本　787mm × 1092mm　17.25 印张
字　　数　210 千字
版　　次　2018 年 11 月第 1 版　2018 年 11 月第 1 次印刷
书　　号　ISBN 978 - 7 - 224 - 12800 - 0
定　　价　45.00 元

传奇的最初模样

这是一本美国的传奇故事，由五个小故事组成，大部分读起来并不轻松。因为跟我们设想的传奇不同，这些故事并非来自想象、神话，它们没有向我们展示对文明起源的猜测，也没有表达对奇闻怪谈质朴的好奇心，这里的五个故事，大部分，可以看作历史。

所以，我可能要提醒读者，这本传奇，读起来有些沉重，这种沉重感、粗粝感，甚至野蛮感，就是美国拓荒时代的精神。

从 16 世纪开始，北美这块大陆才跟所谓的文明世界有了密切的接触，或者说，那个时候这片土地才有了历史。印第安人的文明虽然自成一派，但很明显，在还没有足够的时间让它进化成先进文明之前，新大陆就被发现，封闭性被打破，它们就跟世界上类似的土著文明一样，在新文明的侵扰之下，很快荡然无存了。

横渡大洋来到美洲的起先是西班牙人，接着是法国人、荷兰人和英国人，他们都相继在这里建立了殖民地。这里是真正的殖民地，他们不仅殖民，也乱七八糟地填补文明真空，跑马圈地，毫无章法。但是，移民不论男女都有很强的进取心。他们在此安家，辛勤劳作，从土地上收获果实，积蓄能量。

没有人能够预料得到，这些殖民地在一两个世纪之内，竟然会变成世界上最强大的国家。虽然殖民地的人们非常勤劳，但殖民地开拓所花费的时间远比征服要长，而开拓者们无章可循，唯一横行于世的只有丛林法则，和对抗严酷环境的冷酷心灵。

至于事后被我们津津乐道的美国那些伟大的国父们，要在本书大部分故事发生的一百年后才粉墨登场。那么在代表着民主与自由的十三个殖民州、《独立宣言》、华盛顿、“星条旗”之前的一百年里，美国是个什么样子呢？大家不妨看看这本书。

强盗横行，人人都热衷走私黑奴，与印第安人的肉搏每天都在发生，不是你死就是我活，上帝和魔鬼在拉扯，一言不合就会割头皮、绞死甚至投入火刑，这里没有治安官，有的只是胜者为王，和严苛教义与野蛮民风诡异地扭在一起的教会，它主宰着一切。

所以，我们可以从本书里看到女巫、魔鬼，看到麻风病人和断头骑士。这时的美国，与其说是正准备着迎接一个伟大的新时代，倒不如说是怀抱着一个黑暗的旧时代不肯撒手。当欧洲大陆已经经历了文艺复兴的启迪，倾向于解放人性解放思潮的时候，同一时间段的美国，好像还在黑暗中世纪的尾韵里，不肯走出来。

这就是那个时候的美国，他们自有一种坚忍不拔，但是也蛮横无知，行事带有草菅人命的荒诞性。

无法无天并不是一个时代最可怕的特质，最可怕的是，有法有天却无人性。

上帝并不可怕，可怕的是，上帝只作为地狱的对立面存在。

如果没有英国的工业革命，和之后被惊喜发现的大量的本土储煤量，你很难相信，这是个可以诞生《独立宣言》的地方。

本书有五个故事，其中《巫女之镜》《让－哈·波克林》，写的是美国建国之前的故事；《魔鬼和丹尼·韦伯斯特》《睡谷的传说》写的是建国初期的故事；只有《老处女》写的是建国之后的故事，也只有它涉及现代文明，却是繁文缛节的上流社会压抑人性的文明。

而这样一个非常独特的文明之始，却向我们传递出“传奇”最初的模样。

我坚信，任何一个文明的起源都带有野蛮性，任何一个神话传说都有不寒而栗的最初模样，只是文明那样长，在历史的长河中，总是后面的文明替前面的文明脸红，于是一代又一代地粉饰矫枉，文明的起源传奇渐渐变成童话，变成可以在星光下谷堆旁讲给孩童听的，除了美好不剩其他的故事。

而北美文明因为短，得以让我们看得清源头，又因为它嫁接自欧洲文明，所以我们可以看到文字表述的历史，于是那种文明诞生之初的野蛮性，才会在我们的眼前展露无遗。

很多时候，传奇故事不仅仅为了给我们带来想象力的驰骋空间，或者愉悦的阅读快感，或者奇思妙想的感官体验。

传奇故事，也可以跟这本书这样，有着那样薄的故事面纱，却有着那样厚的历史态度。

这就是我想跟大家说的，至于五个小短篇的文学性，还请您自己品味。在翻译的过程中，我尽量保持原文的文学风格：《巫女之镜》的抒情性，《睡谷的传说》的调侃味，《老处女》的细细碎碎的简·奥斯汀味儿，还有《让–哈·波克林》的一丝不苟的认真劲儿。

我也不知道做到了没有，但是有一点是肯定的，在翻译的过程中一定存在着不少的错误，在所难免，因为水平有限，所以请方家指正。

在翻译的过程中，《巫女之镜》是我最喜欢的一篇，所以我把它排第一篇，不管是故事性还是文学性，都充满让人感叹再三的特质。我翻译了四稿，每一次走到这篇的时候都会忍不住动容。我把我的阅读体验分享给大家，当您也为这个故事嗟叹不已的时候，知道自己并非是唯一一个动情的人，也许会让您释然一些。

最后，依然要感谢在此书的成书过程中给了我帮助的朋友们，和莫大宽容的家人，还有我的编辑，她催稿时永远地含蓄措辞，成功地保护了我的玻璃心。此书完成时，她正在美国游历，去了女巫的审判地，拍的照片笑靥如花。

最后，一如既往地，祝大家阅读愉快。

目录

巫女之镜

埃丝特·福布斯 著

这是个关于生命、阴谋和拜尔比娃娃之死的故事，它讲述了一个无知而任性的少女为什么要选择魔鬼做她的情人，同时也告诉我们，一个看似正义却无比可怕的审判是如何摧毁一个人的肉体和灵魂的。

第一章

1

不仅仅有拜尔比娃娃，还有其他人，瑞、戈斯、格林史密斯……

长久以来人们都知道，恶魔是变化多端的，有时是人形，有时有自己的形状（长着犄角、蹄子和尾巴）。它们善于运用邪恶手段或者甜言蜜语来魅惑女子，即使是基督教徒，有时也难以幸免，无一例外地，它们总是通过她们的身体来摧毁她们的灵魂。

1616 年，英国的诺森伯兰郡，一个叫梅丝利·瑞的女子被烧死了，原因是她爱上了一个魔鬼。

几年之后，奥克森郡一个叫克里斯蒂·戈斯的四十多岁的单身女人，在礼拜日的时候突然发疯了。后来她承认，每天晚上都有一个恶魔化身成克鲁姆霍恩区主教奥茨先生的样子，爬进窗户来找她。这件事让整个克鲁姆霍恩区震惊了，因为戈斯是最虔诚的女人，每次祈祷的时候，都坐在奥茨先生的脚下，非常谦卑，这样已经很多年了。大家特别吃惊，对这样一个女人，恶魔都可以找到机会乘虚而入，这太可怕了。

还有一个年轻姑娘，在伦敦一名行政官家里做女佣。她也被绞死之后给烧了。虽然她自始至终什么话都不肯说，但是她生了一个头上有角、背后有六英寸尾巴的怪物。法官觉得这不是人类可以生出来的东西，虽然有些不规矩的女人开玩笑说，这很可能是行政官的孩子。但是邻居的几个孩子们做证，他们那段时间隔三岔五看到一个模模糊糊但是浑身黢黑的人坐在房顶上。

有些人认为，远古的神不是神，因为他们偶尔追求邪恶，而不总是追求光明，所以他们应该被称为邪灵或者魔鬼才对。在这个问题上，波士顿的牧师皮亚姆·庞普已经阐述得很清楚了："大家都知道，以色列的上帝不可能是真的上帝，那么在只有以色列的上帝的时代，他就有可能允许某些堕落的天使离开地狱在人间游荡……比方游荡到希腊和古意大利。在这些地方，他们开始显灵，吸引异教徒，让他们误以为这就是真神。如果这是真的，那么宙斯更好的名字应该是撒旦，阿波罗的名字应该是阿波伦[1]。同样地，如果真是这样，女人的'神性'可能都是莉莉

[1]阿波伦，Apollyon，基督教启示神学中摧毁人类精神的魔鬼。

丝[1]的真正后裔。”所以，你就可以想象，一个魔鬼如果真要对凡人女子动用邪术，它们的力量将会多么强大，强大到被魅惑的女人们可以飞蛾扑火，不顾一切。

还记得几十年前，1662 年的时候，一个住在新英格兰哈特福德地区的女人格林史密斯，承认跟魔鬼有肉体的接触，为此，她被绞死了。

还有一件更奇怪的事情，曾经一度非常著名，那就是“拜尔比娃娃”事件，或者有人称其为“拜尔比的女儿”。她生活在考恩角，在著名的“塞勒姆审判”中被裁决。

我自己待的萨德伯里教区离那里不过一个下午的行程。对于其他被魔鬼掌控的女人，不管是瑞、格林·史密斯，还是克里斯蒂·戈斯，我们都知之甚少，我们只知道她们都是女巫，如果把凡是跟魔鬼打交道的女人都称作女巫的话。

但是对于拜尔比娃娃的事，我们有可能知道得多一些 。不管是从老人的口中、法庭的记录，还是当事人的日记，或者从宣誓人的陈述里，都会流露出只字片语。还有科顿·马瑟[2]先生的记录，以及扎查瑞斯·泽利先生隐晦的记录，我们可以相对清楚这个女人的生平，她从哪里来，如何成长，是个什么样子，为什么会变成一个女巫，她的感受是什么，甚至，最后，她如何死去。

2

拜尔比先生航行那么远，似乎就是为了寻找麻烦，最终

---

[1]莉莉丝，Lilith，犹太民间传说中的女恶魔，专门扼杀新生儿。在犹太法典中，她是亚当的第一任妻子。

[2]科顿·马瑟（Cotton Mather）：17 世纪美国清教牧师，他曾经写过《新英格兰地区巫术史》。

他如愿以偿。

一个邪恶的女巫生了她，抚养她的巫师也好不到哪里去，也就是说，在她生命的起始就有两个魔鬼的崇拜者介入。据说在法国布利塔尼的蒙特霍尔曾经有过一场猎巫大屠杀，大概两百多人被烧死。黑色的浓烟夹杂着死亡的尖叫、尸体的恶臭在城镇和港口经久不散，造成瘟疫和呕吐。

同一天，鬼使神差地，一个英国人驾驶一艘双桅帆船停泊在圣－霍尔山港口。这些人把眼前的一切看成一场盛宴，因为浓烟、尖叫，还有恶臭，让他们有些好奇，他们下船走近些去围观这场屠杀。他们看到了一个野孩子，或者说，一个更像小妖怪的孩子。这个孩子的母亲就在烈火中被焚烧，要不是士兵把孩子推出来，她可能也会跟着母亲跃入烈火当中。

旁边的一个牧师吩咐士兵让她跳进火里算了，因为作为一个女巫的女儿，她毫无疑问迟早要被烧死。但是船上的英国人表示抗议，双桅帆船的船长，也是船主杰拉德·拜尔比先生一把抓住了这个孩子。孩子没有像反抗士兵那样反抗他。相反，她紧紧抓住了拜尔比先生，就算是邪恶的灵魂，也分得出好歹。牧师对这些英国人龇了龇黄牙，“带这个孩子走吧，”他不无厌恶地说，“她是女巫生的，早晚要长成女巫，但至少祸害的是英国的异教徒，滚吧！”

孩子紧紧依偎着拜尔比先生，他也紧紧抓住她。他把她抱在怀里，她像死尸一样苍白，眼睛好像玻璃做的，整个人看起来似乎快要死了。这个男人真切地记得，当他把孩子放在双桅帆船的甲板上时，他浑身大汗淋漓，好像手里的这个孩子超过了自己能负担的极限，要知道他还正值壮年。他跟水手们说，这个孩子好像是石头做的。有些人认为，这个时候他已经意识到了自己的冲动，甚至有点后悔接受这么一个危险的礼物了。

他把水手们聚拢在一起，然后开始祈祷，感谢耶和华，虽然没有给他一个自己的孩子，但是在合适的时候，把这个孩子送给了他。然后他吩咐手下，都把自己的舌头看管好，他要把这个孩子视为己出，所以不要跟任何人讲这个孩子是从哪里来的，尤其不要说她的父母是怎么死的，也不要说牧师曾经断言她必将带来伤害的事情。这些人纷纷表示会信守承诺。他们也确实很多年都保守着这个秘密，直到有一天他们老了，善良的老船长也死了很久，他们才把这个秘密贡献给八卦和丑闻。

连续好几天，孩子都好像死去一样躺着，只是偶尔从垫子上跳起来，用法语疯狂地喊：着火了！着火了！着火了！然后又躺回去，用手遮住脸，可怕地笑着。每次船长都哄着她，安抚她，逼她吃东西，用手轻轻拍打她。就这样，用爱慢慢地让孩子的人性复苏。

因为这个孩子小小的，他为她取名“娃娃”，从此她就以这个名字长大成人。但是她一直小小的，从来都没有像正常女人那么高那么重。甚至没有人知道她到底几岁，她就这样到了英国，也许六岁？也许七岁？刚开始，她不会说英语，生活也不能自理，她可能还没有六岁，谁知道呢？恐惧、悲伤和疾病往往让一个人看起来比实际年纪还大。

拜尔比先生认为，她父母在她眼前活活被烧死，母亲又在烈火中尖叫，这样的经历太惨烈了，所以她的记忆可能已经受损了。当孩子在帆船甲板上活过来的时候，他以为她已经忘了所有的事情，这就是上帝的慈悲啊！而且他也安慰自己说，就算她已经学到了一些巫术，不管是被父母带去了邪灵安息地或者其他什么场合，还是被父母领着面见过什么地狱王子，说不定已经宣誓要服从地狱之灵，不管怎么样，她也许把这一切都忘掉了。她重生了，以上帝之名，献身上帝。拜尔比先生虔诚地发誓，这个孩子将会信奉上帝，只信奉他。这个孩子经历过人间惨剧，她的记忆被清空了，连一些必需的东西也都忘记了，她不记得怎么穿衣服；怎么用刀子和勺子吃饭，她甚至忘记了自己的母语。

可怕的是，她其实什么都没有忘记。

3

他把孤儿带到自己温暖的家，但是妖精一样的孩子却用邪恶与诅咒来回报他的仁慈和怜悯，敌视着女主人。

拜尔比先生的太太汉娜是个虔诚的基督教徒，她不肯相信自己不孕。有时她也埋怨上帝："你看那个谁谁的太太没有我一半丰满，没有我一半好，但是她有三个儿子。还有那个谁谁谁，也不怎么样，但是上帝让她生的孩子自己都养不过来。而我这样一个虔诚的、敬神的、整天祈祷的女人，上帝竟然不让我生养。"她有时甚至大不敬地断言，神这样是不公平的。

然而，巧合也好，灾难也罢，当拜尔比先生带着他的双桅帆船启程去了法国和西班牙之后，她发现，自己怀孕了。有人说，上帝实在是受不了她的唠叨，为了惩罚她，首先给她希望，然后把娃娃送来，毁灭了希望。

夏天过去了，夜里越来越凉。她怀孕四个月了。一天夜里，拜尔比先生回到英国的道利什港，带着他捡回来的小妖精一样的孩子，现在她大一些了，又漂亮又活泼。在一个下着倾盆大雨的黑夜里，他回到了家。他把孩子裹在自己的大衣里，生怕她被雨淋到。他走到妻子卧室外面，摇了摇窗户。

"老婆，老婆，快起床，给我开门。"

妇人睡得很安稳，旁边是她的小女仆苏珊。这狂乱的夜好像是上帝正在发怒，风在倾盆大雨之上呼啸。小女仆哀求她的女主人不要去开门，在这样的夜晚，不会有活人来敲门的，大海把里面的死灵魂都放出来了。

但是汉娜可不是胆小的女人，她迅速跑过去把门打开，一阵风雨涌进来，拜尔比先生抱着他的大包裹进来了。汉娜愣了一下，喊道："杰拉德，你这是抱了个什么?"拜尔比先生把包裹放在炉火边，汉娜走过去跪在地上往炉子里添了柴火。拜尔比先生把包裹打开，里面冒出了一个小妖精一样的小孩。孩子颤抖着躲避炉火（她一直就害怕火），用她的小手抓住养父，乌黑的圆眼睛紧紧盯着他的脸。她的每一根头发都竖立着。妇人恐惧地说："这不是个孩子，这是个小魔鬼、一只小猴子、一只小野狗。"但是拜尔比先生护着怀里的孩子，不让她被炉火烧到，也不让她被汉娜愤怒的眼光伤害。他安抚着她，哄她："不要怕啊，火不会吞掉你的。"她是他的孩子，他不会离开的，他要守着她；他要永远珍惜她爱她。他不停地说这些话，孩子终于把头抵到他的下巴上，安静下来。

苏珊跟很多人都说起过，从一开始，这个孩子就把拜尔比先生给迷惑了。他对于娃娃，不仅仅有一个父亲给予孩子的爱，还有一种更加难以言说的、不道德的、对于成熟女性的那种激情，这种激情是年轻漂亮的女巫经常运用的把戏，总是让人疯狂地陷进去。

在他活着的时候，他永远都在抚摸她乱蓬蓬的黑发，充满爱意地注视她纽扣一样的小圆眼睛，亲吻那又大又丑的嘴唇，那是很多基督徒都会回避的亲吻。汉娜是个贪婪、充满嫉妒心的女人，她可不能容忍这么一个捡来的孩子挑战她的地位。她本来就爱唠叨，现在有了娃娃，她几乎变成了一个泼妇。虽然她依然给娃娃饭吃，给她一个角落睡觉，甚至教给她一些小祷告，但是这都掩饰不了她对她的仇恨。

每当跟汉娜在一起的时候，孩子都是一副沉闷、无趣的样子，但是跟拜尔比先生在一起时，她就是快乐、活泼、招人喜欢的。所以，夫妇俩一个认为她是个乖巧的孩子，另外一个认为她是个小坏蛋。

拜尔比先生是不会告诉汉娜他是在哪里找到娃娃的。但是这个狡猾的女人就是执拗地认为，这个孩子要么是个女巫的孩子，要么是个魔鬼的孩子。即使女仆苏珊，虽然她对这个孩子很好，但是她也有自己可怕的怀疑。她发现没有办法教给娃娃主祷文里那些神圣的、崇高的祷文。但是，这个小鬼头学别的毫无价值的儿歌倒是飞快，不管是《小猪上市场》，还是《小猫跳谷仓》。

孩子回家已经一个月了，终于，她有机会来展示她的能力，或者说，魔鬼的能力了。

4

娃娃要得到那个玩具小船和养父所有的爱，最终她达成所愿，邪恶地杀死了那个强有力的竞争对手。

助产妇跟汉娜说，你将有一个很强壮的男孩子，像母亲一样漂亮，像父亲一样结实。将来他或者能戴上牧师的绶带，或者能够成为国王的海军，趾高气扬地走在甲板上。拜尔比先生对这个新生儿也很期待，因为他本人喜欢航海生活，所以他给未出世的孩子做了一个小船形状的响铃，船舷上有七个小铃铛，摇动小船的时候，铃铛会发出清脆的声响。

每当他雕刻这个小玩意的时候，娃娃就靠在他膝上，看着他。当一个一个铃铛被安置在船舷上的时候，她会笑，幸灾乐祸地笑。这个玩具不是给她的，是给另外一个男孩的，这个有血缘关系的男孩会拿走养父的爱。在她邪恶的内心里，有些东西在发酵，她讨厌这个将拥有小船和养父情感的孩子。她的手总是伸向这个小船，然后哭喊：给我！给我！给我！

一天，当汉娜从牛奶房回来的时候，正好看到关系融洽的父女俩。这个女人非常嫉妒，不光是为了自己，也为肚子里的孩子。她想："这个人把该给的都给了这个野孩子，给自己的儿子留下什么呢？这个可恶的女孩不仅让这个男人离开了我，也把我孩子的地位给取代了。"然后她说："以我现在的情况，不应该为这些事烦心，也不应该受到魔鬼的影响。杰拉德，把你的这个'漂亮的宠物'送走吧，给你船上厨师的女人，让他们留着她。至少等到我生产之后，这样就好了。是的，很多人比我们适合她。"

但是这个野孩子用亮晶晶的眼睛，透过茂密的黑发直勾勾地盯着汉娜。汉娜的下巴不自觉地掉下来，牙齿前凸，眼睛也鼓出来了。娃娃就这么一直盯着她，口中念念有词，然后她跳起来，脸上带着诡异的微笑走了。汉娜感觉自己被咒语击穿了，她肚子里的孩子在痛苦地扭动，好像正在经历巨大的痛苦，要爆炸了。那个小小的灵魂似乎飘到她的唇边，停留了一瞬间，接着逃走了。

她知道，娃娃一定在使一些地狱的把戏，她一定看到这个灵魂逃走了，从她眼球的转动中就可以得知，她能看到这个灵魂是如何在母亲的唇边停留，又在窗台上逡巡片刻，然后飞到了天堂里。可怜的孩子，连个名字都没有，还没出生，就这么消失了，去了天堂，也许是地狱，总之是上帝为这种没成型的婴儿准备的地方。汉娜开始哭喊，然后晕倒在床上。

孩子小小的身躯依然在她肚子里颤抖，人们赶紧从道利什叫了一个男助产士，他检查了汉娜的肚子，说里面空空如也，全是气。她再也不会有孩子了。很多人都说，也包括拜尔比先生自己，汉娜可能从来都没有过孩子。

但是，身边的知情人说，胎儿在汉娜肚子里爆炸了。如果真是这样的话，我们只好承认，娃娃·拜尔比在童年时代就已经掌握了巫术。而且，这是一个可怕至极的巫术，通过眼神就能让肚子里的胎儿爆炸，这样的巫术，一个还没有正式进入邪教的孩子真的能够掌握，从而把自己死死钉在地狱的十字架上吗？

5

新大陆带来新的希望，拜尔比一家离别了英国，搬到了美国殖民湾的一个小镇上，这里离波士顿不远，就在塞勒姆附近。他们希望安居乐业，但是那个孩子却让事与愿违。

在那个年代，英国对人们的信仰有很多束缚，例如拜尔比船长，他们不能用自己的方式崇拜上帝，必须听从主教或者祭司的教导，而不能遵循自己心中的教义。拜尔比先生一直向往大西洋之外的那片新大陆，所以，他很快卖了双桅帆船和不动产，离开了上帝的仁慈。海湾殖民地代理人在伦敦的办公室跟他说，带上他的孩子、妻子和行李，前往南安普敦上船吧，如果他想走，一个月之内就应该启程了。

汉娜表示抗议，她说，如果那个野孩子也去，她就不去了。拜尔比先生只好百般安抚她。最后，万般不情愿地，她还是去了。

1663 年，在上帝的仁慈之下，“伊丽莎白号”停靠在马萨诸塞州的海湾里。随船而来的有上百个形形色色的人，有小地主、农民、铜匠、侍者、雇工、学徒等等，还有绅士和学者。但是多少年后，这些人里面最著名的却是拜尔比娃娃，正是她让“伊丽莎白号”载入史册。

这艘船的货舱里还装了将近一百本《圣经》，大家把“伊丽莎白”平安航行的功劳归于此。没有人想到，也许拜尔比先生那个纽扣眼睛的养女才是呼风唤雨的人。事实上，没人注意到这个孩子，除了觉得她养父那么喜爱她有点愚蠢之外。他们想到货舱里的《圣经》，然后感谢上帝让他们一路无风无雨。其实，他们应该想到那个女巫的孩子，因为邪恶的人也是可以促成美好的事物的，比方晴朗的天气。

船上还有一个来自牛津的男人，扎查瑞斯·泽利先生，他是个鳏夫，年纪不轻了，但也不老，他看起来忧郁但很沉稳。几经辗转后，他也跟拜尔比先生一样，落脚在考恩角，在那里传讲上帝的福音，虽然之后不久，他离上帝越来越远。

新大陆敞开怀抱接纳了拜尔比一家，他们迅速安顿下来。拜尔比先生买的那个庄园不仅有令人羡慕的规模，还设施齐全，有房子、谷仓、棚屋等等，土地也相当肥沃，而且样样都被打理得井井有条。但是好多年后，到了今天，拜尔比庄园反而寸草不生，除了盛长一种粗鄙的黄色扫帚一样的植物，当地人俗称“女巫的血”。

这个房子的地窖口依然位于考恩角边上，反而离塞勒姆更近些，只有六英里。在那时候，这所房子面前就有一条漂亮的大路，这条路连接了塞勒姆和纽伯里波特。在这条路之外就是盐草甸和大海。房子的北边是玉米地、草坪、大麦田、燕麦田和南瓜地，一直延伸到英寸河，是的，那个时候这条河叫这个名字。房子的南边是邓肯·桑姆的家。但是房子的西面，隔着一个破败的牧场，是一片可怖的森林，规模之大超出了英国人的想象，它一直延伸下去，比人类想象的还要大，不亲眼所见几乎不能相信。而树木之高壮，比海军军舰的桅杆，或者大教堂的塔楼还高。然而，这个森林如同阴沉惨淡的夜晚，一切都沉默不语，又坚不可摧。

很多人都觉得，住在里面的黄褐色的印第安野蛮人就是传说中的恶魔，甚至，撒旦本人只怕也生活在这个浩瀚的地方。针对这种说法，扎查瑞斯·泽利先生在担任了考恩角的牧师之后说："我们已经把魔鬼留在欧洲了不是吗？在这个雄伟、庄严的森林里，我们应该寻找上帝，而不是魔鬼。当我还是个孩子的时候，我住在希罗普郡。很多老妇人都说，岩石丛中住着魔鬼和他老婆，他们还在那里煮饭。所以，每个假期，我都隐身于岩石丛中，我想看到魔鬼的孩子……好了，让我们把这些无稽之谈都留在旧英国吧，在新大陆，我们应该让我们的眼睛清澈，迎接耶和华的到来。"

善良博学的无神论者格兰维尔先生曾经说过："凡是不敢直言不讳地说'没有上帝'的人，其实内心也就否认了灵魂、女巫或者魔鬼的存在。"即使如此，看到一个神职人员，首先声明魔鬼可以被留在英国，然后宣称根本没有魔鬼，没有死魂灵，没有女巫，还是令人难过。如果没有这些东西，谁又可以肯定上帝的存在呢？

第二章

1

波士顿弥漫着巫术的味道，一个安息日发现的稻草玩偶，让很多人陷入焦虑。

1665年的秋天，波士顿又以女巫帮凶的罪名吊死了两个人，女巫是个老妇人，被吊死的是她的表弟杰曼和她的帮凶。

同一年，索尔·彼得汉姆先生，一个虔诚、体面的男人，因为拒绝从一个又老又丑的巫婆手里买烂苹果，被这个老巫婆低声诅咒，还用拇指和鼻子冲他做了个邪恶的手势。虽然老太婆最后恶狠狠地走掉了，但是彼得汉姆先生回到家后发现，他的妻子，一个非常虔诚的基督教徒，从梯子上摔下来了。这个梯子是她架在阁楼上，为了窥视她的女仆和男仆是否通奸用的。事情就发生在那个老太婆做邪恶手势的时候。

教会里的长老把老太婆抓过来，让她跪下，强迫她放弃对魔鬼的崇拜，让她回到上帝身边。据现场的人说，她当时一边哭泣一边对耶和华做祷告。许多人认为对巫术的指控是没根据的，因为这些指控往往发生在讨人嫌又没什么本事的老妇人身上。

到了春天，殖民湾又发生了一起疑似巫术事件，这次是在考恩角。在海边的一个小棚屋里，住着一对姓格兰尼的穷困潦倒的老夫妇。老头是个修补匠，但是手艺并不高明，所以生意不是很多。他妻子却是个高傲的女人，出生在肯特，来自一个体面家庭，但是她竟然肯屈就成为一个修补匠的妻子。

她善使草药，这给她带来了一定的收入，但是她的名声也因此坏掉了。她不喜欢种植那些来自英国的正经草药，反而不断地跟那些黄褐色的异教徒印第安人联系，向他们学习用药技术。毫无疑问，那都是邪术。印第安人崇拜她，称她为“白人妈妈”或者“月亮婆婆”。她甚至比任何一个男人都敢于进出大森林，她很爱那些黄褐色的野蛮人，老是跟他们打交道。教会里的长老已经警告过她两次了，一个女人，应该在家待着，而不是独自跑到森林里去，因为谁也不知道在里面会发生什么。

一次安息日礼拜的时候，在教堂大厅中心，她的裙子下面掉出一个用玉米秆和稻草做的粗糙玩偶，上面是个龇牙咧嘴的人脸。一般来说，女巫会做这样的玩偶，之后摧毁它，因为她们相信，敌人也会跟随玩偶一起被摧毁。但是，大家没有当场质问她为什么要做这么个玩偶。

那周晚些时候，三个执事把她叫来，要求她解释。她表现得很心虚，因为被怀疑而愤怒地大哭起来。她说，她只是为拜尔比先生家可怜的小娃娃做一个玩具。她说，这个小娃娃总是被那个泼妇汉娜残忍地使唤，有的时候还被鞭打。

这件事就这么算了，执事只是当庭训斥了她，训斥她竟然如此不敬，要在耶和华的殿堂里，在耶和华的日子里，把这样一个奇怪的玩偶交到一个孩子手上。这件事之后，格兰尼一家失去了所有的朋友，没有人再去他们盐草甸旁边的小屋，除了拜尔比家奇怪的娃娃。

二月的一个晚上，汉娜醒来，发现自己很恶心，想呕吐。早上的时候，外科医生克里弗先生被叫来，他给她的上臂放了两盎司的血，但是她依然非常难受。整整三天，她感到胸闷、恐惧，晚上老是出虚汗。她确定自己是被下蛊了，而且指责一定是格兰尼家的老太婆干的。泽利先生要她管好自己的舌头，不要乱讲话。这不是他第一次帮女巫说话了。他说，格兰尼太太没有理由要害她。但是这个说法根本不能服众，因为所有人都知道，格兰尼老太太喜欢娃娃，讨厌那个对娃娃不好的养母。于是附近的村镇都传遍了——不管是塞勒姆、伊普斯维奇还有考恩角，大家都在低声说，娃娃已经臣服于格兰尼老太太，而且她肯定做了什么，把汉娜的指甲或头发拿给了格兰尼，好让老巫婆施展魔法。

很快不到一年，所有对格兰尼老太婆的质疑似乎消失了。但是更多的谣言围绕着孩子展开了。拜尔比太太喜欢低声散布这种谣言，这里说一次，那里说两次，多半是大家恳求她，她才勉为其难地说说，说之前她都要求听的人保守秘密。

她说这个女孩是女巫生的，她还跟大家说她那个没出生的男孩，那个在肚子里活蹦乱跳的孩子，是怎么突然爆炸的。她跟大家说，不信可以看看拜尔比先生是不是被她迷惑了。这是显而易见的事情，整个波士顿都买不到合适的衣服给他的娃娃，要去英国买。她都十三四岁的大姑娘了，他还把她抱在膝上。有时长老和牧师来找他，汉娜都因为性别的缘故离开房间了，但是他依然让这个可恶的小怪物依偎在脚边，而且一边说话，一边摸她乱糟糟的头发。

这个孩子从来不和同龄的孩子一起玩，那些信奉上帝的父母也不愿意自家的孩子去跟娃娃玩。大部分时间她都很安静，踮着脚走路，安静得好像一只猫。在她养父看来，她又漂亮又活泼；在格兰尼老太太看来，她非常善良，总是从她养父的储藏室里偷食物分给可怜的穷人。她也很少说话，但是她的眼睛并不安分，透露出神秘和邪乎的东西。

2

在娃娃死后二十年的时间里，泽利先生总是在重复一些娃娃少女时期的事情，类似她不怎么去礼拜，类似她在布列塔尼就看到了魔鬼，很可能已经效忠于它。

当泽利先生老了，生命走到尽头，破碎不堪的时候，他因为巫术被起诉，在经过长时间的询问之后，他讲了好多关于拜尔比娃娃的事情。比方，他撒谎了，其实娃娃从来都没有忘记从她布列塔尼父母那里学来的巫术。

没错，父母死亡带来的震惊和恐惧给她造成了巨大的痛苦，仿佛一张巨大的黑布在生命中垂下，让她喘不过气来，就像那天大屠杀产生的烟雾。她现在的生活都在幕帘之前，但是她父母的死依然存在，只是存在于幕帘之后，无限小，无限远。

要看到（因为她无法称其为记忆）幕帘后面隐藏了什么，她必须去思索那些阴暗的东西。很快，她的努力有了成效，黑色渐渐瓦解了，一点一点地，她看到了奇怪的场面，异常清晰。她的所见都是缩小版的，她凌驾于他们之上，好像她站在高高的教堂尖顶之上。有时，她也看到她自己，一个小小的头发乱蓬蓬的女孩，走在下面。

如果没有人打扰她，如果汉娜没有因为她发愣给她一巴掌，她就可以好几个小时看这些小人，一动不动。里面有她的爸爸妈妈、其他女巫和术士、幻影野兽、魔鬼、妖精、仙女，还有她自己。

有的时候这些小人实在太小了，比沙子大不了多少。但是，他们越小，带来的现实感就越强烈。泽利先生说，她发现，当这些幻觉也好，意象也罢出现的时候，对她来说就好像现实生活中的一样大一样真实。他们虽然模模糊糊的，极难分辨，但是即使他们不比一粒沙子大，她还是看得一清二楚。

她看到她父亲额头上的皱纹，看到小鬼肩膀上的鳞片，看到母亲微笑时露出的牙齿，甚至她自己的手指甲。但是想一想吧，当一个成年人不比一粒沙子大时，她的指甲得多么小啊。

当泽利先生垂垂老矣的时候，他被命令进一步回忆，她还看到什么，以及她看到的这些小人都在做什么。

她可能看到赤裸的男人和女人，头上长着山羊的犄角，他们背对着背跳舞，一边跳，一边用巫师的口吻喊道："呼！呼！呼啦！呼！"她可能看到一个黑人孩子被献祭，钉在十字架上。她曾经看到过魔鬼本人吗？巫师们常常从自己人里面选出一个当魔鬼，这个人就是他们地狱教堂的大祭司。他们称这个人为魔。她常常见到魔，他是个活力四射的年轻人，身披绿叶。当他们跳舞的时候，没有人跳得比他还高。他是一个漂亮的男人，女人们都爱他。但是只有在安息日他才成为魔，具有高于其他人的权力，其他时候，他是个鞋匠。

她看到的这个魔只是个虚拟的魔，她见过《圣经》意义上的魔鬼吗？就是那个邪恶的路西法[1]吗？啊，她永远不会记得，即使帮助她看到小人的神秘力量也恢复不了她的记忆。

但是有件事发生了，当她经过几个小时的努力之后，她可以看到一个女人——她知道那是她的妈妈——走过一大片橡树林，一个孩子紧贴着女人的裙子，这个孩子就是她自己。一道强光穿过幽绿的森林，照在一个男人身上，他那么高贵，身上带了一柄小剑，他把玩着小剑的手柄。他穿着绿色的天鹅绒衣服，有一张英俊的脸，红润的面膛，漂亮的蓝眼睛。她说，他没有犄角，也没看到有尾巴，也许他藏起来了。但是她注意到他的鞋子很难看，好像专门被打造出来以适应他变形的脚或者分叉的蹄子似的。

她母亲冲他跪了下来，孩子也跟着跪下了，母亲说她有一个小仆人要奉献给他，而且母亲保证，这个小仆人将会永远忠实于他。“这么小的一个小家伙，我拿她做什么呢？”虽然这么说，但他还是用手抚摸她。他的手很冷，像冰一样，即使现在想象一下，她的身上都会起一层鸡皮疙瘩。那种感觉好像被死亡之手触碰。她每次看到这个场景的时候，都忍不住一阵震惊，愉快但是又有点排斥。然后她看到这个孩子接受了男人送过来的一本书。孩子把自己手臂上的血印在书里，留下标记。

但是任何魔幻的、有深爱愿景的结尾都是平淡的，令人失望的，因为，在最后，她看到她和她的母亲坐在炉膛边，她的母亲正在搅一口大锅，一边搅一边给她讲故事，讲一个小女孩怎么跟着母亲走过大森林，遇到魔，发誓要效忠他。所以，娃娃·拜尔比从来都不知道哪一个才是真的，她真的答应要服务魔鬼，并用自己的血做了承诺，还是仅仅从母

[1]路西法（拉丁语、英语：Lucifer），基督教与犹太教名词，出现于《以赛亚书》第14章第12节，通常指被逐出天堂前的魔鬼或者撒旦。

亲那里听来了一个童年故事？

起初，这些奇怪的幻觉并没有让她不安，虽然不管睡觉还是醒来，它们总是在眼前。但是当她成长为一个少女的时候，这种身份的不确定性就非常困扰她了。如果她真的签了那本“地狱之书”，那么她就完全被禁锢了，没有任何逃脱的希望。如果她没有，那么她可以靠祷告、靠她的警觉逃回天堂。所以，她忍受着极大的精神痛苦。

灵魂的煎熬即使对一个男人来说都是痛苦不堪的，更别说她只是个少女。渐渐地，她无法承受，她试图忘记所有的跟邪恶有关的事情，甚至母亲的声音——从火焰中传来的绝望的喊声。

最后，良知——这个上帝送给人类的礼物——发挥了它的作用。她躺在床上，煎熬着，呻吟着，这个时候良知发出了圣洁的召唤，它一遍一遍地问她，直到她筋疲力尽——你到底做了什么？你到底做了什么？她决定用宗教的方式来拷打自己，就是从那个时候起，泽利先生说，他开始关注她，虽然她直到很多年之后才告知他她的过去。但是让泽利先生惊奇的是，她的虔诚并不像一般基督徒表现出来的那样充满乐趣，相反，总有一种迷失灵魂才有的恐惧。

泽利先生有写日记的习惯，他写下了一个大胆、肆无忌惮的建议（那个时候娃娃差不多已经十六或者十七岁了），“我非常感兴趣地记录下来，D. B. 小姐的宗教信仰总是摇摆不定，我担心她结出无根之果。所以，我建议让提多斯·桑姆进入她的生活，也许爱情来到门口，上帝就会在窗户外出现……”还说了很多隐晦的话，暗示在肉体的爱与灵魂的爱之间有很多相似之处。

3

一个年轻小伙子闯入女巫的陷阱。

提多斯是邓肯·意夫瑞姆·桑姆家的老大，也是唯一的儿子。他们家就在拜尔比先生家南边，两家土地接壤，关系也很好，在收割、种植、翻盖新屋的时候，经常互相帮忙。两家男人们关系不错，女人们经常在一起闲话聊天。

提多斯以前离得比较远，因为他在剑桥新学院上学，每年都回来帮助家里开荒。他是一个上进的年轻人，希望自己有一天能做服务上帝的工作。但是，这一切没有发生，因为上帝另有安排。于是在完成学业之后，他留在剑桥，数以百计的年轻学子都称他为“桑姆老师”。

他是个出众的年轻人，长相俊美，将来一定会成为一名牧师。他父亲又很有钱。村庄里的女孩都想吸引他，好像飞蛾扑火，甚至在追求他的时候，因为太大胆而完全不顾女孩子的矜持。

她们私下调笑他，说他是妈妈的乖儿子，永远不会自己出去找一个女人。她们纠缠他，把他拉到门后面亲吻他，还在他不能逃脱的时候扑到他身上，等等，等等。对于这些放肆的行为，他都无动于衷，因为他不喜欢她们，所以他牢记第五诫命[1]，没事就待在父母的房子里。

他有两个妹妹，是孪生的，姐妹俩长得可怜巴巴的，又瘦又小。每个看到她们的人都在想上帝真是太节省材料了，本来是做一个人的材料（头脑、骨头、精神、头发、躯体等等），但是上帝不知道怎么想的，用这些材料做了两个。

对于这种挑战上帝智慧的质疑，泽利先生是这么说的，这两姐妹过于多灾多难，一个身体无法承受，所以上帝要给予她们两个。这样不光力量分开了，疾病也分开了。

---

〔1〕十诫中的第五诫，尊重父母。根据《圣经》记载，十诫是上帝耶和华借由以色列先知和首领摩西之口向以色列民族颁布的律法中的首要的十条规定。

拉波瑞有癫痫病，经常浑身僵硬，口吐白沫，浑身抽搐。索瑞的情况也不好，常有梦魇，还有妄想症，克里弗医生说主要是胃寒引起的。她们的母亲为此深受困扰，虽然结束痛苦的人生早早回到造物主身边并非全然是坏事，但是母亲们总是不这么想。她经常请克里弗医生，或者格兰尼老太太来给她们用药，也请泽利先生为她们祈祷。这是两个漂亮的姐妹，有温柔的棕色眼睛、黄色的头发，精致细腻。但是她们的四肢纤细孱弱，肚子倒是莫名地肿大。

桑姆太太告诉她们不要去跟拜尔比家的娃娃玩，她有些害怕那个姑娘，因为她的养母说她是个女巫。但是，就像大多数生病的孩子一样，她们有些任性，不大听话。一有机会，她们就去找拜尔比家的娃娃，多半是在两家交界处的杨柳溪边。即使碰面，她们也交谈甚少，有时几乎什么也不说。但是回来后，她母亲能听到两个孩子偷偷耳语，继而开怀大笑，她们聊到什么“多莉夫人”[1]，就知道她们又去见娃娃了。但是两姐妹都太瘦弱了，既不能打也不能骂，所以母亲几乎没有办法控制她们。

她如果知道她丈夫经常与拜尔比先生坐在黑月酒馆谈论两家结亲，想让这个即使看孪生姐妹一眼都让她觉得危险无比的姑娘嫁给英俊的提多斯，她会疯掉的。但是拜尔比先生没有马上答应这门婚事，因为他觉得娃娃还是个孩子，不到结婚时候，她的身体还很不成熟，像个十二岁的小姑娘，给她点时间让她成长吧。邓肯·桑姆是不愿意拖延的，她再小不是也十六了吗？邓肯的母亲不到十六就结婚了。

其实邓肯之所以这么热心，不是因为看中了娃娃，而是希望他的儿子能继承拜尔比家的那块好地。他才不管他太太说的危险，他更关心他

---

[1]“多莉”英文名为 Dolly，“娃娃”英文名为“Doll”，只有一个字母的差别。

儿子能不能在这一世得到财产，这比下一世灵魂得救更重要。他不是个坏人，平常在教会里做执事，他只是个不拘小节的人，他太太跟他唠叨的那些关于娃娃的事情，他听了就忘。

拜尔比太太对娃娃的婚事可是有点焦虑，她担心这孩子嫁不出去，生怕她走不出家门。有天她问："我们该拿你的娃娃怎么办？镇上不会有小伙子愿意娶她的。"拜尔比先生说，镇上任何一个未婚小伙子都会很高兴得到她。拜尔比太太说："你的意思是，他们更高兴得到你的牧场吧？"他说，你要再这么说我就给你一巴掌。她坚持说，娃娃能嫁给个流浪汉就不错了，或者鳏夫，或者八十岁的老头子。

拜尔比先生就真的给了她一记耳光，接着他去了黑月酒馆，告诉邓肯·桑姆说，虽然跟他的宝贝分离会伤透他的心，但女儿总是要嫁人的，所以她的人生圆满更重要。此外，他太太，依然不喜欢这个女儿，甚至比第一次见到她时还讨厌。汉娜不是坏人，只是太固执了。他说他刚刚打了她一巴掌，并建议说，也许是时候谈谈婚约了，他愿意为娃娃准备一个非常好的将来，"因为上帝知道，"他说，"她是我的无价之宝。"

4

尽管理智向他发出警告，但是面对娃娃，他无法自已。

有一天，两个农庄的男人在一起干活，娃娃去给养父送午餐，每次为了让养父开心，都是她亲自去送饭。她也和他们一起吃，但是吃得很快，不多言不多语，吃完就挨着拜尔比先生坐在那里。

正值收获的时节，太阳照耀着新割的秸秆，热浪在空气中闪闪发光，大橡树下的阴凉就显得特别舒适。娃娃·拜尔比穿着养父给她买的漂亮衣服，待在高大的养父身边，就好像收割庄稼时，田地边的那些夏天的花朵。提多斯就在不远处，虽然没有人告诉他，但是他也知道，父亲希望促成这门亲事，但是母亲反对。

他忍不住偷偷打量，这是个非常瘦小的女孩，很整洁，行为举止令人愉悦。她比英国女孩更楚楚动人，更精致漂亮。他经常胡思乱想，一个男人，即使聪明睿智、见多识广，面对这样的美丽和魅力也会产生无与伦比的快乐，虽然他从来不敢说自己就是个见多识广之人。

而且他欣喜地注意到，她在他面前非常害羞，这对他来说已经足够了。当他躺在地上，尽量伸展自己的四肢，以图离她近一些时，她会扭头看着他，不带微笑，用她那双忧郁的眼睛看着他，但是她的目光中似乎有什么，好像有魔法，让他在夜里不能成寐，渴望她，想念她。

在今年的收获季里，他不想其他人，只疯了一样想着拜尔比娃娃。他知道她的故事，因为他母亲不停地在他耳朵边唠叨。他知道，她出生在国外，还让一个胎儿爆炸，多年前她和格兰尼老太太合谋，让拜尔比太太浑身难受，还让她呕吐不已，吐出针和羽毛，这些故事他都知道。而且，他也目睹了她是如何利用七种感官同时迷惑她的养父。

当他注视她的时候，有时会有冷澈骨髓的感觉。他想，如果他是个明智虔诚的基督教徒，就算父亲再贪婪，他也不应该对她有所乞求。提多斯的性格更像他的母亲，他有些害怕娃娃。他不能理解她怎么可以不费半点力气就对他有这么大的魔力。

每一次，看到她穿过正午炎热的田地，他整个人就变得寒冷、阴郁、大汗淋漓。他的心虽然不是那么期待婚姻，但是他带着忐忑和喜悦等着与她在一起的那一天。他相信，无论她有什么秘密，都会在新婚之夜告诉他。他半信半疑，也许真到那一天他会发现吧，发现他的新娘就是《托比特书》里的萨拉，有一个恶魔情人，总是在新婚之夜杀死新郎。但是怎么办呢？他既不是天使，也没有鱼肝护体。[1]

5

一只闯祸的公牛误入歧途，娃娃的表现令年轻的桑姆惊恐万分，也许公牛就是这个女巫的灵兽。

桑姆家有一头年轻的黑色公牛，是他们从英国运过来的，一起运过来的还有其他动物。其他动物都很乖，但是这头牛却是个浪子，它总是冲破粗壮的栅栏，跑到周围邻居家的玉米地、卷心菜地和牧群中惹是生非。

在四月的最后一天，这头叫亚伯的公牛又跑出来了，它跃上一个高高的树桩，这是个看起来非常坚固的树桩，好像除了天使它都能承受得住似的。公牛又跳下树桩继续奔跑，穿过很多牧场，践踏很多麦田，来到北边拜尔比先生的庄园附近。

男人们都不在跟前，他们在远处烧灌木。拜尔比太太在牛奶房做黄油。娃娃这个无所事事的少女，正在小河边闲逛，于是她遇到了公牛。它正在膝盖深的黄花地里，然后看到了她。它先是挥舞自己的犄角威胁她，又四蹄乱刨，紫色的嘴里叼着一大堆黄花。

她知道这头牛所费不赀，必须在它跑进森林里之前就通知大家。万一它被森林里那些野蛮人抓住，他们不知道它的价值，只会把它变成自

---

〔1〕此处的典故存在于古老的《托比特书》中，这本书属于天主教和东正教《旧约圣经》的一部分，但不包括在新教的《旧约圣经》里。托比特之子要娶一名叫萨拉的女子，但是这个女子被魔鬼阿斯莫泰附身，每次新婚之夜魔鬼都会出于嫉妒杀死新郎，为此已经死了七任新郎。但是有人告诉托比特之子一个办法可以避免被杀，就是燃烧鱼的内脏，产生的烟可以驱赶魔鬼。托比特之子依法炮制，果然赶走了魔鬼。

己肚子里的肉。

她飞快地跑回家，大声呼喊“黑亚伯跑了，我看到它往森林那边去了”。汉娜太太从牛奶房里冲出来，一把抓住娃娃的手臂，愤怒地摇晃她，因为奶牛已经准备好了，可以挤奶了，而她却不知道野到哪里去了。她不准娃娃再跑出去了，既不许她跑到烧灌木的高地上去通知男人，也不许她跑到桑姆家去报信（如果不是这样的话，这只牲畜会被抓住的）。

她把牛奶凳和牛奶桶扔在娃娃脚下，告诉她最好先把自己的事情做完，因为如果她老老实实干活，也就是说，一直在这里挤牛奶做奶酪，而不是在牧场里闲逛，就不会看到黑亚伯逃走了。娃娃什么也没说，坐在牛奶凳上，弯下腰开始默默地工作。

晚上拜尔比先生回来了，非常生气，因为竟然没有人通知邻居黑亚伯跑了。但是娃娃没有告诉他这一切不是她的错，是汉娜阻止了她。

养父觉得她应该为这件事负责，娃娃也觉得自己责无旁贷，或者她本来就是个野丫头，喜欢疯跑，反正她加入了由两家男人组成的搜索队伍。

他们找了牧场、耕地、田野和草原，除了森林，他们都找遍了，但是黑亚伯完全消失了似的，不见踪影。他们决定去森林里看看。天已经黑了，黑暗中树枝唰唰作响，却连公牛的影子都没见到。娃娃一直跟在养父身边，衣服和手都划破了，她不时地呼喊：亚伯——亚伯——。每当她甜美的声音响起，提多斯就知道她在哪里，然后迅速赶到她身边。

在这样一个漆黑的夜里，他寻找的不是那头顽皮的公牛，而是她。他知道这夜是多么深沉，知道黑森林是多么可怕，知道那些野蛮的印第安人是多么泼辣。所以他同时也在祈祷，祈祷上帝能把被她深深吸引的灵魂还给他，祈祷上帝把这个少女交给他。

到了最后大家都疲惫不堪，只好回家。但是娃娃跟拜尔比先生走散了，后者跟邓肯·桑姆一起走了。提多斯惊喜地发现她自己一个人了，于是他走到她身边。娃娃说自己很懊恼当时没有及时告知他们牛跑了。为了安慰她，提多斯说：这不是你的错，是我和父亲的错，我们没有把牛拴好。

但是他惊讶地发现，她除了担心他们的损失，也担心这头可怜的牛是不是遭遇了不幸。他想：传说中每个女巫都有一个灵兽跟随，难道这个女人的灵兽就是亚伯吗？一想到这里，他又感到不寒而栗。

想到她其实比小窝棚里住的那些小妖精大不了多少，传说中你只要对那些小妖精们好，它们就会给你带来好运。看到她这个样子，他就忍不住，想伸出手去触摸她（不管她是不是女巫），他只想让她穿过这个漆黑的牧场时不那么疲惫。如果她可以接受这个的话，他们之间就会有更多可能。要知道这是个五月的夜晚，而千百年以来，年轻人都有权利在这样的夜晚得到爱人的特别许可。那么白天的那些烦恼将会烟消云散，牛跑了也会变成好事一桩。

好几次，他都感到她身上仿佛有火花闪现，他感受得到。于是他相信，她对他也是一样的心意。娃娃似乎没有意识到他的意图。在黑暗中，每当他的手靠近她时，她就若有若无地闪开了。快要到她家的时候，他开始意识到，她有一种强大的魅力，让他深陷其中无法自拔，现在她用这个魅力在身边做了防护，他没有力量去打破它。

他想到了萨拉和她的魔鬼爱人，怀疑娃娃是不是也有这样一个魔鬼在保护她。他有点希望自己从来没有听说过这样的故事，因为根据《旧约》，萨拉曾经有过七个丈夫，每一个都在新婚之夜被魔鬼阿斯莫泰杀死，因为这个魔鬼爱她。

6

一个年轻的基督徒见证了一次可怕的异象，他射出了一枚子弹，也许没有。

这个年轻人身体极度疲惫，灵魂也饱受折磨，他一想起来就懊恼不已，在这样一个五月的晚上，他终于跟娃娃·拜尔比单独在一起了，可是他什么进展也没有。那天晚上，他根本没有办法睡觉，他就这么躺着，浑身燥热。当天色将要破晓的时候，他起来穿上马裤、牛仔裤、长袜和鞋子，灌下一大杯燕麦啤酒，再次出门去寻找亚伯。

因为森林里可能有危险，他带上了他的滑膛步枪，走出房子。天色仍未亮，东边有光透出来，但是模模糊糊。海上升起蓝色的浓雾，非常大的雾，他不喜欢这一天。

首先他检查自己家的牛圈，然后检查了邻居家的，因为他知道公牛喜欢成群聚集，所以他要看看它是否自己回来了。结果让他失望，没有任何迹象它回来过。他把滑膛枪放在肩膀上，穿过拜尔比先生家的草地，来到英寸河边。他的想法是，“亚伯要喝大量的水，一旦太阳升起，它就会来到河边，把自己灌饱”。

河上的雾气很重，它们平铺在河面上，好像当头罩下一床白色的床单。缓缓地，充满水气的光从东方出现了。他想他应该坐在柳树下的巨石上。太阳很快就要出来了，阳光会驱散雾气和露水。他找了块石头坐下，滑膛枪放在自己的膝盖上。

他准备好了，晨光闪烁，让他警惕，离他射程不远处是一条小径，从森林里延伸出来，清晨总是有一些野生动物跑出来喝水。他希望能看到亚伯从这条小径出来。

这期间他掏出了一小块鹿肉吃起来。他就这么静静地坐着，一会儿一只母鹿走了出来，后面跟着一对孪生小鹿。他不会开枪的，因为它们那么漂亮，小巧玲珑的，让他想起娃娃。很多东西让他想起娃娃，小鸟的鸣叫，草地里的花，甚至黎明的神秘和沉默。然而，这些东西本不该让他想起一个女人，而应该想起造物主才对。

他听到树丛中一阵响声，是树枝被踏碎的声音。他笑了，就知道公牛会出来，因为没有任何一种生活在森林里的动物会搞出这么大的声响，只有家畜，平常在圈里生活习惯了，才会如此喧嚣。

确实没让他失望，穿过浓雾走出来的正是那头年轻的公牛。在虚幻的晨光中，它看起来那么巨大。他想让牛走到河边开始喝水之后再动作，他可以从后面偷偷跳出来，一把抓住它的缰绳。

他安静地等待着，直到惊讶地看到一个印第安人跨过他，用绳子一下子绑住了亚伯的脖圈，接着翻身骑上亚伯，努力把它从河边赶开。

看到公牛驮着人并不让他吃惊，他以前就让亚伯驮过他的两个妹妹，他生气的是一个野蛮人竟然想要侵占他父亲的财产。于是他起身大声呼喊，试图阻止这个人。接下来的事情有点恍惚了，但是他记得那个棕褐色的小人突然变得威猛勇敢起来，他从公牛背上一跃而起，挥舞着斧头冲向自己。

提多斯来不及多想，他赶紧跪下射击。尽管雾气和灌木阻挡了他一部分的视线，但是他确定他瞄准了敌人胸膛上的珠饰。他可以清楚地看到眼前这个男人，或者说男孩了。他的衣服上装饰着鹿皮和羽毛，脸膛黝黑，非常愤怒。他的斧子也清晰可见，还有他佩戴的珠子的图案。提多斯知道自己瞄得很准，但是当子弹射出去的时候，印第安人不见了，站在原地的是娃娃・拜尔比，她的双手紧紧抓住胸口，惊恐万分。

他知道子弹穿过了她的胸膛，因为她踉踉跄跄，站立不稳，明显是被猛烈撞击了。但是，当他赶到她身边拉住她的手，一边哭一边哀叹自己杀了她的时候，她的灰色长袍上却没有血迹，她用微弱的受惊的声音安慰他说，她没有受伤。

那天娃娃穿的长袍是结实的棉亚麻混纺粗布，就像汉娜太太一直说的，这件衣服结实极了，一个口子都没有。但是下次娃娃再穿它的时候，大家发现在心脏上面一点点有一个完美的补丁，很明显是为了遮盖破洞修补的，一个不大于六便士的洞。

提多斯太爱娃娃了，几乎不假思索地爱，他一点也没有考虑到眼前这一幕多么不合常理，相反，他因为让她如此接近死亡而难过不已。

当故事在村子里传开的时候，在某些人嘴里它变得无比热闹，但是在另外一些人嘴里，它又不足为奇，无足轻重。在前者的嘴里，娃娃不是一个人，有一大堆人护着她，地狱的使者或者女巫什么的，而且亚伯还跟它的主人说话了，好像是个灵兽似的。

但是在后者嘴里，这些人中包括泽利先生，他们觉得这个故事没有什么奇怪的，提多斯当时的情况不足以让他发现真相。他可能产生了幻想，从来就没有什么印第安人跳出来骑上公牛，有的只是娃娃。他也没有看到什么珠串、鹿皮或者砍斧。当他射击的时候，他视线模糊了，于是打偏了。

泽利先生在他的日记里提到这个故事，他引用了《圣经》：我们的主警告我们不要把新酒装进旧瓶里，免得新酒会因为过于猛烈而把瓶子炸裂。“所以，某种感情，特别当这种感情是从冲动和激情中产生时，对一个弱小的容器来说就是最大的危险，而年轻的桑姆先生就是这个弱小的容器”。

但是在当时，提多斯只有一个想法，那就是这个年轻女孩就在他怀里，她因为恐惧而异常脆弱（也许是因为来自子弹的实际震撼），几乎无法站立。他安慰她，抚摸她的头发，亲吻她，一遍一遍地说，他宁可自己死去，也不要伤害她一根头发。但是关于一秒钟之前她是另外一个样子，甚至另外一个性别，他只字不提，他想她可能不希望其他人知道这件事。

他认为："就是因为她善良啊，即使不是为我也是为了公牛，这个温柔的少女才幻化成别的样子，否则一个白人女孩儿怎么敢一个人跑到森林里去找亚伯呢?"于是他什么也没有说。

至少那一天他是怀抱着她的，以前夜晚所忍受的煎熬和痛苦都消失了。相反，对他来说，他更像是在安慰爱抚自己的妹妹，于是他把她抱上公牛背，带她回到了拜尔比先生家。

等他回到自己家的时候，那种熟悉的感觉又回来了，他再次被巨大的、充满热情的欲望所压倒，他不能相信自己在早上亲吻她时，仅仅把她当成一个孩子、一个女巫，而不是一个女人。

第三章

1

年轻的桑姆退缩了，虽然女巫继续折磨他，但是即使她的养父也看明白了，她不是，也不可能成为一名基督徒了。

从亚伯跑掉又被抓回来那天起，提多斯就开始了对娃娃的暗恋。不管她是不是女巫，他不会再爱其他人了。他的父亲支持他，总是眨着眼睛提醒他，拜尔比先生家的草地多么肥沃，牛群多么庞大，谷仓也不小。但是另一边是他心爱的母亲，总是在小声提醒他：那个女孩是个女巫，她不会有好结果的，早晚要被吊死，那个女孩是个女巫、女巫……女巫……

而在两家要联姻这件事情上，汉娜太太并不知情，她发现提多斯老是在房子周围转悠，她觉得他一定是爱上了自己的美貌（以她的姿色在她这个年龄段里算不错的了）。她非常肯定，自己就是这个年轻人不断出现的原因。她无法相信，这么一个人见人爱、英俊漂亮的年轻人，会看上一个可笑的小鬼一样的孩子。娃娃·拜尔比每次看到提多斯都躲开，但他总是追随着她，好像小猫追逐小鱼。

很多人六月就注意到年轻的桑姆先生正在经受痛苦，到了七月更多人发现了，从他的身体、脸色、暗淡的眼睛里都可以看出来。他在田里干活的时候无精打采，偶尔靠在自己的大镰刀上望着地平线，微微叹息，神情索然。他吃得很少，睡得很少，整个人消瘦不堪。四个月之前的漂亮小伙子，现在成了憔悴的小老头。他有时会喃喃自语，坐在夜晚的蒙蒙雾气里，看着月亮，想象它照在不远处拜尔比家的屋顶上。

他的状态越来越糟糕，没过多久他妈妈就发现他不对劲了，并猜出了原因。她于是密切关注他，这反而给他带来了很多困扰。当他的两个小妹妹偷偷到杨柳小溪去见"多莉夫人"的时候（虽然妈妈不许，但是她们两个经常去见），他就乞求两个妹妹跟他说说这个女孩都跟她们聊什么了，她们都玩什么了，她们用鹅卵石搭造小房子了吗？她们用小石头雕刻小人了吗？她们才不会告诉他呢，一下子就跑远了。

事实上，娃娃总是给她们讲好听的故事，里面有变色龙、小精灵，还有小仙女。孪生姐妹怕妈妈知道了会生气，因为在妈妈看来，好故事都在《圣经》里，如果《圣经》里没有这个故事，那就说明这根本不是一个好故事。所以孪生姐妹从来不说她们见娃娃聊了些什么。但是，每天睡觉之前，她们会彼此交谈，然后开始玩娃娃教给她们的小把戏。

终其一生，桑姆夫人都坚称，她一早就知道她儿子所受的痛苦没那么简单。如果这是真的，人们就问她，为什么要同意她儿子和娃娃的婚事？当她年老时，住在她儿子在剑桥的房子里，她有一次曾经说：“我看着我的儿子要死掉一样，他发誓，唯一能解救他的就是让他和这个年轻女孩结婚，当然，这个女孩后来被法官判为女巫。但在那个时候我能怎么办呢？所以我几乎没有反对这个婚姻。再说，那个时候，我对泽利先生的智慧充满信心，他站在我的身边说：‘这个女孩是无辜的，这门亲事是好的。’提多斯为了这个死丫头在梦中哭泣，当我认为这是挽救他生命的唯一办法时，我怎么能反对他呢？”

汉娜得知婚事的时候大为愤怒（那个时候娃娃还不知道婚事）。拜尔比先生无法理解她的愤怒，他一直认为她会很开心看到娃娃嫁出门去。他没想到他太太认为自己才是提多斯老在门口徘徊的原因所在。事实上，她刚从波士顿的西拉斯·戈尔先生那里给自己定制了一件红色的骑马斗篷，幻想着自己穿上它会更迷人，更能讨年轻人的欢心。

最后，娃娃知道自己要嫁给这个优秀的年轻人了。是养父告诉她的。他说，一想到要失去她，悲伤就让自己的舌头说不出话来。她没听他讲完就笑了，抱着他的腰说，自己永远不会离开他，他是她唯一永远爱的人。他当然也想永远把娃娃留在身边，但是他也知道娃娃是个奇怪的女孩，跟别人不一样，他相信，只要结婚了，她就会变得不那么神秘，有了自己的家、自己的孩子，她会更快乐。

而且他也知道，养母对娃娃很不好，他希望娃娃能生活在一个只有爱的屋顶之下。于是他跟娃娃说，不要任性了，你现在是一个成年女子了，是时候开始担起女人的职责了，那就是生养孩子。你难道厌恶你那个英俊虔诚的年轻邻居吗？你难道不会为自己会成为牧师的妻子而自豪吗？不，不，不，从不，她只想成为他亲爱的养女。他硬起心肠，把她的手从自己腰间拉开，告诉她去嫁给年轻的桑姆吧，否则，就想出更好的理由说明为什么不嫁。他不想让一个没有良心的固执女人住在他的房子里。如果她不能按他的安排去做，他宁可她搬出去另找一个地方住。他从来没有说过这么难听的话，但是他只想她幸福。然后，他推开她，自己到田里去了。

她在亚麻地里追上了他，那里正开遍比夏天的天空还蓝的花朵。空气中满是蜜蜂的嗡嗡声，她双膝跪下，紧紧抓住养父蓝色的长袍。

“父亲，”她哭喊着，“等一等，我求您了。”她用手捂着脸哭起来。看到她哭，他也忍不住要哭了。但是他硬起心肠，推开她。她哭着说有事要跟他讲，于是他默默地等着，但是没有看她，他担心一看到她自己的心就会融化。

她抓住他衣服的下摆，用一种低沉、嘶哑的声音开始说话，他从未听过她有这样的声音。她说她不想嫁人是有原因的，特别是不能嫁给一个可能成为牧师的年轻人。因为她担心自己不是一个基督徒。

说完后，她从地上抬起头来看着他，他也低头看着她，当他们眼神相遇的时候，在那个可怕的瞬间，拜尔比先生突然明白了她的意思，为什么她那么害怕自己不是一个基督徒，因为，她记得，记得所有的邪恶，在那一刻，他明白了。

他不敢去问她，他不敢去问她到底记得什么。他只是试图安慰她，告诉她，他根本不在乎她的父母是谁，对他来说，她父母是谁这件事就跟谷仓里哪只猫捉到老鼠一样，根本不重要。而且他还向她保证，这一切都不是真的，一个人在幼年时做过什么，承诺了什么，在上帝眼里都不算数。他茫然说完这些话之后，就去干活了。

离开养父之后，娃娃去了山坡上的白桦林，那是属于她自己的一个秘密所在。她内心无法平静，她不想嫁人，心意已决。

娃娃说的那些话也吓到了拜尔比先生。下午他去了邻居家，他说是时候了，提多斯应该有所行动，亲自出马，用自己的舌头去得到娃娃的心。提多斯说，娃娃像个小跳蚤一样跟着她的养父，他能怎么办呢？于是拜尔比先生就提出这样一个方案，某一个夜晚，他会让娃娃自己在家，拜尔比夫妇会来桑姆家。然后提多斯就可以上门求爱了，说服她嫁给自己。等到时候差不多了，大家再出现，用美酒、赞美诗和祷告来庆祝这个愉快的定亲仪式。

提多斯完全同意这个想法。到了那一天，娃娃在父亲的授意下，穿上自己最惹人注目的衣服：一件猩红色的薄纱礼服，这是一件没有哪个虔诚的女人愿意穿的衣服。

2

女人变得不可理喻，还怎么让小伙子继续爱她。

当屋子里只剩下她一个人的时候，娃娃开始紧张起来。她跑来跑去，把所有能锁上的都锁上了。她锁上橱柜，锁上门，锁上窗户，她去了阁楼，锁上箱子、柜子。她去了地窖，用螺栓把门插死。对那些没有办法锁的门，她就用东西顶上。即使这一切都做完了，她也无法阻止自己在屋子里慌张地跑来跑去，她也不知道为什么，就好像一只疯掉的小狗一样，不停地绕圈子。她一遍一遍地对自己说："我一定是个女巫，我感觉自己在布置魔法。"

还不到七点钟，天色尚早，但是她关闭了一切，所以屋子里面漆黑一片，好像午夜。最后，她依然倍感恐慌，她拿了一条旧毯子，试图把壁炉烟囱的洞堵上，这样，整栋房子就完完全全被关闭了。

但是，在做这一切的时候（事后她跟泽利先生提起时说），她不停问自己："为什么，为什么我要做这些事情?"即使在绝望中堵烟囱时，她也会忍不住停下来，在房子里疯跑。她想也许她在施展魔法，或者有些魔法在伴随她。她必须这样跑来跑去，锁各种门，否则她就充满无力感。

提多斯·桑姆来了，穿得好像一个漂亮的新郎，手里拿着一束花，还有一本火鸡皮做封面的赞美诗集做礼物，他气宇轩昂地敲响了前门。娃娃正蜷缩在寒冷的壁炉室里，试图去堵烟囱洞。听到提多斯的敲门声时，她想，我应该让他进来，他可以帮我。

提多斯进门吃了一惊，房间里一片漆黑，他的姑娘穿着猩红的袍子，但是披头散发，衣冠不整，脖子处的纽扣也没有系好，好像刚刚跟人打了一架。她的容貌也跟以往大不相同，她面色绯红，比任何时候都美丽诱人，她的眼睛闪闪发亮，好像一个精灵，嘴角微微上翘，形成一个古怪但令人心动的微笑。

在这座漆黑的屋子里，她更像一个精灵，而不是一个女人。他身体里的人性，包括智力、意识、理性都在恐慌，提醒他转身离开；但是他体内所有的动物性，包括饥渴、欲望，都在促使他进去。于是，他进去了。

促使她在屋子里穿梭的疯狂似乎没了，她解释说，她之所以要把毯子拿到壁炉边是因为它太潮湿了，她想生火烤一烤它。于是，他走过去生起了火。对自己这个乱糟糟的样子，她是这样解释的，她说她听到地窖里有一只老鼠，就拿了根拨火棍准备去抓老鼠。于是，他也听到地窖里有老鼠窜来窜去，他点起一支蜡烛，拿着拨火棍去地窖了。

娃娃有点羞愧，也有点害怕，她迅速地整理自己的衣服和头发，在他回来之前，把之前所有锁上的门和柜子都打开了。他回来说，是的，他发现了老鼠，已经抓住了。她有些吃惊，因为她并没有真的听到老鼠的声音啊，所以她想，难道魔鬼真的在帮她，放了只老鼠进去，只是为了给她的行为开脱？

这个年轻人坐下来，手捧着头，开始向上帝祈祷，祈祷上帝能把自己的灵魂从这个女人身上挪开。之后，他开始跟她说话，但是他依然不敢看她。他说她应该知道他为什么而来，他想娶她，他想成为她真正的、爱她的丈夫。不，她说不，她不能嫁他。他有些吃惊，因为拜尔比先生没有跟任何人提起过娃娃不想结婚。他以为，只要他求婚，她就会答应。他说，这一切都已经决定了，包括他们将来的房子建在哪里都定好了，她怎么可以冷酷地说不呢？她只是重复说她不能嫁给他。“如果这样，”他说，“我只能戴上帽子离开了。”但是他不明白，如果她一点都不想嫁给他，为什么要这么吸引他？可是她不觉得自己在吸引他，相反，她总是想摆脱他。但是她没有意识到，正是这种想要远离的态度，才会让一个男人欲罢不能。她说她以为他一直在说胡话。她看着他，眼睛在炉火的映照下闪烁，圆圆的、亮亮的，好像猫。

他感觉很糟糕，于是站起来，再次重申，他要戴帽子走了。“您也该走了。”娃娃说。但是帽子找不到了，好像当提多斯在地窖抓耗子，娃娃整理自己和房子的时候，她把帽子和其他东西，连同毯子什么的，卷在一起塞到床底下了，所以，现在他们根本找不到帽子。

年轻人有些害怕，比以往都害怕，他现在相信了，她就是个女巫。他的血液在血管中猛涨，好像要喷薄而出 。他知道这是她的把戏，希望通过这顶帽子控制他。但是如果她迷恋他，想让他成为她的奴隶，为什么不答应他，现在就拥有他呢？为什么要折磨他，让他经受了各种煎熬，现在又这么冷淡地拒绝他呢？

娃娃说她很抱歉帽子找不到了。“哦，这不是帽子的事情，”他绝望地喊道，双手捧着头，“但是，我亲爱的娃娃，你为什么要折磨我，我不是一直对你非常尊敬爱护吗？你看看你做了什么？一年前，我比现在强壮两倍。你看看你做的，你摧毁了我的力量和男子气概。”

他语无伦次，一开始娃娃听不懂他在说什么，后来她明白了，他认定她施加了魔咒，让他如此爱她，莫名其妙地爱。他坦率地跟她说，她没有那么好，也没有那么美丽，他说他还依然记得三年前第一次见到她时，她不过是个瘦弱、难看、嘴巴很大的小东西。

这让她非常生气，她愤怒地跳起来，比以往任何时候都更像一个精灵，她尖叫着让他走。又跑回自己房间，拿出他的帽子——她已经猜到帽子在什么地方了，只是还没有机会找出来还给他而已。她跳起来，把帽子扣在他头上，狠狠地往下拉了拉，盖住他的耳朵。她继续尖叫，“你走，你走，你走！”他粗暴地抓住她的手臂，大吼“你才是女巫！泼妇！魔女！”她转过身来，狠狠地咬了他的手腕，留下的印记几天后才消退。他推她，愤怒地摇晃她。她跌倒在墙角，头磕到了坐凳后痛苦地呻吟起来。这无限触动了他的心，这一刻他知道，不管她是不是女巫，她是他的爱，是属于他自己的姑娘。

当两家父母回来的时候，发现了这样一幕，提多斯，一个勇敢的男子汉、一个受过高等教育的人、一个财产继承人，在抽搐着哭泣。女孩惊恐地躺在角落里，像一只受到惊吓的无辜的兔子。拜尔比先生不知道发生了什么，娃娃为什么躺在角落里，娃娃一直是个奇怪的孩子，也许是她自己跌倒的。他怜悯年轻人的哀痛，于是发誓说，不管娃娃多么不可理喻，他不反对，婚姻必须继续。

桑姆先生带着儿子回去了，拜尔比先生让娃娃上床休息，他一直安慰她，用比正常情况下安慰儿童和妇女更温情的方式。

汉娜太太很不高兴，因为她的毯子被烟灰搞脏了，娃娃一直没有告诉她养母到底发生了什么，但是最后她把这一切都告诉了泽利先生。

3

邪恶的声音在上帝面前响起。

桑姆太太开始跟所有人耳语："看看我的儿子吧，他难道不是鬼迷心窍了吗？他是个那么温和的男孩，连猫都不会踢一下，但是你们都知道，他曾经不小心开枪打到娃娃，又在几天之后打了她，把她甩在地上。然后，他哭了几个小时。我带他回家，让一个男人爱成这个样子是上帝的意思吗？讨厌她，爱她；爱她，再讨厌她。愿上帝让这个丫头死吧，但是她不会的，竟然还要嫁给他！"

所有人都觉得这个女孩是个女巫，她依然我行我素，跟以前一样，只是有点心不在焉，她的心在别处。

这一年收获的季节来得有些晚，但是依然很丰厚。根据这些殖民者对新土地的观察，大自然总是在一年给出比较少的收成饿死一部分它的子民，又在第二年让丰厚的丰收累死他们。饱受困扰的拜尔比先生做了一个错误的决定。他去找泽利先生，请求他在下个礼拜日宣布他养女和小桑姆的婚事。他还告诉泽利先生，娃娃同意了。

也许在娃娃身上真的存在着某些女巫的品质，比方可以指派一些小精灵做耳目什么的，因为她似乎已经知道在某个星期天她的婚讯要被公布于众了。但是她什么也不说，只是静悄悄地保守这个秘密，暗中布置她的法术。

星期五的时候，拜尔比先生有点不舒服，到了星期六他吃不下饭，只能吃一些娃娃亲手做的面包和大麦粥。汉娜太太相信——毫无疑问——这个鬼丫头是这一切的始作俑者，她就是处心积虑地不让她的养父去教堂。确实，汉娜听到娃娃暗地里乞求养父不要去，因为他生病了，要听她的话，要在家里待着。

但是他没有被说服，还是跟以往一样去了教堂，娃娃坐在马车后座上，汉娜太太自己则骑了一匹肥肥的耕马。

在教会大厅的窗户和门上，钉着刚刚被宰杀的狼头，面目狰狞，龇牙咧嘴。门口有两个木笼，里面囚禁着两个贵格会[1]的女教徒，一个阴郁冷酷，另外一个毫无廉耻，大声说着污言秽语。在屋顶平台上走来走去的是布泽上尉，他是民兵机动队队长，他一边走一边敲鼓，召唤大家都来礼拜。

在教堂里，汉娜和娃娃一起坐在妇女那一区，拜尔比先生因为在社区里的地位，坐在离牧师不远处。在赞美诗和祈祷之后，泽利先生用两个小时给大家宣讲犹太书，接着又宣布了一些文书。最后泽利先生再次走上讲台，用得体的仪态宣布，邓肯·意夫瑞姆·桑姆的儿子提多斯，和杰拉德·拜尔比的养女娃娃，以圣婚的名义结合，特此宣布。

但是他的声音马上被一个凄惨的哀号给打断了，它非常尖锐，所有人都愣住了。一开始，没有人知道这个地狱般的声音是从哪儿来的。执事看着执事，女人看着女人，正在收奉献捐款的卡佩先生也愣住了，被乱窜的小男孩撞得东倒西歪。

泽利先生吃惊地停下来，首先他抬头看，他觉得声音似乎是来自阁

---

[1]贵格会（英语：Quaker），又称公谊会或者教友派（Religious Society of Friends），是基督教新教的一个派别。该派成立于17世纪的英国，因早期一名领袖号称“听到上帝的话而发抖”，于是得名“贵格”（英文有“震颤”之意）。贵格会信徒曾受到英国国教教徒的迫害，与清教徒一起移民美洲，但又受到清教徒的迫害，最后逃离马萨诸塞州而定居在罗得岛州和宾夕法尼亚州。

楼上的玉米仓，或者从天堂而来，然后往下走，要回地狱寻找它的源头一样。大家这才发现，娃娃·拜尔比已经站起来了，冲着她养父的方向伸出手。声音是她发出的，响起又很快消失，没有人听清她到底说了什么。

那天中午，在两次祷告之间，男人和女人凑在一起窃窃私语，奇怪拜尔比家那个调皮的丫头怎么敢大胆发出这种声音，不管是出于自己的无耻，还是出于对圣灵的亵渎。

泽利先生是所有人中最不以为然的那个，他任由拜尔比先生带着他心爱的娃娃不等第二次祷告就回家了。这件事也有让他头疼的地方，执事们普遍觉得应该给娃娃惩罚，至少是囚禁或者上个手枷，但是泽利先生拒绝参与这种讨论。

大厅里的教民们凑在一起议论纷纷，他也没有加入他们，反而走出门外，站在被囚禁的贵格会的女教徒面前，以基督耶稣的名义劝她们悔改，乞求被赦免。孩子西奥多·戈金嘲笑她们，还冲她们扔烂苹果。这个行为激怒了泽利先生，他觉得这比贵格会还丑恶。他命令西奥多脱下自己暖和的外套，以示惩罚。即使在最无耻的贵格会面前，他也传播了友善。面对这样的仁慈，贵格会那两个女人终于闭嘴了。泽利先生责备了孩子，让他玩去了 。

4

恶行结出了苦果，拜尔比先生被击垮了。但他还是不肯指控毁灭他的人，自始至终他都是一个虔诚的基督徒。

拜尔比先生僵硬地上了马车，他紧抿着嘴，脸色灰白。他的太太坐在后座上，娃娃骑着那头肥肥的牲口，很快被甩在了后面。当女孩回到家时，她不明白为什么她的养母挥舞着拳头，冲上来辱骂她，还用平底锅砸她。她似乎并不知道她把厄运带给了那个她深爱的男人，她的养父。

经受了这次打击之后，拜尔比先生更加虚弱。克里弗医生说，他没有多少时间了。一天，医生来了，马鞍上的袋子里装满了益母草和金毛莨，接着牧师带着他的大《圣经》来了，第三天他们叫来了古驰瑞老太婆，这是个处理后事的女人。拜尔比先生不行了。

但是他延迟了自己进入永恒的时间，以一个基督徒的坚韧与死亡做斗争。对一个基督徒来说，在世上虚度的岁月不过就像是孩子在妈妈肚子里度过的九个月一样。他的死日就是他在天国的生日。他能抵抗死亡吗？婴儿如何抵抗出生呢？

他的病房里白天黑夜都挤满了人，至少十个或者十二个人，他们一起祈祷，希望他早日康复。如果这是不可能的，他们就祈祷天堂赋予他灵魂升天的能力。

拜尔比先生的脸已经陷入死亡之中了，他呼吸艰难，偶尔发出野兽般的声音，他知道大家都在白费力气，他还在请求，从一开始就请求，让他看看他的孩子娃娃。

房间里的人走了，大家回到桑姆农场，在那里继续祈祷，喝了好多朗姆酒。房间里只剩下克里弗医生、泽利先生还有汉娜太太。泽利先生命令汉娜去把娃娃找来，汉娜皱着眉头走了，一会儿她回来了说，找了，她不在。事实是，这个女人跑出去对娃娃又打又骂，以至于即使她听到有人呼唤她的名字，也不敢走进来。

死亡之室的门紧闭着，室内的炉子上焚烧着樟脑。妻子站在丈夫身边，在泽利先生和外科医生的见证下，她大声地问了他三遍：他是否相信是他收养的那个孩子对他下了诅咒？

尽管连呼吸都困难，拜尔比先生还是集中所有意识，坚决否定了这项指控。但是有人，包括汉娜，认定他那个时候虽然能讲话，但是已经死了。一个邪灵为了救娃娃跳进了死尸的脑子，帮助他说了话。因为他的声音那么响亮、清晰，一点儿也不像他平常的声音。说完这些话他就死了，但是他看起来好像至少死了半个小时或者一个小时。

5

娃娃放弃了上帝，选择了魔鬼，撒旦因此为她准备了一场游行。

在拜尔比先生濒临死亡的四天里，娃娃整天整夜地待在干草屋的阁楼上。她偷听了农夫的说话，知道自己被指控了什么，也知道为什么汉娜不许她进房子。她依然记得那次在屋子里跑来跑去瞎折腾的时候，她知道，或者感觉到自己似乎正在施展魔法，她一想起这个就非常恐惧，生怕自己真的有些什么力量，在自己不知道的情况下，诅咒了最亲爱的养父。也许，她也是在不知道的情况下，迷惑了提多斯。

没有人去找她，也没有人知道她在哪里，大家似乎把她忘了。除了一个雇农，他是个年轻善良的小伙子，他给她带来水和食物。到了晚上，他就回到牛棚他那可怜的住处，从自己的床上拿一条毯子给她。

娃娃从阁楼里远远望着房子和院子，从医生和神职人员的密切参与和众人的密集祈祷中，她猜出，他一定病得很严重。她看到汉娜太太每天清晨走到山坡上，抓一只鸡回家。娃娃知道，这是用来放在病人脚底给他取暖用的，因为鸡总是在黑暗中静静趴着，浑身散发出能治病的温暖。但是每只鸡都不能待在那里超过二十四小时，以免它们身上的热气变成死亡的寒冷。

第四天就是拜尔比先生去世的那天。娃娃决定离开阁楼，她想去找格兰尼老太太，至少她会告诉娃娃养父怎样了。也许老太太会治愈他的病，因为娃娃觉得她和她的草药比克里弗医生的放血杯更管用。

每年这个时候，这个女人就会出现在拜尔比家的小溪附近，她要采摘一种叫作“滴血的爱情”的草药。所以娃娃在没人注意的时候从阁楼里溜出来，想沿着小溪寻找她邪恶的同党。

没看到格兰尼老太太，她就坐在河边，直到日落，她一直在痛苦地哭泣。她记得以前提多斯在这里找到她时，她也哭了，可是跟现在比起来，那个时候的悲伤算什么呢？

天渐渐黑了，她再次起身去寻找格兰尼老太太。花茎在地面附近被折断了，印第安人的鹿皮鞋留下了脚印。她知道这是格兰尼老太太的足迹，因为她穷得只能穿这种鞋，而且她的脚还特别小。她沿着脚印走，直到发现脚印将她往森林里领。她因为害怕而迟疑了，但是她更害怕养母那残酷的怀疑，所以她回过头来看着牧场和田野，眼睛里满是告别之意，然后她沿着脚印找上一条小径，大胆地走了进去。

一种潜意识里的恐惧包围了她，她知道在这样的森林里，一旦迷路将会多么危险，而且她也找不到脚印了。突然，她开始在林子中的小路上奔跑起来，这些小路平常除了动物、猎人和印第安人之外没有人走过。她无法停下来去思索方向，或者确定她到底在寻找什么，实际上，她几乎忘了自己是来寻找格兰尼老太太的。

太阳落下去了，十一月的夜晚说来就来。阴郁和沉重的寂静几乎把她压垮。她开始认为她闻到了烟火气息，或者看到了火光闪烁。无论怎么看，她都仿佛看到草丛里有若隐若现的篝火。有时她觉得好像有数百个印第安人的小营地，他们支着小帐篷，但是只有几英寸高。她知道格兰尼老太太喜欢印第安人，所以她认为找到这些小帐篷就能找到她。她也知道自己迷路了，但是她鼓起勇气继续寻找，不仅仅是寻找格兰尼老太太，她也寻找温暖，哪怕只有最小最小的篝火，因为夜里冷得让人绝望。

最后，她终于来到一个平整的地方。她觉得她找到篝火了，你看，篝火上面是一大团浓烟，她去捡了更多的树枝和柴火，让火继续烧起来。她完全不知道，自己其实只是在阴冷的地上堆了一堆垃圾而已，但是她的“火”温暖了她，于是她躺在潮湿的苔藓地上，沉沉地睡着了。

过了一会儿，她被惊醒了，因为有人在喊她的名字——“拜尔比的娃娃”，这个声音一直在喊，“拜尔比的娃娃!”

“我在。”她回答着从并不舒服的床上跳起来。但是没有人回应她。火好像快熄灭了，她大声喊，“是谁?”声音在丛林里回荡着，这深不见底的夜好像在嘲笑她的孤寂。

她猛然清醒过来，惊讶地意识到，这个声音就是她亲爱的养父的声音啊！只是，他从来不会喊她“拜尔比的娃娃”，他只是喊她“娃娃”。

她明白了，他死了，她再也见不到他了。

刚才是他孤单的灵魂，从地面上刚刚升起的灵魂，在去往天国的路上徘徊着，一遍遍喊她的名字。她扑倒在地上，悲伤地哀号，但是却没有泪水。她知道女巫是没有泪水的，她惊恐地意识到，自己的眼泪也干了。

她开始祈祷“我亲爱的在天国的主啊……”森林里传出一阵沙沙的响声，接着是低沉的狞笑。她停止祷告，忍不住呻吟起来。这么过了一会儿，她又开始祷告，“万能的主人，以色列的神……我从来没有想过伤害他，他是我唯一爱过的人。我从来不想伤害他……”

一个声音问道：“那你为什么要诅咒他?”接着又是一阵狞笑。她多想流下悔恨的泪水，这会让她好受一些，但是没有眼泪，再也没有了。

她感到这附近可能会有危险的大动物，所以继续往“火堆”上扔木头。她听到脚步声，像是山猫或者狼。但是在她内心深处，她担心，但也期盼着出现的是地狱之神派来的使者，她确信在她小的时候，她父母让她效忠地狱之神。在她听到“拜尔比的娃娃”的召唤时，在她感到树从里有动物行走时，她已经完全相信自己就是一个女巫，具备了女巫的所有力量。

她只能求助耶和华，呼唤他，因为她想，虽然她是这样一个邪恶的人，但是宽容的耶和华也有可能会彰显他的圣灵。“哦，主啊，你明白所有，主所行的万物，哦，伟大的以色列之神啊，求你给我一个征兆，求你给我一个征兆……”然后，她竟然无礼地提出了非分的请求，虽然充满虔诚，“放了杰拉德·拜尔比的灵魂吧，让它回去吧，因为他还没有走远，他的身体还是热的。请这样做吧，然后我就会服从你，跟随你，我将洗我的手，为你，为你严苛的律令！”

沙沙的声音越来越近了，天使是不可能用自己的肚子走路的。她努力睁大眼睛盯着，会出现一个头上有角、露出邪恶笑容的恶魔吗？但是什么都没有。她继续向上帝哭诉，丛林中回响着她的声音，还有狞笑。

于是她只好转而向地狱之神和地狱王子哭诉，“伟大的地狱之神啊，如果我服务于你，那你也必须服务于我（因为她知道这是女巫奉献地狱之神的规矩）。我什么都可以做，签署我的名字也可以，只要你把杰拉德·拜尔比的灵魂还给我。”

但是这个可怜的灵魂此刻已经在守护天使手里了，即使魔王本人也不可能把它夺回。正如她所想的，一个飘忽不定的声音喊道：“太晚了，太晚了。”她喊道：“撒旦啊，请你给我一个征兆吧。”于是在地上出现了一只猫，两只眼睛比茶碟还大。它看着她，用它绿色的闪烁着地狱光芒的眼睛，穿过黑暗，穿过她的灵魂。

她绝望地对着那双眼睛哭喊："不管你是谁，走出来吧，我将做任何事情，在任何书上签名。以撒旦之名告诉我，现在真的没有办法让杰拉德·拜尔比的灵魂回来了吗？因为是我，我，我用女巫的样子杀死了他。哦，仁慈的神灵，如果你年老，我将做你的女儿，如果你年轻，我将做你的新娘，现在，请站出来吧！"

就在她胡思乱想的时候，眼睛从她身上挪开了，那个东西走了。很远的地方传来一个不比麻雀啁啾声大的声音，悲伤地对她哭诉着："拜尔比的娃娃，拜尔比的娃娃……"她想跟着声音跑，想把养父赤裸的灵魂抓到手中。但是有什么用呢？他已经在几千英里之外了，于是她听到了更加微小的声音，不比跳蚤或者蠕虫的声音大，她听到了养父的声音对她哭诉，"拜尔比的娃娃……"

她知道，消亡的生命自有独特的形式，只要有人重新塑造它们，就可以产生奇迹。我们的主在拉撒路[1]的墓前不就这么做过吗？她能记住她在教堂里说过的话吗？也许让往事重演，她就可以反抗诅咒，让养父复活。

她扑在寒冷的土地上，没有眼泪干号着，呼唤着地狱的力量。黑暗中树枝在摇摆，一片沉静里好像有脚步声。

深夜的寒冷，灵魂中的恐惧，食物的匮乏，内心的悲凉，都让她进入一种恍惚状态。她的身体一动不动，但是在她的意识里，不停地有各种形象出现——魔鬼、女巫、法师、精灵、野兽、色魔，甚至还有美丽的贞女黛安娜。它们都形象鲜明地走来，一个魔幻但奇妙的景象在她眼前展开。小精灵们都长着猫、猫头鹰和蜥蜴的脸，好像刚从火里爬出来。还有蛇怪、巨蟒、长着蝙蝠翅膀的吸血鬼，张着血盆大口。那些在受洗之前就死去的粉红色的小婴儿们，都站在地狱的门口等待成为仆人，待

[1]拉撒路（Lazarus），耶稣的门徒与好友，经由耶稣奇迹般地复活。《新约》中记载，他病死后埋葬在一个洞穴中，四天后耶稣吩咐他从坟墓中出来，他就奇迹般地复活了。

在她们身边的是小妖和狗鬼。

等它们一一走过之后，她眼前出现了一大片橘色的云彩，好像一堆燃烧殆尽的没有温度的火。一开始她的眼睛什么也看不到，接着，她从这些暗褐色的迷雾中看到了赤裸的手臂和大腿，还有枯萎的骷髅一样的头，上面有饱受折磨的眼睛。这就是那些埋葬在布列塔尼的蒙特霍尔的法国人啊。也许她不认得他们，但是她的父母是其中的一员。接着出现了另外一群人，安静地走着，乌泱乌泱地穿过树林。在他们中间，她看到了格兰尼老太太，她停下来，转过头来看着娃娃，但她的眼睛是瞎的。

最后出现的是亚伯，摇晃着它黑乎乎的头颅，蓝色的唇边有一株黄色九轮草。她睡了，又醒来，但是游行队伍依然川流不息，每次都会看到亚伯。树林里充满了神秘的声音，有可爱的歌唱，还有低低的吟唱，出现又消失，然后又出现，连绵不绝。

6

天亮了，地狱之神退去，但是娃娃却更坚定地要追随它。

最后她终于醒来了，迎接她的不是地狱的游行，而是明亮的太阳。但她脑子里依然有不绝的嗡嗡声，升起又落下，不肯消失。她感到彻骨的寒冷，现在，她逝去的养父已经走得很远很远，变得很小很小了。之前的那个她似乎也消失了，好像有一把刀劈下，将现在的她和过去的她完全切割开了。所以，虽然想到她深爱的人已经去世，她依然非常悲伤，但是仿佛跟她父母去世一样，都是发生在很久之前的遥远童年的事情了。

她想起以前听到的故事：一个女孩在童话森林里睡了一百年，醒来后恐惧地看着自己的手，生怕看到历经百年苍老的手。但它们跟以前一样，就连她肩膀上的头发都是黑色的。她想，也许真实情况是这样的（目前看来这是最大的可能），她的身体依然保持其年轻的样子，但仿佛经历了沧海桑田，她的内心早就苍老不堪。

她要回到考恩角，去寻找吞下她的黑暗森林。灌木丛中一定有一个巨大的地洞，波士顿、塞勒姆、考恩角、伊普斯威奇曾经都处于其中。她觉得整个新大陆只剩下她一个人了。她的身体变得如此之轻，如此不真实。她恐惧极了，几乎不能站立，甚至不相信自己是真实的，直到她看到了阳光下自己的影子。

娃娃·拜尔比总是在寻求宗教的安慰，所以，很自然地，当她相信自己刚刚看到自己的“神”显灵之后，她觉得是时候敬畏他、感恩他、皈依他了。她呼唤她的地狱之神，感谢他彰显了圣灵，让她见证了他的伟大。她呼唤她死去的父母，以地狱的名义祝福他们，并承诺要追随他们。她召唤所有邪恶的东西，祝福它们，并许诺要为它们服务。

她轻飘飘地往前走着，要去看看考恩角是不是还在原先的地方。她听到有呼喊她的声音穿过树林，这是真实的人发出的声音，不是鬼怪的声音。她回答：我在这儿。

四个男人奔过来，他们都跟上次在礼拜日看到的时候一模一样，没有变老。但是泽利先生看到娃娃的时候，难过地喊了出来，因为五天的绝望、挣扎，都一一标记在娃娃的脸上，改变了她漂亮的少女样子。

“我的孩子啊，”他说，“你不需要逃跑啊，拜尔比先生的死亡是自然的，有些光出现也是正常的，那正意味着死亡。娃娃，当他弥留之际，我们问过他，是否有巫术的介入让他死亡，他大声地说：我到死都是自由的灵魂！”

娃娃开始捂着脸哭泣，大家都以为她泪流满面。但是她知道，眼泪在昨天晚上就干枯了。泽利先生温柔地亲吻了她的额头，这个吻让他与她达成了某种联系，从此以后，他珍惜她，并最后成了她的知己。她跟他分享所有的事情，即使邪恶的事情。而他曾经是上帝的牧师啊！

泽利先生走在她身边，其他三个男人满腹狐疑地看着她，小声嘀咕说："这个女孩是个杀人犯，是个女巫。"很快，他们把牧师和娃娃远远落在后面，最后，只有牧师独自把娃娃送回了家。

他告诉她，从现在开始，至少在一段时间里，生活对她来说将是艰难的，她必须和汉娜生活在一栋房子里（她也没有别的地方可去）。她必须，以上帝的名义，活出虔诚、正直、健康的生活，无论是她的谈吐还是言行，都必须有尊严，有善意，让所有对她是个女巫的无聊揣测都落空。

他和克里弗医生都相信，拜尔比先生是自然死亡，不是被巫术所害。而娃娃，更应该在所有事情上都信任他。他说，他会澄清她的名声，他希望凭借在这群人中的影响力完成这件事情。所以，她一定要保持美好的心灵，主会与她同在。泽利先生也保证说，他会经常来看她，和她一起祷告，给她力量。

泽利先生把娃娃送到门口，院子里两个雇农正在给木头棺材钉钉子，旁边站着一群神情严肃的男人，讨论着生命的无常。时不时有人从木桶里给自己舀一碗苹果酒，看来讨论和沉思让他们口渴了。

泽利先生把娃娃领进房子，火炉还在燃烧，一锅水正在沸腾。炭火上的铁叉子上正烤着一只牛腿，小酒馆用来转铁叉子的小狗被借来转铁叉子。虽然这是个悲伤的时刻，但也是个愉快地吃吃喝喝的时刻。小狗奔跑着，转动着铁叉子，就像它一直被训练的那样。它的眼睛有点红肿，后腿的毛被烧焦了。娃娃还记得她的养父经常在小酒馆给这只可怜的小兽东西吃。她记得养父戏说这是"老爸时间"，即使它只是一条微不足道的小狗。她不忍再看，把头转过去了。

房子里都是过来帮忙准备葬礼吃食的邻居女人。娃娃一走进来，大家纷纷找出理由离开，去牛奶房、地下室、谷仓、厨房，甚至去坐满寡妇的黑乎乎的停尸房。

泽利先生和娃娃发现屋子里没人了，除了一个蹲在那里的可怕的影子，因为这个影子永远都是自顾自的，不惧怕女人、男人或者女巫。这个影子就是古驰瑞老太婆，她正在给死尸入殓。

她有男人的面孔和声音，事实上，很多人相信她就是个男人，在旧大陆犯下了罪行，只好隐姓埋名，改头换面逃到新世界讨生活。她来自威尔士边境，每次工作之前，她都要给自己戴上十个铁戒指，每个手指一个，否则她拒绝触碰尸体。她也担心，如果没有保护的话，死人的灵魂会进入她的血管，从而毁灭她的身体。

当娃娃看到这个矮小的半男不女的人站在炉火边，给自己套上铁戒指的时候，她害怕得缩成一团。古驰瑞老太婆对她恶语相加，泽利先生有点难过，因为他相信这个老太婆认为这个心不在焉的少女是女巫。虽然老太婆的声音过于沙哑，他没有听得很清楚，但是他明白她说的全都是些恶毒的话。泽利先生真心希望她能换一种措辞，至少听起来没有那么糟糕。因为他不关心老太婆用的是好词还是坏词，他更关心娃娃的声誉。

第四章

1

两个女人生活在一个屋檐之下彼此仇恨，拜尔比娃娃的下一个目标是牧师。

收获的季节结束了，杰拉德·拜尔比先生也下葬了，紧接着就是无情的冬天。今年冬天尤为严酷，一英尺一英尺耀眼的雪不停地下。一开始，雪只是晚上下，早上起来太阳依然明亮。但是到了新年（这个时候雪已经差不多和窗台还有围栏一样高了），冬天整个黑下来了。太阳不见了，暴风雪从东北部呼啸而来，没有人见过或者听说过这样的冬天。暴风雪遮天蔽日永不停歇，海洋不停地咆哮，好像有一千头狮子在寻找食物。

逝去的人不能安葬，家畜都冻僵了。狼跑到谷仓里去吃羊、猪、牛、马，一个女人在她的鸭窝里找到一只山猫，鹿从树林里跑出来，跑到牲口群里，好像在跟人类乞求食物和避难所。这样冷酷的冬天也一样降临在那个刚刚死去男人的家庭里，那里住着一个寡妇和她收养的女孩。

这两个女人生活在一起，过着与世隔绝的日子。她们彼此仇恨，不发一言。据住在她们家牛棚里的农夫事后回忆说，他们甚至害怕走进那所阴沉的房子，因为里面住着两个互相提防的女人，仇恨和被仇恨着。

因为职责所在，泽利先生经常去看她们。雪积得很深了，他无法骑马，所以他穿着雪靴，胳膊下夹着本《圣经》就来了。每次来，他都单独见她们，分别和她们祈祷，安慰她们。

他对汉娜夫人说的话很快就四邻皆知。一旦道路开通，汉娜就开始她的闲话生涯。但是他跟娃娃说的话没有人知道，多少年后，才有一部分公之于世。

拜尔比太太说，有一次他从娃娃房间里出来，整个人就好像从地狱里喷出来的灵魂。他看起来惊恐万分，好像看到了或者听到了非常可怕的东西。汉娜当时正好有一点关于《利未记》[1]的疑问想请教他，但是泽利先生什么都不想说，反而抓起一瓶朗姆酒，一口气喝下了一半，然后快速离开了房子，好像身后有魔鬼在追赶。事情真相是，那一天，娃娃向他承认了，她是个女巫。

在这之前，他坚称拜尔比娃娃忠诚、虔诚和谦卑，有基督徒的属性。但是这之后，他开始特别敏感，只要有人提到她的名字，他就会摇摇头，颤抖着喊道："我的天啊！"或者不断重复，"我们都是可怜的罪人啊"。他比以往更常去拜尔比家，每次都是单独见娃娃，在她自己的房间里。

但是当有人说娃娃是个女巫的时候，他就会责备说话的人，很不幸，这反而让人们对他有些看法。是的，《圣经》告诉我们在利未记时代有女巫，但是今天，他不确定还有这样的事情存在。

"那么，您不相信珍妮特·格兰尼老太太是……"

"她也许不是个非常虔诚的基督徒。愚人们称她是个女巫，是因为她自成一套，而且有一双好奇的眼睛，事实上，很多人都是这样的。"

"那么波士顿对女巫们的死刑判决您也认为不公平吗？"

"我不会评价波士顿，我只说考恩角的事情。"

因为这个信念，他赢得了一些朋友，也失去了一些朋友。

如果一个人不相信女巫的存在，那么他怎么相信魔鬼的存在？如果魔鬼不存在，地狱又将如何安放？众所周知，地狱是如此重要，正因为它的威慑力，基督信仰才可以规范良好的行为。

拜尔比房子里的两个女人都很少说话，两个人井水不犯河水，默默地做事。雇农们都待在谷仓里，于是房子里什么声音都没有，除了女人裙子的沙沙声、扫帚的声音、关门的声音和做饭的声音。家里的狗似乎

---

〔1〕《利未记》(Leviticus)，旧约全书中的一卷，摩西五经中的第三本。

也变老了、变聋了，不咬不叫的。她们养的五只猫也集体陷于沉默，它们从一个屋子溜到另外一个房间，警惕地看着家里的女人，但是汉娜太太的眼神远比它们的更加警惕。

一个寒冷的夜晚，吉迪恩，一只大雄猫，因为太冷了，想取暖，一下子跳到拜尔比寡妇的床上。她被吓了一大跳，虽然大猫不停地抓挠她，试图反抗，但她还是掐死了这只猫。

第二天，她用斧子把房子里所有的猫都杀死了，这种对无辜动物的残忍屠杀几乎打破了娃娃的底线。她爱这些猫，亲自喂养它们，晚上它们常常睡在娃娃的床上。娃娃满怀对这个女人的憎恶，她想，也许是时候给她点颜色看看了，至少让汉娜头疼一下，或者给她点小伤害。她想取汉娜的一点指甲或者头发放在布偶里面，以对这个女人施加魔法。

但是娃娃惊奇地发现，汉娜早就有所察觉，她每次梳头发的时候都小心地把掉下来的头发烧掉，剪指甲的时候都用一块黑布接着，然后迅速投入火中。她做这些事的时候狡猾地看着娃娃，似乎在说，我知道你的把戏，我会做好一切预防措施的。其实从她丈夫去世后她就一直这样做，只是娃娃到了二月才注意到而已。

大部分时间里，娃娃都是一个人躺在自己房间狭小的床上，祈祷地狱之神给她派一个信使或者导师来。但是到目前为止，只有泽利先生常常来指导她。她期待着春天的到来，因为她曾经接连三次做过一个相同的梦，梦到一个年轻人在紫罗兰制成的床上睡着了（而且她看一眼就知道，这个男人，是地狱来的使者），所以她相信春天的时候她的信使就会到来了。

二月，道路开通了，拜尔比家的寡妇又可以出来走动了。但是娃娃太厌恶她了，所以宁可独来独往。她什么人也不见，除了隔很长一段时间见一次格兰尼老太太，每周一次见泽利先生（她把她童年的幻想都告诉了他）。她也不再去教堂，这让整个社区又震惊又愤怒，泽利先生坚持为她辩护，解释说她太虚弱了，无法骑马。

而娃娃对邻居桑姆一家也敬而远之。提多斯，因为拜尔比寡妇跟他母亲添油加醋说了好多故事，他母亲又转告他，所以每一天都在恐怖中度过。他坚信，娃娃做了个布偶并对他施加魔法。当他头疼的时候，他坚信是娃娃在用针刺布偶的头，当他的胃、肺、肠子疼的时候，他坚信，一定是娃娃在用毒药毒害布偶的相同部位。当他从小养大的猪突然跳起来摔死了，他坚信一定是娃娃干的。

在所有的事情中，提多斯最害怕的还是那头黑牛亚伯，自从娃娃在森林里找到它之后，它就性情大变，从一个温柔的家畜变成一个凶猛悖逆的野兽。提多斯督促他父亲在这头牛害人之前把它宰了吃了。但是教会的执事说，这么昂贵的肉，不管是做成牛排还是牛肉都太奢侈了，吃的人会胃肠腐烂的。

2

不管冬天多么严酷，太阳总会重新照耀大地。

今年冬天虽然来得早，但是跟民间谚语相反，去得反而迟。四月份狂风肆虐，五月份大雨瓢泼。到了五月底，大地才开始复苏，有了几天晴朗安静的日子。

天气好的时候，天空有圣殿一样的蓝色，上面飘着羊群般的云朵，如迷途的羔羊一般甜美无辜。草地开始变绿，漂亮的小花点缀其间。果树一开始不动声色，但是一旦有了太阳和晴朗的天空，它们一下子就开出花来。这些树的美好品质一直都在，并没有被严冬打垮，它们永远跟往年一样美好。人们尽情享受着花树的芬芳，知道它们的芬芳也会带来之后的累累硕果。

人们重新在教堂的议事厅聚集，感恩这一切，感恩美好的天气，感恩大自然丰厚的回赠，让他们拥有鲜美的鱼、野味和健康。在祈祷过程中，泽利先生两次特别热情地提到，那些旧的仇恨、旧的嫉妒，以及残酷的迷信，都应该被放下，在新的土地上，人们的精神应该获得新生，就好像小鸡啄破蛋壳。

那幢住着孤儿寡母的房子已经紧紧关闭六个月了，现在是时候让它迎接阳光和温柔的风了。娃娃脸色苍白，她整整悲伤了一个冬天。现在，她感受到了大地的复苏，像温柔的咏叹调，让她放下灵魂上黑色的斗篷，享受轻松、希望甚至快乐。她感到非常愉悦（就好像在养父身边一样），她和小马还有小牛一起玩，还跟桑姆家的一对双胞胎在小溪边见面，给她们讲好多编造出来的魔幻故事。

她又去教堂了，但是在做礼拜的时候，她只是沉浸在自己的世界里。她发现了很多好玩的小把戏，比方，执事派温斯带领唱诗班唱歌的时候，她只要把两根手指叠加在一起，盯着他看，就能让他唱不出来，转而咳嗽起来。

有一次，她看到提多斯走进亚伯吃草的牧场，心念一动，想让亚伯逗提多斯一下，亚伯就真的冲向提多斯，逼得后者找到一棵树疯狂地爬上去才得以幸免，这都给娃娃带来好多乐趣。如果亚伯追得太过分了，她就交叉自己的双腿，这会让亚伯停下来，她只是想让自己的旧情人害怕，并不想让他残废或者失去性命。

泽利先生继续在和她祈祷的时候做思想工作，恳求她不要相信自己是个女巫，因为他不相信这些东西的存在。他在极力挽救她的灵魂。但是她却通过摧毁他来报答他。

她经常去他家的藏书室读书，看的净是些《女巫之槌》[1]《猎鬼术》[2] 之类的书，这些书都是在讲怎么对待女巫和巫术，她之所以看这些书，是因为她觉得自己作为女巫还不够老练，所以希望多学习一些魔法和巫术。她还请教过格兰尼老太太，但是后者不给她任何偷师的机会。目前娃娃还不能召唤魔鬼，魔鬼想来就来，不听她的派遣。

3

娃娃相信，她的祈祷发生了作用，地狱之神派来了使者，他们很快就会见面了。

一天早上，她醒来突然有种冲动，要去找格兰尼老太太。

“我必须见到格兰尼老太太，”她想，“我必须跟格兰尼老太太聊聊。”她不洗锅也不收拾屋子，既不穿外套也不戴帽子，因为这是温暖的一天。

新的一年似乎也带来了新的生机，好像有幸福在悄悄靠近她，等着她去发现，去享受。当一切都很美好的时候，街上传来一阵黄铜铃铛的锵锵声，还有螺号的鼓噪声，人头攒动，一听就是镇上的公告人出来喊话，看来是有大事情发生了，一瞬间，世间的美好都不见了。

公告人明钦先生胳膊底下夹着螺号，手里攥着黄铜铃铛出现了。

“闪开！”他喊道，“闪开！闪开！有四名海盗，从波士顿监狱里越狱了，本来明天就要宣判了！这四个人是花肠子杰克、黑山猪墨驰、魔鬼

---

〔1〕《女巫之槌》，是由天主教修士兼宗教审判官在 1486 年所写的有关女巫条约的书。第一版于 1487 年在德国出版，这本书的出版，加剧了当时欧洲社会对女巫的偏见与迫害。这是一本不友善的书，实际上是在教导女巫猎人和法官如何判别巫术、检验女巫，以及如何对女巫施加酷刑。

〔2〕《猎鬼术》，1681 年出版，讲述如何判别巫术和捕捉女巫。

瓶子本，还有血腥沙德。还有一个家伙逃跑了，是来自邓肯·桑姆庄园的无价之牛，你们都知道的，年轻的公牛亚伯。”（叮当，叮当）

“寻找失物，寻找失物，汤姆·布泽上尉的钱包，落在小酒馆的台阶上，一转身就不见了！寻找失物，寻找失物，汤姆·布泽上尉的钱包和钱！”（叮当，叮当）明钦先生吹响他的螺号，带着他的铃铛和寻找失物的消息走向下一个街口。每有人群聚拢过来，他就原话重复一遍。

他走啊走啊，都走出去好远了，娃娃依然能听到他喊的四个海盗的名字，因为他就是个肺活量很大的人啊。于是那四个人的名字她都听了四遍：花肠子杰克、黑山猪墨驰、魔鬼瓶子本、血腥沙德。但是布泽上尉丢钱包的事她只听到一遍。明钦先生的兴奋度越来越低，声音也越来越小，于是娃娃继续前往格兰尼的小屋。

在泽利先生家和教堂之间，她遇到了七个印第安人，他们一个接一个地走着，脚步安静好像豹子。他们身上画着油彩，戴着族群的徽章，希望通过虚张声势和孩子气的做法，让自己获得尊严，但是真正的尊严从来不是来自外部，而是产生自灵魂。

印第安人走过去了，没有过多地注意路边这个白人女孩，但是她一直盯着他们看，也许他们真的就是魔鬼呢——就像好多无知的人认为的那样——也许她一直期待的信使或者征兆恰好来自他们。

就在她盯着看的时候，一根羽毛飘了过来，好像是从某个印第安人的头上掉下来的。它在空中浮动了一会，最后落在她的脚边。这是一根猩红色的羽毛，顶端是黄色的。她弯腰捡起了羽毛，把它藏在怀里，然后抬起头来看着那七个印第安人，希望能看到暗示。兴许是他们有意留给她的，目的是为了召唤她，但其实什么也没有。

她继续走她的路，心里充满欢喜，脸颊红润，嘴角上扬，路过刚从小酒馆出来的年轻人时，他们都不自觉地后退，不敢接触她活泼的眼神，生怕她展露风情，因为他们都知道她给小桑姆带来的痛苦。他们想，你看她脸颊红润得不像话，眼睛明亮得不像话，也许是因为春天来了，她要找新的目标去蛊惑了。年轻人纷纷后退，娃娃愉快地走过去了。

她来到海边的沼泽地，那里有修补匠的小屋。她敲敲门，喊出自己的名字，但是里面的人没有像往常那样喊“请进”。屋里传来了窸窸窣窣的耳语和踩踏。也许格兰尼老太太跟她一样是个女巫，想到这里，娃娃更雀跃了。也许此刻，格兰尼老太太正在跟魔鬼做精神上的交流，这就是为什么她不肯开门，为什么里面传来耳语声。

正胡思乱想，门开了，格兰尼老太太若无其事地让女孩进了房子，亲吻了她，让她坐在圆凳上。然后格兰尼老太太继续忙自己的事情，把晾干的伞菌和蘑菇整理成一堆。

娃娃在一旁看着她，看她脖子上的青筋多么有力地跳动，看她工作的时候双手是如何的灵活，还有她一次一次地咽口水，好像在吞下一个压抑了很久的秘密。但是这个女孩不能跟老太太说，她认为她是一个女巫，并说，“我想看看那些跟我们一样的人，他们一定就在附近。”她什么都不能说，只能安静地待在一旁，但是，很奇怪，她知道屋子里肯定不止她们两个人。

她能感到周围的空气在颤抖，一定有什么东西在，她能听到，只是看不到而已。它，不管是什么，和她一起待在这个小屋子里。虽然她来了，但是它并没有走，只是躲了起来。

她看到床上的幔帐低垂。“是的，就在那里。”她想，“魔鬼就藏在床上的帘子后面。”她有些害怕，但是更多的是期待。她从怀里取出印第安人遗落的羽毛，她问格兰尼老太太怎么看这根羽毛。

格兰尼说：这是根鲜亮漂亮的羽毛，说明印第安人比我们更会染色。

难道只看到这个？除了这个还有别的看法吗？

没有了。

她把羽毛放回娃娃怀里。你要用这么多蘑菇做什么？要把蘑菇和蛇脂搅在一起治疗风湿病。我不知道蛇还有脂肪。任何从肉里面蒸馏出来的东西都叫作“脂肪”。然后她们不再讲话，就坐在那儿，娃娃帮老太太整理蘑菇，这样过了好久。

娃娃想：“做我的朋友吧，格兰尼老太太，跟我承认你是个女巫吧，把你的伙伴领出来吧，我们一起施展魔法。我无法忍受这样的孤独了。”

老太太把锅放在火上准备熬粥，她抓了满满三把玉米扔到锅里。娃娃问：“格兰尼先生要回来吃饭吗？”“不。”老太太回答说，“我不小心多放了一把。”这很反常不是吗？娃娃想，说不定真会有同类屈尊来吃玉米粥呢，像穷人一样。但是这也很伤害娃娃，因为格兰尼老太太不信任她，不把她视为同类。

老太太蹲在锅边，娃娃跪在她旁边，因为长久以来太孤独了，所以她把脸埋在老太太的袖子里，喃喃道：“当我还很小很小的时候，你就是我唯一的母亲，格兰尼老太太，而我，我是你唯一的孩子。”老太太听到这话，不由得一抖，手里的勺子掉到汤里去了，娃娃跳起来替她去拿了个新的。她看了一眼挂着幔帐的床，“也有可能，”娃娃想，“她用抹布、扫帚和稻草人给自己做了个漂亮的小人，她管这个小人叫‘儿子’。”也许这就是这幢屋子、这张床上的秘密。

她们吃饭的时候（对两个女人来说，这顿饭实在是太多了），娃娃央求格兰尼老太太给她讲那些神怪故事，她小时候总是听得入迷。她讲过那个可怜的伯爵的女儿，答应和一个陌生的漂亮男子一同乘船（桅杆是金子做的，风吹过来纹丝不动，船行得很平稳，可是海上一丝风也没有）。他们航行了很久，然后她无意中发现了他长着蹄子，她痛苦地哭了，因为她知道他不是人，是魔鬼，但是她无能为力，只能与之为伍。

格兰尼还跟她讲过另外一个不敬的故事，来自不敬的古代。娃娃不放过任何一个细节。她必须知道那些魔法是怎么生效的，她想知道女巫们是怎么招呼魔鬼的。格兰尼跟她讲过一个真实的故事，有一个妄想症男人，他一直相信自己是只狼，在士兵捉到他之前，他在英国的米德兰兹已经杀了十五个人了。她还跟娃娃讲麦布女王[1]小而精致的院子。

天色不早了，当娃娃起身准备离开的时候，她听到床吱吱地响，还看到幔帐后面有东西在动。趁着格兰尼老太太不注意，娃娃狡猾地从怀里拿出猩红色的羽毛，假装用羽毛刷着床，偷偷把羽毛塞了进去。仓促地说了再见，她转身离开，一出门就跑了起来。因为她（虽然满怀期待）有点害怕，害怕一个巨大的、身披鳞片的、黑乎乎的魔鬼从床上跳出来，把她一把扛在肩上，奔向地狱。

4

娃娃在地窖里发现了一只精灵，一只并不友好的精灵。

第二天，娃娃又来到沼泽边的小屋，格兰尼老太太还是一人在家，但是跟昨天一样，这个屋子还是充满了神秘的存在。老太太正在烧茶。炭火上有四锅水。老太太她盯着炉子上的水，陷于一种冥思苦想的状态。

小屋旁边有一个地窖，里面储藏着草药，还有格兰尼老太太炼制好的药膏、油脂和瓶瓶罐罐的，这都是为了她的生意准备的。老太太现在需要薄荷花和莎草根，娃娃飞快地跑去地窖，她知道这些东西放在哪里。

地窖的门是一扇隔板，门后面是个短楼梯，她沿着楼梯飞快地跑下。

---

〔1〕麦布女王，Queen Mab，“麦布女王”是神话故事中的一个仙女精灵，因莎翁的著名剧本《罗密欧与朱丽叶》中的相关描述而为世人熟知。根据剧本的描述，麦布女王可以帮助人类实现梦境。

小时候她常常来这里玩，那些草药、树根，还有脂肪的强烈气息，对她来说都是好闻的。

她停下来闻了一会儿，黑暗中，摆放黏土缸的架子后面发出一阵响声，挂在上面的蛇皮摆动了一下。黏土缸后，露出一个黄褐色的小毛球，小毛球上生着一张男人的脸。她吓坏了，如果真有她的同类，不应该正躲在女主人的床幔后吗？她惊慌地喊着上帝的名字，而不是她效忠的撒旦的名字。

小毛球皱巴巴的，看上去像个埃塞俄比亚人，头不比一个橘子大。就这么一会儿，她发现这个东西的手和指甲完美，只是背后挂了一条长长的，打着圈儿的尾巴——一条非常漂亮的黑褐相间的尾巴。

这个小怪物对她的打扰非常恼火，开始用一些奇怪的语言咒骂她，眼睛通红，充满仇恨。她本来以为自己即使站在撒旦面前也无所畏惧，但现在只是看到他小小的仆人就惊恐万分，转身逃走了。后来她又见过这个仆人，但是那次她就不害怕了。

她跑到格兰尼老太太跟前，跟她哭诉见到的可怕事情。

“嘘，”格兰尼说，“你只是看到了头骨，一个或者两个，也许还有蛇皮……”

“不，不，不是的，是个精灵，它还活着。”

“你做梦了，或者你遇到一只猫，猫总是钻进我的地窖找东西吃。”

“不是猫。”

格兰尼知道那不是精灵，但是她什么也没说。

最终娃娃放弃了，因为格兰尼死活不相信她的话，也不肯吐露真相，但是娃娃真的看到了精灵，听到它在喋喋不休。她痛苦地戴上自己的苏格兰帽。很多工作等着我做，她说，汉娜太太正在家里拔鹅毛，所以我必须赶回家给鹅流血的地方擦软膏。

“娃娃，”格兰尼老太太说，“我听到你喊上帝了，当你在地窖里被猫吓到的时候。”

“我忘了。”娃娃小声嘀咕，她很羞愧，她在最恐惧的时候，竟然在呼唤上帝而不是她宣誓效忠的撒旦。也许这就是为什么小精灵那么生气，格兰尼老太太也不信任她。“我下次不会再忘记了。”她低声说。

“不管怎样，感恩那些应该感恩的。”格兰尼老太太转了转眼珠说，她的口气在娃娃听来更像是一种责备

“好的，下次我一定会。”她许诺。

然后她走了。

第五章

1

夜晚被大火照亮，女巫见到了她期盼已久的人。

五月还没完全过去，灾难就在考恩角发生了。连续三个晚上发生了火灾。第一场火烧毁了教堂的边厅，第二场大火烧了派温斯执事制作绳索的仓库，第三场大火烧了邓肯·桑姆家的谷仓、棚子和偏房。最后一场火发生在五月三十一号，第二天就是六月了。

拜尔比家的农夫从牛棚里冲出来，跑到汉娜睡觉的阁楼窗外喊她（天气暖和之后，她宁可睡在比较偏僻的阁楼上，也要离她讨厌的人远一些）：“拜尔比寡妇，拜尔比寡妇，邻居着火了，我们要不要去帮忙？”

汉娜说：“去吧，尽力些，神会与他们同在的，我一会儿就过去。”

然后她起来穿衣服，娃娃听到她下楼的声音，然后大门一响，她出去了。

娃娃从窗户望出去，火光冲天，天空被染成橘色。她捂住自己的嘴，火让她恐惧（因为这让她想到父母的死），然而，火也让她兴奋（因为她对地狱情不自禁地怀念）。

于是她也穿戴整齐出门。她不敢加入人群，因为大家都害怕她，她也害怕大家。她躲在一个大草堆旁边，附近的牛老是在这里蹭，蹭出了一个小窝，她正好用来做藏身之所。

村子里人能来的都来了，一半是女人。娃娃看到提多斯帮忙传递水桶和其他工具，她对他毫无愧疚之情。他是个非常漂亮的好人，但是年轻的女巫总有一双迷人的眼睛，所以美丽的误会在所难免。

她听着喊叫声，看到人们跑来跑去，大火在熊熊燃烧，偶尔有几个闲人走到她藏身之所附近。从他们的闲谈中她得知，这三场大火都是一只会喷火的猫引起的。拜尔比寡妇曾经说过，一定是她们家三个月前死的大雄猫吉迪恩又从地狱回来了。娃娃听到有人提起了她的名字，大家都在摇头。

亚伯仍然被关在着火的谷仓里，因为它最近性情大变，喜欢瞎逛，所以被关得很紧。但是现在麻烦了，有人想把它放出来，但是束手无策，因为马不敢靠近火，一靠近就发疯。

小牛们在圈里疯跑，打翻了水桶，搞得一团糟。桑姆家养的猪被活活烧死了，空气中满是烧焦的恶臭。娃娃一闻到这个味道就感到恶心，因为她从来都没有忘记蒙特霍尔的浩劫。

房梁着了火，白鸽从屋檐下的护栏不断飞出，羽毛被烧的白鸽无法飞行，落到尘埃里，被人践踏，最终死去。

在谷仓完全倒塌之前，亚伯逃了出来。它身上的皮毛闪闪发光，硕大的眼睛疯狂地转动，它飞奔着，逃离危险。看到人群后它反而加快了速度，飞快地掠过三个人，万幸没有撞到人。

人群随着它大喊着四散开。很多人认为是这头邪恶的公牛，而不是地狱的猫放的火，因为它看起来就像是大火的守护之神，正在阻止人们灭火。娃娃却在想，这个动物是她的朋友，也许是她的同类。但是当看到亚伯坚定疯狂地冲她奔来的时候，她还是迅速爬上了倚在谷堆旁的矮梯子，完全忘了魔法与友谊。

房顶倒塌的那一刻，火光腾空而起，足有一百英尺高，甚至更高，直到天空被离开的灵魂填满，它们飞啊飞啊，飞回上帝身边。

娃娃站在梯子上，气喘吁吁，浑身大汗，她已经在谷堆顶上了。她在谷堆上爬行，在狰狞的橘色的火光中，她惊奇地发现，谷堆上竟然还有一个人，不，他一定是个魔。

这是个年轻男子，四肢摊开躺在谷堆上。他眼睛红肿，好像充满了血，穿了一件类似海员的衣服，只是海员的衣服比较粗糙，而他的精细讲究。比方说，他的耳环不是黄铜的，而是宝石的。他用一条丝绸头巾裹住头，袒露着胸膛——似乎在嘲笑天主教徒总是以童贞奉献给上帝——他怀里藏着一个小精灵，就是她在格兰尼冰冷地窖里遇到的那个小精灵。

她猜，这就是她的魔，至少是她的神派来的使者。于是她喊道："主人，主人，你终于来了。"她前进一步，匍匐在他的脚下。现在她终于不再孤单了，因为她的魔为她而来了。

一开始，这个魔并没有任何反应，过了一会儿，他高高在上但是颇为温柔地暗示她可以靠近了。她说她几乎不敢相信，经过这么长时间的等待，那么多没有回应的祈祷，终于，他来了。"哦，我一直以来都那么孤独，那么孤独，没有人陪我。"她哭了（依然没有眼泪）。

"为什么哭啊，拜尔比的娃娃？"

“因为，我如此喜悦。”

他温柔地责备她竟然怀疑他的来临，他已经通过三场大火来暗示她了。而且，正是他的法术，让她爬上梯子。当她因为感觉到他的召唤要靠近大火的时候，是他放出那头愤怒的公牛，迫使她爬上梯子，看到他的存在。

“你真的来自……”

“是的，地狱。”他说，给她看他的牙齿。他的牙齿雪白坚硬，好像野兽。

她退缩了一下。他说不要害怕，过来摸一下，因为他已经伪装成人类了。他身上没有硫黄，手里也没有火焰。为了证明他具备了完善的人性，他碰了碰她的手腕，她突然有了一种前所未有的快感，就好像很久之前，她妈妈带她去橡木树林深处见撒旦的感觉。这种喜悦，她认为是一种宗教的喜悦（事后她跟泽利先生也是这么说的），就好像一个基督徒接受一个天使的来访。

现在，在这个悲伤的世界上，她再也不是一个人了，因为她的神（即撒旦）来帮助她了，至少给她派来了一个使者。她问他究竟是谁，是撒旦本人还是恶魔。当提到撒旦名字的时候，他谦卑地低下头，他承认他是众多堕落天使中的一员，与恐怖王子一起离开天堂。

她有点失望，因为她想见到王子本人，可是她眼前是一个多么好看的男人啊。他有细腻红润的肌肤，强壮的肩膀，宽阔的胸膛。她发自内心地感谢撒旦，没有派来一个老掉牙的女巫，或者会说话的猫、公羊、绿色的小鸟，而是一个有男子气概的魔。

她想，“从此我再也不会被汉娜太太欺负了。”她甚至可耻地想，“他也许还可以保护我免受上帝的责难。”

谷仓轰然倒塌，掉到地洞里去了。看着这个发光的大坑，她竟然想到，有一天她的灵魂也要在地狱被永远燃烧。她问他，将来有一天她必须要承受这样的痛苦吗？他笑了，说，怎么会呢？你不会遭受这样的酷刑的，那些在这个世上忠心服务于撒旦的人，是不会在地狱里被烧的。撒旦不正是地狱之神吗？他为什么要燃烧爱他服从他的人呢？她完全是庸人自扰。在地狱里唯一需要煎熬的灵魂是上帝的人，他们激怒了上帝，却又没有效忠撒旦。这些灵魂只好被魔鬼烧了，因为这是上帝的命令，为了让魔鬼们别闲着，总要给它们找点事做。他还指出，在地狱里是没有天使监督的，上帝的旨意是否被贯彻，只能看撒旦的心情。所以不要担心了，那些对撒旦效忠的人，即使上帝要焚烧他们，魔鬼也不会执行的。他笑着强调：他们为什么要执行呢？

她也询问了他父母亲的情况——他们都是好巫师，但是被法国人在布列塔尼烧死了。他让她放心，说他们都拥有自由意志，在地狱里愉快地漫游，凉爽的风拂面，他们欢聚一堂，跟那些古时候的伟大帝王还有王子交谈。她的母亲是一个善良的女人，更喜欢做事而不是闲谈。因此撒旦允许她去到大火燃烧的地方，去给他们送水，用扇子驱赶烟火。娃娃完全相信他看到了她的母亲，因为她记得母亲一直是一个温柔有爱心的女人。

这个善良的女人知道她女儿在受苦吗？是她派人来安慰娃娃的吗？

不，不是这样的，死去的人是无法回头看俗世生活的。是撒旦本人怜悯她，派人来看她的。他吩咐她要虔诚：“真理在谦卑中。”

起初她无法理解这么多神圣的短语，慢慢地，她越来越明白这些魔鬼的黑话了。日复一日，她作为一个基督徒的属性逐渐衰退，离魔鬼撒旦越来越近。

对她的惩罚早晚要来，是什么呢？没有人知道。

他随身带了一瓶烈酒，用来让她受洗，以圣灵、圣父、圣子的名义。

现在，他说，你不再是拜尔比的娃娃，你是魔鬼的娃娃。他规规矩矩地吻了她的额头，漂亮的小精灵从他蓝色衬衫里面偷偷探出头来。他让她去摸一下，她照办了。这是个温柔的小东西，眼神疲惫但善解人意（没有第一次见到时那么吓人了）。它的毛发柔顺，如果不是长了一张聪明、悲伤的脸和小巧的手，她真的会以为这是个小动物。她开始喜欢这个小精灵了，她逗它，宠爱它。他说，它的名字叫“血腥沙德”。“为什么?”她问，“这不是那个逃跑的海盗的名字吗?”魔说，他认得那个小伙子，是个不错的小伙子，他的昵称正来自这个小精灵，就是此刻娃娃漂亮的小手捧着的精灵。

火被扑灭了，比灰烬更明亮的黎明来了。鸟儿们的歌声震动了稀薄、饱含水汽的空气。灰烬边站着几个人，一个人说，亚伯跑到村里的菜园去了，吃了好多刚种下的卷心菜，吓坏了好几个女人。

娃娃往近靠了一些，偷听他们讲话。当她回过头来想问问她的导师，亚伯在地狱中的真实身份的时候，令人伤心的事情发生了——他不见了。

与此同时，刚刚饱受折磨的一只鸡，可能突然想起自己是只公鸡，于是从鸡屎堆里站出来，以高昂的态度开始打鸣，迎接新一天的到来。附近农庄里的公鸡开始呼应，发出连绵的高亢啼叫。

这是新的一天啊，将会有新的希望!

后来她被问道，公鸡哪有这么晚打鸣的，一般来说都在天亮之前，她难道不知道吗?是的，她知道，但是她的魔一定有法术拖延公鸡打鸣的时间，因为他要在第一声鸡叫之前离开，很多时候，他走的时候天色已亮，但是公鸡总是很有耐心地等着他。第一次就是这样，曙光已露，公鸡就是不打鸣，直到他离开。

他去了哪里?

当然是地狱。

2

娃娃成了地狱仆人的仆人。

魔一次一次地回来看她，但是第一次和第二次造访之间隔了好久，给人感觉他再也不会来了似的。

她每天都想得到他的召唤，她想跟他一起礼拜撒旦，跟他学魔法。他会要求她骑着扫帚飞过去吗？这倒是需要及早准备，于是她去找珂赛特夫人，她是专门做扫帚的。她花了六便士买了一把红色的新扫帚，这样就可以在魔下次到来的时候帅气亮相了。她把扫帚藏在房间里，那里还藏着灯芯草和黏土，是用来做玩偶的，还有玻璃、小刀、大头针和缝衣针，是用来让主人施展魔法的。

桑姆家起火之后的第八天，娃娃听到房子附近有猫头鹰的叫声，她马上分辨出这不是猫头鹰。汉娜也听到这个声音了，她并未在意，也许是附近的印第安人吧。

那是八点钟的事情，到了九点的时候，猫头鹰的声音又响了起来，谷仓里的狗也开始号叫。汉娜想，肯定又是那些雇农们搞事情。到了十点，猫头鹰又开始叫了，汉娜已经睡着了，娃娃悄悄爬起来，用衣服和枕头在自己的床上堆了个假人，万一汉娜进来查看，会以为她正在睡觉。

她抓起红色的扫帚，从屋子里欢快地跑出去。她是如此快活，如此急切，奔跑着去见到她的神，或者她的神派来的这位使者。

她跑出房子，月亮已经升得很高，夜晚那么安静、甜蜜，充满了春天的美。桦树在月光下闪烁，那些细长的树枝，好像女神白皙的四肢。她的扫帚拖在草地上，扬起甜美的花香。

她一直奔跑，沿着田野，沿着围栏，沿着牧场，跑啊跑啊，感觉自己将要坠入深渊，然后她遇到了他，在桦树林的入口。之后他们总是在这里相会，此刻，他正舒舒服服地躺在一片细草地上。

在这片如茵的牧场里，他所选的是个可爱的、童话般的所在。娃娃明白了，她知道以后在哪里相会她的魔了，于是她把红扫帚放在桦树下，作为标记留在那里。

五年以后，孩子们发现了这把扫帚，拿给珂赛特夫人看。她说，是的，这是她做的，她记得她以六便士的价格卖给了拜尔比家那个邪恶的少女。

那天之后，人们发现，牛儿不会再去那里吃草，狗追赶兔子的时候跑到这里就会停下来，无缘无故地号叫。是的，对一个正直美好的人来说，这里太不堪了。但是这个地方反而成为恋人幽会的首选，他们在此拥抱着，傻笑着（也许也憧憬着，惶恐着），他们讲述拜尔比家邪恶的娃娃是怎么遇见并爱上魔鬼的故事。然后恋人们就趁着月光，走到拜尔比家的地窖附近，采摘一点扫帚样子的小黄草，当地人称之为“女巫之血”。

英俊的魔鬼允许娃娃跪拜他，让她亲吻他的脚（是人形的，不是蹄状的）。她发现他的脚特别凉，跟传说中的魔鬼一样。但是当他的大手放在她头顶的时候（她正虔诚地跪下），他的手跟人一样温暖，这让她深受鼓舞。

他开始引导她“团契祈祷”，之后，他坐下来，也让她坐下，两个人闲聊一会儿，开始还算正经，后来就开始聊荒诞的闲言。他说他的工作主要集中在波士顿和塞勒姆，进展得还算顺利。

在纽约工作的魔幻化成女人样子，主要为那些蠢笨的荷兰人服务，这个魔去过纽约最北边的奥尔巴尼。还有一个魔，是一只黄褐色大狗，在弗吉尼亚和卡罗来纳州工作。“哦，”娃娃惊呼，“我，还有我们海湾殖民区的巫师们好幸运啊，你是一个正常人的样子。”魔笑得不行，他说本地的很多男性巫师并不觉得很幸运，他们宁可他跟荷兰区的魔一样，是个狂野妖媚的年轻女子。

然后他问她，夜晚这样来见他容易吗？

是的，她说，不难，但是总要等养母睡着了才好，还要偷偷从窗户爬出来。她请求他以后不要学猫头鹰叫了，因为养母已经怀疑这是个人的声音。听了这个，他有些生气。

他说，你听到的不是人的声音，是真的猫头鹰的叫声，是他施展魔法让猫头鹰飞去她房子旁边叫的。

他跟她解释说，就好像你强迫一个人去笑他总会笑得不自然一样，猫头鹰也是。只是没想到这只猫头鹰这么笨，看来它必须死。

娃娃恳求他饶了这只可怜的猫头鹰，她推翻了自己之前的说法，她说，这个叫声太完美，一点儿也不像人的声音，比猫头鹰还像猫头鹰，简直让人惊讶，这只生物竟然可以叫得这么好。

好吧，他同意了，饶了这只猫头鹰，以后就派这只猫头鹰来叫她出来。

她非常开心，但也感到很惭愧，他是一个魔，那么美好，那么忙碌，会找时间一次一次地过来与她相会，她为此而心存感激。

她也向他承认，她无法忍受目前的孤独、荒凉和绝望，特别是养父去世之后。她提到提多斯以前那么大张旗鼓地爱她，现在连看她一眼都害怕，生怕被她蛊惑。还有她的养母汉娜，害怕她，提防她，以至于不敢遗落一根头发、一片指甲。这个女人也异常凶残，杀死吉迪恩还有其他动物的时候眼睛也不眨一下。

她说话的时候，魔慢慢靠近她，用手抚摸她的身体安慰她。她一下子停下来，起初，她很害怕，因为她猜到了魔的意图。然而，她淫荡的本性表露了出来，她竟然感到兴奋和荣耀。后一种感觉征服了她，她忘掉了基督教义，也全不顾得基督徒应有的本分。魔亲吻着她，告诉她不要焦虑，因为在他遇到的新英格兰地区的女巫中，她最得他的喜欢，她应该成为他的情人，于是她同意了。那一天，她成为地狱仆人的仆人。

3

智者常思，肉体之美是善还是恶？古老的异教徒和现在的神教徒看法相左。

这世上有一种品质，我们称之为善，是为精神之美，来自上帝，必将回归上帝。但是，这世上还有一种美来自身体的欲望，那么它从何而来呢？

作为异教徒的希腊人，被认为是恶魔崇拜者，他们相信善美、恶丑这两件事是相同的，也就是说，好的就美，丑的就恶。但是，基督徒的看法没有这么单纯，他们总结历史会发现，这两种美不可能同时拥有，有时甚至会互相抵触。

不信，可以看看自己的周围，最贤德的女子多半没有美丽的身体，而那些著名的艳丽女子，被祝福或者被诅咒，无一例外不是具备令人无法抗拒的肉体魅力。大家可以想一下克里奥佩特拉，还有特洛伊的海伦。

美丽的身体能激发性欲和邪念，是丑陋的。而孱弱、多病的躯体，却能激发人们甜蜜和温情的怜悯，这种善念是来自上帝的。这就是为什么对娇媚的少女来说，谦卑的品性比媚态的身体更重要。

但是有些看似不可能的事情，也会发生在体面女人的身上，人们发现，恶魔总是以美好的形象麻痹她们，从而进入她们的内心。所以，当魔鬼偷走了拜尔比娃娃灵魂的时候，他肆无忌惮地向她展示了他异教徒的美景，一个虔诚的基督教女人永远不可能看到的美景。

对她来说，这本来是个一成不变的人间，我们辛苦地建造房子，我们谦卑地耕种田地，但是突然间，这个人间不一样了，它像一朵花一样盛开了。

她看到林妖在沼泽地附近的泥滩上玩耍，早晨起来可以看到他们留下的山羊蹄子一样的足迹；还有整晚在林间唱歌的仙女，白桦树林在月光下发出银子一样的光芒；而那些白天看起来普普通通的小黄花，到了夜间竟然变成闪闪放光的珠宝，以至于她担心那光芒会伤害自己的眼睛。

即使撒旦送给她的这个魔，都远比任何凡人更美好。他有可爱的眼睛，充满热情，他的手臂那样有力，每一次触碰都好像烈火一样炙热，远超一切世间男子。

那些凡人生来就是为了赞美上帝的，一边赞美一边等待死亡。而她的魔不同，和他在一起的每时每刻都是一种狂喜。世间凡人如何在爱方面与一个魔抗争呢？他们有那样的魔力激发女人如火的热情吗？

众所周知，一个接受了地狱情人的女人不会再满足于和普通男人相处。相比滚烫的地狱之恋，和凡人恋爱的感觉，永远都是苍白的，好像是无根之水、无物之影。当然，反过来说也是对的，对一个男人来说，一旦知道了女神、精灵、魔女之美，就会终其一生念其妖娆，俗世女人那柔弱无力的臂膀是无法满足他们的。

我们似乎可以得出这样的结论：让人愉悦的美貌常常意味着来自魔王的诅咒，而不是来自上帝的祝福。

所以，应该让守规矩的、有道德的男人满足于平庸和得体，无论是在选择教堂、妻子、马还是土地上，不要让他们屈服于感官的喜悦，而是要被善良、虔诚等来自内在的精神美所吸引。

4

隐秘王国的奇幻旅行

小仙女晚上会过来找她，小声呼唤：起来了，起来了。

陌生的手会拉扯她的床单，捏她，拍打她。

一个怪物（她觉得可能是个魔鬼），在夜晚爬上屋脊。

有次她明明把窗户关得严严实实，还是有只毛茸茸的大手伸了进来，她吓得发抖，那只手慢慢增长到人类手臂三倍四倍的长度，胡乱在房间里扫来扫去，就像一把大镰刀。它在寻找她，她不敢出声，大手扫了一会儿就奇迹般地消失了，就如同它奇迹般地出现。

还有一次，一头巨兽趁着天黑在外墙上蹭，闻来闻去，嘴里喘着粗气。

这些异相虽然令人惊恐，但是她却心生感激，因为这都是来自她的上帝，一想到这，她反而欢喜。

娃娃的夜晚是无眠的，比白天还精神，她无法安静地躺着，无法闭上眼睛。她永远都在看，都在听，又听又看，直到公鸡打鸣。这些令人不安的景象会随着第一声鸡叫一起消失，退回属于它们的地狱。

有的时候，她会毫不犹豫地呼应，有一天晚上就是这样，她哭喊着，“主人啊，吩咐我吧，我会跟随的。”然后，在很远很远的地方，从月光中传来小仙女的声音：起来了，起来了，起来了。

“我会的。”她说，突然之间，她的身体飘了起来（一开始是保持水平姿势），慢慢从床上升起来。绕着房间转了三圈，然后她看到自己的身体，安静地平躺在床上，好像一具尸体。

“外面都是湿地，”她想，“如果我要出去，就要穿上拖鞋啊。”然后那双拜尔比先生在波士顿给她买的红色拖鞋就出现在她的脚上了。她飘出窗外，她的身体自然成为垂直的。但是她的脚不需要碰到草地，也不用迈步子，她就这样在草地上御风而行。

山间的月亮好大，夜晚被花香和新叶子的芬芳填满，让人心神荡漾。四下传来鸟儿的叫声（好奇怪，在夜晚它们向来都是不叫的）。还有各种声音，奇怪的音乐，夹杂着欢声笑语。

她继续飘着，银色的白桦树闪烁着，还向她鞠躬。有一千个细小的声音呼喊她的名字，一百万只闪烁的眼睛注视着她。最后，她终于来到了她的魔身边，他坐在山丘之上，好像君临天下。她正要跪拜他，他把她扶起来。他说不要害怕，虽然在地狱里他是个伟大的王子，但是在地球上，他是个凡人，是她的真爱。

早上，当她从梦中醒来，发现自己好好地睡在床上。她想，晚上的冒险可能只是一个梦吧。她掀开被子起身，脚一放到地上，就发现了上面穿着红拖鞋，而且鞋子是湿的，床单上也留下了绿草的印迹。

到底是梦境还是真实呢？

5

我们知道天堂里没有婚约，但是地狱可能是另外一回事。

她从来没在白天见到她的魔。他只在深夜才来，鸡鸣前就走了（就像我们之前说的，有的时候他会让鸡晚一点叫），他用爱主宰她，而不是恐惧。她把自己的灵魂和身体给他，既是虔诚的敬意，也是真挚的爱恋。就这样，又一个月过去了，是的，六月过去了。

不管从哪个角度，用哪一种方式，他都安慰她，让她迷恋。她承认，当他说不久之后他会被召回地狱的时候，她觉得自己会受不了。她乞求他杀了她，带她一起回地狱吧，因为没有他的话，她对这个沉闷的人间毫不留恋，而到了地狱就不同了，有他的陪伴，还可以见到亲生父母。

她把他的手放在自己的喉咙上，但是他不同意。他只是在她垂死一样躺在那里的时候，一遍一遍地许诺她，他会回来的，会再次站到她的床头。而且他还许诺，她的人生并不会太长，不用等多久，她就会永生。

于是这个年轻的女子，本来应该寻求真正的宗教，却皈依了旁门左道，但是她的心灵却因此得到了巨大的安慰。

看起来只有魔鬼才能满足她饥饿的灵魂。有了他，有了地狱的希望，她感到非常自在，就好像一个基督徒有了上帝、有了天堂的希望。她变得可以与生活共处了，再也不惧怕死亡、逆境、孤独和绝望了。

没有魔不能解答的疑问。比方，她悲哀地想，当她真正的生命开始的时候，也就是她死了，进入地狱的那天，她将不会看到她的养父，但肯定会遇到他那个讨厌的妻子。

不会的，魔解释说，你错了。因为据他所知，杰拉德·拜尔比已经在地狱了，平静而安宁。拜尔比先生承认他犯了致命的罪，因为他救了一个女孩，而她是个女巫，救了女巫就是致命的罪。

“但是，他救我的时候不知道我是女巫，我也不认为他相信女巫的存在。”

魔说，知不知道都无所谓，致命的罪就是致命的罪。但是撒旦感谢他救了娃娃的命，所以没有执行终极审判为他定的酷刑。

娃娃想知道对他的刑罚是什么。他说这个刑罚太反人性了，他不想告诉她。他的话让她恨耶和华，她觉得撒旦才是一个更亲切的“神”。

魔向她保证说，倒是汉娜太太将毫无疑问地待在天堂了，因为她是个虔诚的基督徒，永远在礼拜，在听布道，在祷告。但是天堂里已经有上百万个这样的泼妇在荒腔走板地唱赞美诗了，所以如果她不幸也开始唱，那么多半会给送到地狱。

他许诺，到时候会让汉娜太太备受煎熬的，因为地狱无法忍受这样丑陋的泼妇。娃娃很吃惊，汉娜太太一点儿也不丑，相反她很美。魔听了也很吃惊，因为根据她所描述的汉娜的所作所为，她一定很丑才对。

她的魔给了她各种安慰，现在她只剩一件烦心事了。偶尔，即使在他怀里，她也会黯然神伤，然后躲开。他请求她跟他说为什么，他是她的真爱，告诉他，他会帮她。她说，她知道有的时候，魔是可以和平凡女子结婚的。他笑了，想打消她孩子气的念头，但是她不肯。他打趣说女巫和女人想的都一样，但是，他没有拒绝娶她。

脑子里有了想结婚的念头，她就去找格兰尼老太太（最近去的次数不像以前那么多了）。她们一起走在林子里，她帮老太太采摘一种被印第安人叫作“水罐女人的宝宝”的苦涩小花。老太太累了，她们就坐在一块大石头上休息。从这里，娃娃可以看到白桦林，看到那片牧场，就是晚上她和魔相会的地方。

“亲爱的老奶奶，跟我说说你以前讲过的故事吧，就是一个来自地狱的魔鬼，在五月的夜晚爬进一个侍女的窗户，用一种体面又合乎规矩的方式和她结婚的故事。如果魔鬼们都这么做该有多好。一想到一个可爱的少女被爱情背叛，只能成为魔鬼的情人，不能正大光明地和他成为夫妻，这让人好难受。”她几乎要哭了，虽然她并没有眼泪。

老太太给她讲了来自博格里伍德的珍妮弗仙女的故事。她有一个魔鬼爱人，一个皮肤有鳞的小伙子，摸上去冷得像是一条蛇，像冰或者铁。

他去找她，在她的窗前三次叫她起床，但是她调皮，不肯听话。所以，第三次的时候，他从烟囱里钻进她的房间，他身穿绿树叶，双手握着绿树枝。

珍妮弗和魔鬼绕着床转了一圈又一圈。他承诺要做她亲爱的丈夫，保护她，替她报仇，直到死亡把他们分开。她许诺要做他顺从的妻子，直到死亡，甚至死后也要。他们一起否认了上帝和基督耶稣。

最后她在炉子上给他做了一个蛋糕，他们各自把手臂上的血滴在蛋糕里。吃下这个蛋糕，他们就成为先生和太太，他的名字是卡里库克。故事讲完了，但是珍妮弗仙女是三百年前的人啊，这种事现在不可能发生的。娃娃脑子里想的却是另外的事情，她什么都没说，有些事情谁说一定不会发生？

在回小屋的路上，娃娃问老太太，为什么她总能记得这些古老的故事？老太太说因为她讲过好多好多遍了。“也给其他小孩讲吗？就像给我讲一样？”“是的。”老太太回答，“给其他孩子也讲过。”然后她放下手里的篮子，给娃娃一个拥抱。她说，以前她有一个儿子，说到这里她就不说了，娃娃猜，这个儿子也许死了很久了。

一个满月的晚上，娃娃从梦中惊醒，发现她的魔就在床前。他让她别出声，娃娃曾经多次半夜溜出房子，所以她知道汉娜在阁楼上睡得很沉。

难道珍妮弗仙女的故事也要发生在她身上吗？

他把他的小精灵放在床头作为见证者。他在做这些事情的时候无比认真，比以往做其他事情都严肃。

娃娃的房间里没有炉子，所以他们不能烤蛋糕，于是他刺破了彼此的手腕，每个人从对方那里喝了一点。她手腕上的这个小小的伤口不像普通伤口，它从未愈合。直到她死的那天，伤口依然红肿新鲜。好像在地狱的嘴唇之下，小伤口也失去了愈合的能力。

这是六月的最后一天，也是夏至，是的，这一天他们结婚了。

叶子舒展到了夏天，夜晚也不再弹奏春天的狂想曲。

娃娃一直都知道，他必须要离开了，但是让她受不了的是，他连再见也没说。她只能靠思念度日，不停回想他甜蜜的爱，以及对未来的希望，以此支撑自己。

6

三个凶徒被惩处了。

对逃跑的四个海盗的追捕一直没有停止，到了七月份的时候，有三个被抓回来了，他们是：黑山猪墨驰、魔鬼瓶子本，还有血腥沙德。他们第一次被捕是两个月前，但是他们成功越狱了。一开始四个人分开躲藏，但是约好了 7 月 2 号再次相聚，只要风声过去，他们就可以搞一条小船，一直往南方逃。

这次三个人被一举抓获，但是花肠子杰克有什么事没有赶来聚会，反而逃脱了。三个人被正式起诉，经过审判，他们因在公海上杀人、抢劫，还有很多其他暴行，被判处绞刑。

1671 年 7 月 10 号，在波士顿查尔斯的泥泞湿地里，三个人被吊死了。

被处决后，他们的尸体就一直挂在那里，作为对海盗的警告，几个星期之后，尸体被取下来，胡乱埋在附近的泥泞里。

以此警示天下。

第六章

1

陷阱已经设好，锁定两个弱小的灵魂。

娃娃从来没想到她的魔再也没出现，直到她死的那天。

每一个有月光的夜晚，每一个阳光灿烂的白天，她都在等他。“今天他会来吗?”她永远都穿着她最漂亮最迷人的衣服，总是把她蓬松的黑发保持整洁。她想，“他一直都能看到我，我做什么，穿什么，他都看得到。”于是她为他把自己打扮得那么漂亮，她猜他也看得到自己的心意，所以她也把心意奉献给他。

她每天都躲在自己的房间里向撒旦祈祷，这是她的魔教给她的，当然，用的都是亵渎神灵的祷文，她所要做的就是把上帝的祷文反过来就可以了，她甚至还写了好多赞美诗给撒旦。有时她想，也许可以做点什么更来劲的事情，比方去诱惑基督徒什么的。但是她没有收到任何指令，所以不能轻举妄动。就这样过了很长一段时间，她并没有做什么坏事，反而是愉快的，变得更成熟圆滑。

汉娜寡妇的追求者已经多达三人了，他们都是口碑很好的鳏夫和基督徒。

窗户终于打开了，娃娃工作的时候也会唱歌。但是汉娜并没有找她的麻烦，因为她的脑子被追求者占满了，娃娃也不害怕她，她们现在各走各的路。

对家务事娃娃并不擅长，总是一副漠不关心的态度，这是拜尔比先生活着的时候给她养成的毛病。因为他不舍得把娃娃留在家里，一有空总是带她出去，去树林，去田野，（一般来说，哪有年轻姑娘去那里的），而家务活就留给汉娜，显然她比娃娃更适合。

现在他去世了，但是娃娃依然保留了她的孩子气和每天无所事事的状态。她经常坐在柳树溪的石头矮墙上玩耍，这条溪水分隔了拜尔比家和桑姆家的土地。农场上雇来干活的小男孩说，他们常看到她坐在围墙上，给亚伯喂烂苹果。亚伯越来越凶残了，没有人敢靠近它，但是这个女孩却可以抚摸它，和它说话，把脸贴在它脸上，亚伯对此毫无意见。她一度希望亚伯是她的同类，但是这个家伙（她跟泽利先生说）从来不做她要求的事情，除了曾经追着可怜的小桑姆到处跑之外。

桑姆夫人听说她的黑牛常常跑到边界跟娃娃一起玩，便要求把这头黑牛关起来。因为她认定亚伯变得如此不可理喻，完全是娃娃的责任，她希望这头牛不要再受这个女孩的影响。

而且她也希望小溪边的田地更安全，老有头公牛在那里晃荡，没人敢过去。但是她的做法却带来更严重的后果，因为公牛一旦不去了，拉波瑞和索瑞就会每天（只要她们可以）都跑去溪水边见娃娃。而娃娃，也等着这对双胞胎的到来，她们一起玩。

她一定是从这两个小姑娘的弱小和任性里，看到了将来有一天可以进一步扩大地狱王国的可能性。于是她就等着，等着她们来。一开始没有人知道她们在一起玩耍，玩的都是些不敬的游戏，两边的家庭都没人知道。就这样，九月过去了，十月和十一月的一半也过去了。

2

桑姆双胞胎的故事告诉我们，不听话的孩子没有好

结果。

毫无疑问，读到这里的人一定有似曾相识的感觉，小时候为了孩子乖乖听话，母亲、祖母、阿姨，或者仆人一定给他灌输过桑姆双胞胎的可怕故事吧，还有她们的不听话带来的恶果。

的确，这对双胞胎一直很孱弱，对她们来说，就算什么事都没发生，只怕也活不长。但是，一旦人们想到这个例子的好处，以及在吓唬孩子的时候多么管用，就很少顾及这其实是个很悲惨的故事。

11 月 20 号，晴，阳光明媚，温度适宜，任性的拉波瑞和索瑞姐妹又去了柳溪边，就像她们期待的，小女巫已经在那儿了，穿着猩红的衫子。

姐妹说，她们不敢留下来玩，因为她们有事，妈妈安排她们去找格兰尼老太太买薄荷。她们说（这是很久之后的事情了），娃娃以一种令人生怖的方式对着她们笑，不以为然地说她们妈妈需要的东西并不重要。

但是这一次，这对双胞胎终于把母亲的话放在心上了，她们再次声明，不能留下来，她们来就是为了告诉她，这次不能留下来了。

“那么，把这个拿去吧。”小女巫恼羞成怒地把两个布偶从溪水这边扔到她们脚下，这是两个用干玉米皮和南瓜子做的娃娃。然后她转身走了，双胞胎捡起布偶，去了格兰尼家。

她们这一去，磨蹭了很久才回家，这种事经常发生，或者说她们一直这样，因为她们就是拖拖拉拉又不听话的孩子。她们的母亲非常生气，她不能打她们，也不能晃她们，因为她们太虚弱了，只能让她们直接去睡觉，不许吃午饭。她们就躺在床上聊天，一直说笑。

到了晚上，母亲喊她们吃晚饭，她们不听，一直躺在床上。没人注意到她们，一直到第二天早上。事实是，因为没有吃午饭，也没有吃晚饭，她们很饿，所以把娃娃送她们的小布偶给吃了，布偶主要是南瓜子做的。一般来说南瓜包括种子都是可以吃的，都是健康的食品，不会有问题的，但是确实是从那一天开始，她们生病了。

整整两天过去了，她们胃疼得难受，等胃好一点了，病痛又转移到肠子去了，肠子疼得好像要烂掉一样，每一根骨头似乎都在罢工，几乎不能支撑她们的体重。因为不能吃东西，她们迅速消瘦。

屋子里充满她们的哀叹声，一开始是“我的肚子痛，妈妈，我的肚子啊”。后来是“我的喉咙，妈妈”。或者“我的头，妈妈，还有我可怜的肠子，我的内脏都要烂了一样”。

这些痛苦，全都是她们不听话的结果，也就是说，如果她们乖乖的，不去做不该做的事情，不去见不该见的人，不去收不该收的礼物，她们就不会这么难受了。

病情折磨了她们整整一个星期，桑姆太太给她们换新床单的时候，在床和墙之间发现了那两个玩偶。很明显，这两个玩偶就是照着双胞胎姐妹的样子做的，它们一模一样，除了一个（索瑞）比另外一个（拉波瑞）丰满一些。它们的眼睛是黑色小纽扣做的，头发是玉米须做的，正好模拟了姐妹俩棕色的眼睛和黄色的头发。一个用红布系在腰上，另外一个用蓝色布条绑着，这正是桑姆太太习惯给姐妹俩穿戴的颜色。

姐妹俩看到妈妈发现了玩偶，满眼内疚。桑姆太太问她们，这是从哪儿来的？她们发誓说不知道。也许是猫叼来的。是的，肯定是猫。桑姆太太说你们在撒谎，于是她们就闭嘴了。她说我要摇晃你们。她们说我们生病好重，经不起摇晃。拉波瑞还说她可能会抽搐。好吧，既然你们不肯说谁送给你们的，那么你们说说看里面做内脏的南瓜子是谁给吃掉了？这时候双胞胎姐妹听话了，她们承认是她们自己吃的。妈妈痛苦地喊起来，“我的孩子们啊，我可怜的孩子，这是你们的内脏啊，你们竟然给吃了，上帝啊，帮帮我们吧！”然后她从病房里冲出来，一边哭一边拧着双手，去找丈夫和儿子哭诉。

之后的三天里，双胞胎姐妹都不肯说玩偶是哪里来的。桑姆太太起先猜是格兰尼老太太搞的鬼，因为生病那天姐妹俩去了她邪恶的小房子。

格兰尼老太太和克里弗医生每隔几天都会上门给双胞胎姐妹治疗。桑姆太太很愤怒，这个女人竟然脸皮厚到还敢上门！但是拜尔比家的寡妇却提醒她，要多注意一下娃娃。因为她最近发现，娃娃房间里多了些红色和蓝色的布头，还有南瓜子和玉米须。她提醒桑姆太太：“留心娃娃！”

这个女人已经认定了女儿们是受了巫术的祸害。泽利先生在那段时间里正对巫术一说表现出强烈的怀疑，也许他是在保护女巫呢，谁知道呢。

克里弗医生认为，这种发热确实很罕见，到了新年他说，双胞胎或者会痊愈，或者会马上进棺材，但是他本人倒是没发现她们有任何着魔的迹象。

母亲只好逼问两个孩子，还有谁比她们更知道来龙去脉呢?

起初，她们很排斥，最后被逼得没办法了，只好承认好像是着魔了。但是如果母亲继续寻根问底，她们就把头埋在被子里，什么话都不肯说了。

她们的母亲决定改变策略，不再当面质问，改为偷偷观察，也许她们相互之间会说实话。

她谎称要出门，跟孩子们道过别之后，她故意把前门“砰”一声关上，但是孩子房间通往壁炉室的门是开着的，她踮着脚尖坐到早就放在门背后的小凳子上，偷偷听着……

孩子们漫无目的地聊了一会儿，拉波瑞说，“真希望我们没有吃掉多莉夫人给的漂亮玩偶。我们应该留着它们玩。”

这一句话就够了，门外的妈妈明白了，玩偶是娃娃给的，什么都不用再说了。

当天晚上，孩子们突然大喊大叫，把整栋房子的人都吵醒了，她们尖声说有一只大黄猫从烟囱里跳下来，坐在她们胸口上揉着爪子，还发出可怕的哼唧声。

爸爸、妈妈还有哥哥都飞快地跑到她们身边，根本没有猫，但是拉波瑞的脸上分明有两道鲜红的抓痕。父亲斥责了她们，不许她们胡思乱想，又安慰自己的妻子说，孩子们从童年开始就怕黑。

孩子们感到很羞愧，又把头埋在被子里。然而从那时起（特别是当父亲不在场的时候），她们就会谈起这只猫，还聊了很多更可怕的折磨她们的事情，她们的情况一天比一天糟糕了。

差不多到了 12 月中旬的时候，接近一年中最短的那天。女人坐在炉子边，最近发生的这些事情让她忧心忡忡，不行，她决定自己去寻找真相，丈夫、医生和牧师都指望不上，他们故意视而不见。

孩子们就躺在隔壁屋子里，看起来快死了。一个对另外一个说："她今晚会再来的。"

她们用的"她"，这个字对妈妈来说太刺耳了。以前她们说到猫的时候用的是"他"。孩子们说："她会带她的孩子来让我们玩吧。"另一个说："噢，她还是不要来了，虽然她看起来对我们很好，但是我担心就是她伤害我们的，因为上帝知道，我们被蛊惑了。"（妈妈听不下去了）

妈妈走到门口问："我的孩子们啊，谁要来了？谁的孩子啊？"她尽量口气柔和，但是孩子们马上把头藏到被子里，不肯回答。妈妈又回到壁炉边仔细听。

"我猜，"一个说，"是她的猫要来伤害我们。"然后两个孩子低声聊起来了。妈妈越听越激动，不过这次她学乖了，没有马上去质问孩子们，而是继续坐在壁炉边听着。

索瑞说："还有那个小黑人戴着小黑帽子……（下面声音很小，无法听清）…… 小人也来，不比手指大的小人，他们吃小碗里的蜂蜜和奶酪，那小碗像橡果一样大，就好像多莉夫人给我们做的那样。"过了一会儿又说："还有一个女王，就像多莉夫人一样，就是小了点儿。是一个可以放到茶碗里的多莉夫人，她的孩子不比拇指指甲大。"

妈妈觉得不用再听了，已经证据确凿了，她赶紧跑到孩子们身边，求她们坦白一切。这个多莉夫人是不是可以缩小，变得像个玩偶一样大？还有，谁是那个小黑人？起先，孩子们都不说话，像往常一样，顽固地埋着头。

妈妈一边啜泣一边为她们祈祷，央求她们要说实话。因为只有知道了是谁在迷惑她们，她们才有可能痊愈。否则她们会越来越虚弱，越来越病重，最后将会非常痛苦，然后死去。

她们害怕了，嚷嚷着不想死，也跟着妈妈开始哭泣，最后，她们坦白了一切。她们说，是拜尔比家的娃娃给了她们玩偶，她还每天晚上来看她们，但是她很和善，只是逗她们开心，转移她们的注意力。"而且，她每次都带来她的书……"索瑞说。

"我的孩子们啊，我的可怜的孩子们啊……是一本黑色的书吗？你们签名了吗？"

是的，是一本黑色的书，不，她们还没有签名。

然后这个虔诚的女人拿出了《圣经》，让她们吻它，并且起誓，不管她们的身体已经被摧残成什么样子，或者已经被女巫蛊惑成什么样子了，她们将保持对上帝的忠诚，不可以把灵魂交给魔鬼，不管魔鬼是不是跑来把她们的内脏连根拔起，再从眼睛里扯出来。

孩子们哀叹、尖叫、哭泣，但是终于顺从了一次。她们听了妈妈的话，承诺并且发了誓。

3

丑陋的恶行必将受到惩罚。

真相大白，娃娃没有任何免责的借口，她的目的昭然若揭，她就是那个用凶残的方式对待双胞胎姐妹的罪魁祸首。

教会的执事、长老、警察还有邻居都轮流过来陪孩子们祈祷。希望圣洁的言语可以吓跑女巫，带着她的黑皮书和地狱里的同伙，跑得越远越好。

最后孩子的父亲也终于相信了，这是巫术，是女巫在作祟。他和儿子提多斯时时刻刻警惕着，身边永远带着滑膛枪，里面装满银色的子弹。

最后，连克里弗医生也相信了，一同被说服的还有塞勒姆来的医生。波士顿来的马瑟先生认为，毫无疑问，考恩角正在经历新大陆有史以来最邪恶、最可憎的巫术，这确实是巫术，那么女巫在哪里呢？

娃娃·拜尔比声称，她只知道孩子们生病了，但是没人理她（她现在也不去做礼拜了），所以她没有猜到她们是被蛊惑了，没有人跟她提起这事。她说她对“她的小朋友们”感到很抱歉。所以她做了奶酪，还杀了一只鸡，熬了鸡汤，里面放上昂贵的丁香和肉豆蔻。她把这些东西放在篮子里，让农场里最年轻的那个农夫送到桑姆家，但是不让他说是谁送的。

母亲看到篮子的时候哭了，篮子的手柄上装饰着漂亮的印第安风情的蓝色珠串，跟可怜的双胞胎姐妹最近刚刚吐出来的一模一样。孩子们看到篮子便欢呼起来，她们已经很久没食欲了，所以很想吃这个奶酪。

妈妈问了泽利先生（这是她最后一次咨询他）。他说，这食物没事，让孩子们吃吧。于是她们吃完就去睡了。

到了晚上，孩子们在绞痛中醒来，感觉要死了。

诡异的现象也出现了，不光她们看到娃娃·拜尔比在床前飘来飘去，派温斯执事也看到了，他不光看到了娃娃，还看到其他三个人。明钦先生去马厩取马回家的时候被什么东西很奇怪地在手臂上咬了一口。考特·查特，一个穷人家的男孩，在同一天晚上，看到一只着火的老鼠，他问它：你是谁？老鼠说：我是我。他又问：谁为你服务？老鼠回答说：我服务地狱之神和拜尔比娃娃。然后随着一个炸雷 一般的声音，它在火洞里消失了。

住在附近的一个女人在当天晚上起来奶孩子。她说整个房间慢慢变亮了，眼前出现了一个可怕的女人的样子。她从来没有见过拜尔比娃娃，但是根据其他人的描述，她断定眼前这个女人就是她，至少是她的幻影。她怀里的孩子突然哭喊起来，于是那个女人消失了。而且让这个母亲恐惧的是，虽然正是冬天，但是竟然有闪电，据她说，一个雷劈下来，她的宝宝被打成纸片，没多久就死了。

很明显附近的魔鬼不少，仁慈的上帝竟然让他们都从地狱里跑出来了，这是对那些老是说“没有上帝”的无神论者有力的反驳，没有上帝，哪来的魔鬼？所以，地狱王子和他的仆人从这个角度来说证明了上帝的存在。

1671—1672 年巫术大行其道，隐秘王国展示出无与伦比的能力，反而让教会里虔诚的人，还有整个社区的人都更加坚定，如此困境，恰好证明上帝的存在。

没有神秘，就没有宗教。

总而言之，已经有足够的证据证明，考恩角，准确地说是桑姆双胞胎正在经受魔鬼的折磨。克里弗医生、塞勒姆的医生、执事、长老、布泽上尉、执法官，都给法官提供了一份书面保证，证明拜尔比娃娃是有罪的女巫，应该被投进监狱。

泽利先生是这些人里唯一不参与起草和签署这份文件的人。事实上，因为他近期表现得心神不宁，公开发表的言论也有异端的倾向，所以也没有人要求他参与。已经有很多声音说他也应该被警惕，毕竟某些最强大的巫术不正是在虔诚的牧师教袍下展开的吗？

于是民兵机动队的汤姆·布泽上尉，同时也是治安队警长，带着两名警官骑马去拜尔比寡妇家里，出示了逮捕手令。

娃娃既没有表现得很吃惊，也没有表现得很恐惧，相反，她无所畏惧地看着来抓她的人。她想知道，她为什么被起诉？

她被起诉折磨桑姆双胞胎。

为什么？她觉得自己像刚出生的婴儿一样无辜。她向治安官解释，她与双胞胎姐妹自从她们还在蹒跚学步时就是朋友，她怎么可能伤害朋友？

治安官说，所有人都看出来了，她们被蛊惑了。如果不是她，那么是谁干的？

她对此也很迷惑，最后她说："是别的女巫干的。"

就这样，否认了所有，也承认了所有。

布泽上尉按照指示，搜查了她的房间和整个房子，没有找到南瓜子或者玉米皮之类的东西，拜尔比寡妇曾经说这个丫头把这些东西藏在床底下，看起来这个少女知道她受到怀疑，于是尽快把它们给处理了。

娃娃被强行安置在布泽上尉的马车后座上，她被带去塞勒姆监狱的时候，一大群人跑来看热闹。拜尔比寡妇在人群中笑得很大声，左右站着她的两个追求者，她好像在对死去的拜尔比先生那样大声说："现在你知道了吧？这就是你的宝贝！你的宝贝！”

布泽上尉说，这个女孩开始低下头祷告，他听到她念说：“不要放弃我，我的主啊！我的主，保护我，救我！”布泽上尉一开始以为她指的是主耶稣，他忍不住在心里怜悯她。她请求布泽上尉快一点，“可怜可怜我吧，让我快些摆脱人群。”他于是用马刺踢马，这是一匹年轻的马，尽管它负荷不少，但还是疾驰起来。

已经冬天了，气温很低，马蹄下的白雪一尘不染。一群武装者和囚犯飞快地穿过冬天海边的黑暗森林。他们骑行了六英里，来到塞勒姆，又遇到愤怒的围观人群，有相同的斥责声、嘲笑声，还有死亡的威胁。

这天晚上，娃娃睡在薄薄的稻草上，没有垫子。地牢非常冷，水罐里的水都结冰了。她冷得睡不着觉，但是据狱卒说，她跪在那里祈祷了好几个小时，现在我们知道她是在向她的魔、她的撒旦祈祷。祈祷完之后，天堂一样的平静就降临在她身上，她睡着了。

她被收监后，桑姆双胞胎的病痛似乎好了一点。看来女巫因为身体被监禁，法力也降低了。

第七章

1

正义的审判来临了，一切即将见分晓。

1672 年 12 月 27 号，娃娃的案子开庭了。法官有两个，来自波士顿助理法庭的拉利米尔法官和布莱德法官。他们在执法官、警察、助手的陪同下，披戴各种徽章，通过庄严的仪式进入塞勒姆。神气的骑兵队伍浩浩荡荡来到黑月厅，这里就是举行初步听证会的地方。

布莱德法官（他是个正义的法官）跟他的同事拉利米尔法官说：“先生，这么多人聚集在这里等待正义的宣判，我们怎么办?”

“先生，”拉利米尔法官说，“黑月厅连五分之一的人都装不下，我们还是去议事大厅吧。”

附近五个村庄的人都来了，波士顿也来了好多受过教育的人——长老、医生、法学家，到处拥挤不堪，远远望去一片黑色，因为里面挤满穿黑袍的神职人员。

议事大厅的每一张椅子都被迅速占据，走廊里也站满了人，人群挨挨挤挤，连呼吸都困难。在这种情况下，沉闷的热气散发出来，同时散发出来的还有恐惧和期待。

人们交头接耳：肯定会宣判死刑的。有些人受不了想走，但是房间已经水泄不通。法官命令警察不许随意进出。他们很怕发生踩踏事件，或者骚乱，这都将影响法律的尊严。

法官坐在高台前的大椅子里，脚下是个垫子，等需要做证的时候，生病的双胞胎姐妹将会躺在这里。警察拉来一张很沉的橡木桌子，摆在法官面前，审讯的时候被告将要站在上面，在所有人的注视之下，也在上帝的注视之下。

有专门的人开道：“闪开了，闪开了!”后面跟着布泽上尉和囚犯。她一头茂密的黑发，充满野性，如此娇小，让人心生怜悯。布泽上尉把她举起来，放在安置好的大桌子上，然后向法庭出示了逮捕令，并宣誓，他按照法庭的命令认真搜查了房子，寻找玩偶和邪教图腾等等，现在他把找到的东西都收集好放在神圣的法官脚下。

法官布莱德看了看那些身穿黑袍的神职人员，问道：“各位先生，这个地区谁的职位最高?”大家说是泽利先生，但是著名的马瑟先生也在场。布莱德法官说：“泽利先生，是否请你带领大家祷告?”泽利先生开始祷告，恳求上帝在邪恶的地方发现邪恶，在无辜的地方发现无辜。他还祷告，希望罪犯如果有罪就承认自己的罪行；如果无罪，就请上帝给予她力量不要被迫承认，不要白白送命。念完祷词，法官跟着大声说“阿门”。

拉利米尔法官提审了囚犯：“娃娃·拜尔比，你现在被指控使用巫术，更具体地说，就是使用巫术折磨桑姆姐妹，拉波瑞和索瑞，对此你有什么说的吗?”

“我像未出生的婴儿一样无辜。”

“你现在已经在正义之手中了，有上帝保佑，你必将得到公平的裁决，受苦受难的人理应得到公正，愿上帝保佑我们所有人。”

拉利米尔法官传唤了很多证人，他传唤了克里弗医生、来自塞勒姆的布尼恩医生、桑姆一家，还有拜尔比的遗孀。最后这个女人的证词里充满了恶毒和仇恨，连法官都听不下去了，直皱眉头，最后不得不斥责了她。因为她的证词不仅没有伤害被告人，甚至还帮了她。听了她的证词之后，大家无不对这个被欺负、被遗弃的孩子（她看起来几乎就是个孩子）心生同情。

这个孩子此刻被放在桌子上，在所有人的注视下，在上帝的注视下。

泽利先生也被传唤了，他是个五十几岁的枯瘦男人，一头花白的头发，跟体面的马瑟先生，以及在场的其他神职人员相比，他看起来很可怜，很不安，非常惶恐。他声音低沉，说这个少女在孩童时多么好，少女时代又是如何虔诚，堪称典范。她经常去他那里祷告，寻求宗教的安慰，等等。

他说话的时候手在衣袖里扭在一起，紧张得好像个小男孩。然后他以一种抗议的声音说，这个女孩从儿童时期就受到她养母的残酷虐待，是的，就是眼前站的这位拜尔比的遗孀，她刚刚做完证词。

最后这句话给了法官很大的影响，法官不允许汉娜继续做证了，就算不得已需要她做证，法官们的脸上也带着不屑的神情。他们也不再听取汉娜说的娃娃以前如何把一个胎儿搞爆炸的无稽之谈。虽然汉娜一直在说，她肚子里的孩子确实被炸了，她是如何凄惨，而且她还莫名其妙生病。对于这些无聊的证词，法官根本不以为意。

但是一说到拜尔比先生的死，法官就明显认真起来，他们问了好多问题，特别询问了克里弗医生和泽利先生。等他们知道拜尔比先生临死的时候，用尽最后一口气否认了巫术的存在，他们就不再去理会汉娜的荒唐说法了，后者一直坚称是邪灵进入了拜尔比先生的尸体，然后替尸体发声。

中午他们在黑月厅用餐，午饭准备的是熏鱼和朗姆酒。酒吧的侍女听到布莱德法官对拉利米尔法官说："这个案子看似复杂，其实非常容易看清。首先，乡村生活太无聊了，他们必须找到兴奋点，就算是他本人生活在那里，时间久了也会看到魔鬼。其次，这个善妒的、恶毒的寡妇就是事情的始作俑者。第三，这个少女确实看起来像是个精灵，所以，不管她多么虔诚，流言蜚语总是会围绕着她，她长得就是不虔诚的样子，她是一只漂亮的小耗子。第四，他俩都应该在三天之内回波士顿，没必要耽搁了，这个案子撤销算了，当地人们的这种可笑行为应该受到斥责。"

但是拉利米尔法官说："先生，我们还没有看到那两个可怜的姐妹呢。"布兰德法官说："这倒也是。"边说边干了最后一杯朗姆酒。

2

从正午到日落，邪恶与正义各持一端，一场恶战。

下午，娃娃·拜尔比再次站到桌子上，大家又重回会议厅，围观的人甚至比上午的还多。很多人中午都没去吃午饭，相比较来说，他们更热衷于看热闹，要听正义的宣判，也要听一个女巫的所作所为。

布莱德法官：我们重聚在此，与众人，与上帝，我们以一个孱弱可怜的凡人的能力尽可能地实施公平。来自波士顿的马瑟先生，请你带领大家祈祷吧。

于是马瑟先生以最恭敬的方式开始祈祷，好像他此刻就站在上帝面前一样。祷告结束之后，法官说了阿门，然后吩咐警察去把双胞胎姐妹带来，该她们做证了。孩子，特别是乳臭未干的孩子，才有可能说实话，聪明人可以从孩子的话中得到有价值的线索。一个天真的孩子说出的话，很可能比一个复杂的成年人说的话更有信息含量。

桑姆太太被要求讲述关于这对双胞胎姐妹的情况，自打出生之日起，所有的与健康和情绪有关的事情都必须详细说明。

桑姆太太讲述的时候，自然提起她儿子提多斯曾经对被告人有过爱意。就在这个时候，警察回来了，他们喊着“让开！让开!”，后面跟着邓肯·桑姆，抱着索瑞，之后是提多斯，他抱着拉波瑞。据说两个孩子在法庭门口受到了惊吓，所以昏在那里，她们面色发青，眼睛紧闭，好像已经没气了似的，桑姆父子把她们放到了垫子上。

布莱德法官：提多斯·桑姆，请站起来，回答我。看看站在你面前的这个女人。现在她被指控使用巫术，如果她被证实有罪，将会被判处死刑。但是一年多以前，她是你心上的爱人，你还打算与她结婚，你也听到你母亲是怎么说的了，这个拜尔比小姐用邪恶的法术赢得了你的青睐。她曾经变成印第安人的模样，你的子弹击中了她，但是她毫发无损。而她也曾持续地吸引你，诱惑你，让你无法忍受，于是你失手打了她一次，力量大得足以打死一头牛，而她依然毫发无损。我们也听到了你对她的爱恋是多么的持久，多么的强烈，超过了正常爱恋的程度，你整个人迅速消瘦，等等。那么，请你回答，这一切都是真的吗？

桑姆：是的先生，上帝可证，这一切都是真的。

布莱德法官：有无夸大之处？

桑姆：没有。

布莱德法官：你是不是把我们所说的情欲当成了魔法？也许你情欲过于强烈，以至于让你袭击你爱的人。

桑姆：上帝知道，我不是个情欲过剩的人，我只是个普通的男人，我从来没有追求过女人，众人可以做证。

正在这个时候，一个女孩突然开始发疯地喊起来，很明显有一个魔鬼在她体内讲话，大量的污言秽语喷薄而出。警员赶紧过去把她带了出去。还有一些人向法官高声提出诉求，愿意证明提多斯的纯洁。

等到大家都安静下来，法官继续提问。

布兰德法官：桑姆，我发现你一直回避看这个女孩，也许你后悔你的证词对她不利吧？现在，看着她，她是不是你的敌人？告诉她，她是个女巫，你希望她被绞死。

桑姆（经过很长的停顿后，看着她的脚说）：你是个女巫。

布莱德法官：看着她的脸，声音要大！要坚决！你不能蔑视法庭。

桑姆：先生，我做不到。

布莱德法官：为什么？你依然被魔法困住？还是你依然爱着她，不想伤害她？

桑姆：我爱她。（他用胳膊挡住眼睛，哭了起来。）

布莱德法官：回到你的椅子上去吧。如果你依然爱她，怎么可能提供有效的证词呢？回到你的位子上去吧，你母亲在某种程度上比你更坚强。双胞胎姐妹醒了，她们可能恢复意识了。警长，请把被告的脸和身体蒙起来，需要的时候再让她们见面。

布泽上尉脱下自己猩红色的披肩，这是一件崭新的披肩，花了他两镑。一个月前，他的斗篷突然破了，助手又给他买了一件，就是这件。他从头到脚盖住了拜尔比的娃娃。

拉波瑞：噢，上帝啊，妹妹，我们在哪里啊？

索瑞：噢，我的背啊，我的肠子，好难受。

姐妹俩慢慢坐起来，环顾四周。接下来，拉利米尔法官负责对孩子们的询问，因为他家里有七个孩子，而布莱德法官家里一个都没有。

拉利米尔法官：孩子们，不要害怕，因为这里所有的人都希望你们能够尽快康复。你们只需要说出真相，就像你们的妈妈平时教导的那样，说出完整的真相、纯粹的真相。

索瑞（用粗重的声音说）：这里有一个人不希望我们康复，我能感觉到她。

法官并没有过多留意这句话，但是现场的人都很吃惊，索瑞没有看到被斗篷蒙起来的娃娃，但是竟然知道现场有人不希望她们康复！

拉利米尔法官：你们得了很奇怪的病，我看得出来你们很难受，你们觉得是什么让你们生病的呢？

索瑞：噢，先生啊，你难道没有听说过吗？我们被施加了魔法。她让我们毁掉自己的性命。而且，她总是晚上来，折磨我们。

拉利米尔法官：你说“她”，但是这世界上一半的人是“她”，你们指谁？

索瑞：我不能说她的名字，不，不不。

她好像被噎住了，脸色发青，不由自主地抓住自己的喉咙。

拉波瑞：噢，你难道看不到吗？这个女巫已经抓住了她的喉咙，她不许我妹妹说话，天哪，先生啊，她会死的。（这个同样虚弱的孩子开始击打妹妹头顶的空气）走开，你这个女巫，走开！

拉利米尔法官：现在你们是清醒的，接下来，我要说一些名字，当你们听到折磨你们的那个人的名字时，可以给我一个信号。阿贝盖尔·斯通、莎拉·布莱克、奥贝迪丝·拉夫州、爱丽丝·梅、黛丽拉·布莱德本特、娃娃·拜尔比……

听到这里，两个饱受煎熬的孩子哭出来了，又回到那种虚弱愚蠢的状态。

拉利米尔法官：所以，你们指控，娃娃·拜尔比，用魔法迷惑了你们，使你们患病，她还对你们做了什么？

索瑞：她还让我们在黑色的书上签名。

拉利米尔法官：算了吧，这是你们编造的吧？我不相信她会随身携带那本黑色的书，到底是怎么回事？

索瑞：她不是一个人，她的魔鬼同伴会和她一起来，有时是恶魔，有时是精灵，有时是可怕的动物。他们合伙折磨我们、压迫我们，把钉子和剪刀插进我们的身体。当他们折磨我们的时候，她就会靠近，让我们在她的书上签名。但是，我们没有答应，因为上帝与我们同在。

拉利米尔法官：你说这个女人晚上过来找你们，带着刑具来折磨你们，那么她是怎么来的？以什么样的形式？

索瑞：一开始她是一只褐色大猫，后来是一只猪，或者耗子。我记得有一次她还变成一只黑狗。她总是带着她的帮凶，一群毛茸茸的深色皮肤的小个子男人，他们一起折磨我们。到了后来，她就以她本来的面目出现了。很多时候也很难发现，因为她可以以任何形式出现。有时，就是一只手，伸到我们床上，把我们的内脏扯出来。

拉利米尔法官：当这个女人去找你们，让你们签名的时候（就像你们刚才说的），她是怎么说的？

索瑞：她说，签名吧！

拉利米尔法官：还说别的了吗？

索瑞：有时她说，“签吧，要不我就把你们肠子拖出来。”

拉利米尔法官：但是你们，作为上帝的好孩子，是不会签的，是吗？

拉波瑞：噢，先生，当时有一个宏大神圣的声音响起，我相信那就是上帝的声音，他吩咐我们不要签，于是魔鬼们就啪的一声消失了，连续三天没再回来。

她们的妈妈连忙确认，是的，这是真的。她亲耳听到啪的一声，就在她们再次犯病之前的三天。

拉利米尔法官：如果你们签了，她许诺给你们什么？

索瑞：许诺给我们最漂亮的东西玩，比方很小的山羊，比猫还小，可以骑着上天的扫把，还有她自己的漂亮的小娃娃。

拉利米尔法官：如果你们拒绝签呢？

索瑞：噢，她就拿针扎我们，折磨我们，或者让她的恶魔朋友折磨我们。他们听她的使唤，但是我不认为他们跟她一样坏。有次她竟然让我父亲的公牛亚伯来攻击我们，它就真的气势汹汹地跑过来，好像要踩碎我们的骨头一样。

妈妈插嘴说，是的，这是真的。公牛绝对是女巫的同伙，男人们在等待法庭的判决，然后就送它去屠宰场。

索瑞：有的时候女巫残酷地摇晃我们。

桑姆：先生，这是真的，这两个弱小的女孩被晃得在床上停不下来，就是两个男人也摁不住。

布莱德法官：你在说什么，小桑姆？这个女孩虽然被证明是个女巫，但是她能比两个男人还强大吗？你是怎么想的？

桑姆：先生，我认为是魔鬼帮助了她，给了她力量。

布莱德法官：你曾经是她的爱人，那么你应该知道她有多强壮，你捆绑她的时候，她强壮吗？

提多斯困惑了，他觉得法院是在针对他。听众有点生气了，因为捆绑这件事对乡下人来说可能很愉快，但是这事虽然在塞勒姆常见，却不大可能发生在波士顿。就好像它可能发生在桑姆家，但是不可能发生在布莱德法官和拉利米尔法官家一样。所以这给人一种感觉，法官是在羞辱小桑姆。

有些人于是担心法官会满不在乎地取消整个案子。但是，布莱德法官是一个虔诚的人，在没有找到真正的公正之前，他不会让自己的鼻子离开可疑之处。虽然那些熟悉他的人知道，他会常常停下来，看着月亮出会儿神。

桑姆：我从来没有这样对待过她。

布莱德法官：虽然你不是一个可靠的证人，但是有一件事你需要澄清一下。你妈妈说，你曾经从火枪里射出了一发银弹，在那一刻，你认为你袭击了被告，是这样吗？

桑姆：是的，先生，这是真的。我一共射出了三枚子弹，都是我衣服上的扣子。当时我妹妹们说：她顺着烟道走了。我就按照她们指的方向射击，她们惊呼，说我打中了她的手腕。这里有人可以证明，我说的是真的，第二天她手腕上确实出现了子弹伤口，直到今天，这个伤口也没有愈合。刚才您让我看她的时候，我发现伤口还在。您可以亲自检查一下。还有，她的幻影每次来折磨我妹妹们时，都披着黑色的骑马斗篷。

布泽上尉说，这件斗篷已经被搜出来了，就作为证物放在法官脚下。

他把斗篷取了出来，拉波瑞和索瑞同时说，是的，就是这件。布泽上尉上前呈给法官看，斗篷上确实布满了弹孔。

布泽上尉说：拜尔比的遗孀给了我这件斗篷，看，它曾经被火烧过，上面都是洞，好像筛子，而且有一股桑姆家烟囱的味道，仔细闻闻，还有桑姆火枪的火药味呢。

一个坐在后排的小男孩喊道：先生，我认识这件斗篷，是的，没错。

布莱德法官：你是谁？

小男孩：杰克·图雷，拜尔比家的雇农。我知道这件斗篷，因为我们一直用它来打扮稻草人，三年了。但是，昨天我发现这件斗篷不见了，稻草人是光着的。马特（是另外一个雇农）和我经常用这个稻草人做射击练习，所以上面都是弹孔。

布莱德法官：你和马特这么无聊吗，必须来射击一个稻草人？看看，你们的火药把衣服烧成什么样了。

法官们拿着斗篷细细打量，小声商量着，杰克满面疑惑地坐下了。

布莱德法官：克里弗医生，你已经很慷慨地提供了你所知道的信息。你告诉过我们，巫术造成的疾病和正常疾病是不同的，换句话说，魔鬼为了邪恶目的造成的疾病，与耶和华为了我们自身的好处而造成的疾病是不同的。而且你也说过，你可以分辨出某种疾病是否为魔鬼所为，你可以跟我们详细说说吗？

克里弗医生：看不见的手经常抓住双胞胎姐妹的喉咙，我见过。

布莱德法官：你见过那只手？

克里弗医生：不，我见过她们的喉咙被扭曲的样子。而且，我也经常从她们身上取出针头、别针，还有别的东西。孩子们也会吐出一些奇怪的东西，毛皮、虫子、玻璃、一卷头发，还有蓝色的珠子（他弯腰在法官脚下的证物里去寻找）。先生，你看，这就是那个女人用来送有毒的食物的篮子，手柄上缠的就是这种蓝色的珠子，三天前，姐妹里有一个吐了些珠子出来，就在我口袋里，你看，一模一样的。

桑姆太太：我家从来没有这种珠子。

她忍不住哭了，孩子们看到珠子齐声尖叫，然后胡言乱语一番，又昏倒在垫子上。

布莱德法官：现在就看看这俩孩子，克里弗先生，以你之见，她们是否着魔了？

克里弗医生（他小声说）：不敢这么说，我的看法是，她们只是觉察到有邪恶的存在，她们知道女巫就在这座房子里。

双胞胎：啊，啊，上帝啊，救救我们吧，噢，噢。

布莱德法官：警察，把被告身上的斗篷拿开吧，孩子们，如果可以的话，你们站起来，看看前面的桌子。

整个房间马上充满了她们刺耳的尖叫声。拉波瑞大喊一声往后跌倒，直翻白眼。她四肢伸展，好像死了一样。索瑞惊慌失措地扑到法官们脚下，哭喊着求他们救救她，接着就昏死过去了。拉利米尔法官为她的恐惧、无力和柔弱而心生怜悯。他把她扶起来，摸摸她的脸和手，上面潮乎乎的全是冷汗，两个法官都知道这个是做不了假的。索瑞的脉搏很微弱，舌头僵硬，说不出话来，但是眼神显示她饱受折磨。

马瑟先生：先生，这就是恶魔侵犯的证据。

布莱德法官：这就是巫术，现在，我们需要找出女巫。

马瑟先生：英国的法庭已经证明几百次了，女巫能通过眼睛使出魔法，如果女巫触碰受害人的话，魔法会回到女巫自己身上。

布莱德法官：警长，抬拉波瑞过去，让她碰一下被告，我们拭目以待。这个孩子看起来像是死了。

布泽上尉：她没有脉搏了，先生。

桑姆太太：法官先生，法官先生，你竟然让她在我眼前杀死了我的孩子，噢，上帝啊！噢，我的上帝啊！

布莱德法官：现在说这个还为时过早，警长，把她抱到被告那里，不管是死的还是活的，让被告碰她一下。

布泽上尉把她抱起来，小女巫也很配合，她弯下腰摸了摸孩子，于是孩子的脸上重新有了红润。布泽上尉感觉孩子又有了脉搏，心跳也回来了。孩子在他怀里翻了个身，甜美地笑着，好像睡着了。接着，她又笑了一下，醒了，她看了法官一眼，又看了妹妹一眼（索瑞依然在神志不清中），接着冲妈妈微笑。当她抬起眼睛，看到拜尔比娃娃时，她发出一声哀号，仿佛受到了巨大的惊吓，那种哀号是绝对装不出来的，她紧紧抓住布泽上尉。

这一刻，法庭上所有的人都意识到，这几个星期以来她经历了多么大的痛苦。一个人如果没有伤害过她，她是不可能如此害怕的。

布莱德法官：把这个孩子放到垫子上吧。索瑞，你也躺到垫子上。

索瑞（她的舌头依然僵硬）：噶，嘎，嘎，噶。

布莱德法官：拉波瑞、索瑞，是什么使你们陷入昏迷，跟我说说都发生了什么？有魔鬼或其同伙来折磨你们吗？被告是不是幻化成影子出现在你们面前？告诉我们。

拉波瑞沉默了。所有人都看到她紧紧咬着下嘴唇。克里弗医生试图去撬开她的牙关，但是撬不开。

拜尔比遗孀：看那个女巫，快看，快看！

大家看到女巫咬住自己的嘴唇，很明显，她是在通过这种方式锁住孩子们的嘴，布泽上尉轻轻敲了她一下，她就松开了嘴唇，然后孩子们的嘴也被放开了。

布莱德法官：娃娃·拜尔比。最近在我们附近出现了很多关于邪灵的事情。克里弗医生和马瑟先生也给出了令人满意的解答。你对这些解答有何异议？

拜尔比娃娃：我是一个无知的女人，我无法解释。

布莱德法官：你可以畅所欲言，否认对你的指控，然后予以澄清，或者，你可以认罪。

她保持沉默。

布莱德法官：至少你可以同意那些比你聪明的人做出的判断，你说说看，孩子们的舌头被束缚了，这是魔鬼所为吗？

拜尔比娃娃：这个我知道，不是！

布莱德法官：你怎么知道的？你凭什么知道？

拜尔比娃娃：如果有魔鬼，我可以看到他。

布莱德法官：你的眼睛如此特殊，可以看到魔鬼吗？

泽利先生：我可以发言吗？

布莱德法官：请讲。

泽利先生：如果这个年轻的女人可以召唤魔鬼来为她工作，那么这个魔鬼是不是也太欠考虑了？在大庭广众之下实施魔法，反而坐实了被告的罪状。

马瑟先生：除了这个可怜的女孩和撒旦之外，难道上帝就不能召唤魔鬼吗？这种事不是已经被多次证明了吗？上帝偶尔也会做一些这样的事情，以堵住那些不信者的嘴，也让那些只相信最浅显真相的基督徒有更坚定的决心。

布莱德法官：拜尔比，说说你的看法。这些牧师都给出他们的判断了。

拜尔比娃娃：我认为很可能是个天使来跟我恶作剧。

布莱德法官：难道天使会来捉弄一个善良的、受洗的女孩吗？

娃娃发现自己无言以对，她一双手在衣裙的皱褶里搅动。然后，大家看到双胞胎姐妹开始犯病。

布莱德法官：拜尔比，如果这就是你的伎俩，我看你还是省省吧。警员，抓住她的手。如果这一切真的是天使所为，那么我乞求上帝把他的天使交给我们，直到法庭休庭。

正在这个时候，一个女人突然着了魔，她扑通倒下，忽而大笑，忽而抽泣，人们把她从窗户运出去了。

布莱德法官：你觉得那些被折磨的人是出于自愿，还是被迫？

拜尔比娃娃：我不知道。

布莱德法官：怎么会不知道呢？你至少可以有自己的看法。

拜尔比娃娃：我必须沉默。

布莱德法官：今天早上你已经听到两位医生的解释了，巫术是如何模仿自然疾病的状态的。想一想他们说的，告诉我，对于孩子们的病，你的看法是什么？

拜尔比娃娃：看起来，她们是被施加了巫术。

布莱德法官：这里的很多人都这么认为。那么有巫术的地方就肯定有女巫。

拜尔比娃娃：是的。

布莱德法官：那么女巫在哪里？

拜尔比娃娃：上帝可证，我不知道。上帝可证，我不可能伤害孩子，我也不认为任何一个女巫会去伤害这些孩子。

布泽上尉站起来说，当他和他的人前去逮捕拜尔比娃娃的时候，她否认自己在折磨双胞胎姐妹，很有意思的是，她是这样说的：这是别的女巫干的。

布莱德法官：拜尔比，你应该为我们解释清楚。

拜尔比娃娃：我能解释什么？

布莱德法官：现在就认罪，承认你是个女巫。

她沉默。

布莱德法官：现在认罪，你还有可能活命。

她沉默。

布莱德法官：现在认罪，并跟其他女巫划清界限——我猜这附近有不少，我承诺，赦免你的死罪。

她沉默。

拉利米尔法官：被告能够背诵主的祷词吗？

娃娃马上开始背诵。当她背诵的时候，泽利先生将脸埋在手里，口中也在念念有词，好像这样就可以帮助她。她就这样流畅地背诵着，没有任何纰漏，直到最后一句："主带领我们前往不受诱惑之地。"她停下来。泽利先生紧握双手，手指关节都失去血色，他抬起眼睛来仰望上帝。

然后，很快地，她又开始背诵起来，所有人都吓傻了，"从来，尽头的荣耀，权力的，国度的，主的，是来自魔鬼，是诱惑，不是指引，阿门。"她并不知道自己说了什么。讲完后，她很笃定地看着大家，整个法庭鸦雀无声，陷入可怕的安静之中。法官看着法官，牧师看着牧师，然后大家都把目光转向上帝。她彻底完蛋了，但是法庭还不满意。

布莱德法官：你已经对法官的要求做出了令人满意的答复。但是还有一些小事情未曾澄清。请再忍耐片刻，会放你离开的。我看你面色苍白，心神不宁。警长，请过去查看一下，不要让她从桌子上掉下来。当你说桑姆双胞胎的事情是"别的女巫干的"时，你是什么意思？

拜尔比娃娃：先生，我无法解释。

布莱德法官：没有什么你无法解释，或者不能承认的。

拜尔比娃娃：先生，我很受困扰。

布莱德法官：坦率地回答我的问题吧，几分钟就可以了，然后你就可以回牢房休息了。我们不是你的敌人，开放你的心灵吧。

她保持沉默。

布莱德法官：如果你继续固执下去，你很可能要在这里站到明天，所以，开诚布公吧，你见过魔鬼吗？

她点了点头。

布莱德法官：哦，这么说，你见过魔鬼。不要感到羞耻，基督本人不也是见过撒旦吗？路德不也是经常为他的存在所苦吗？很多高尚的人也被魔鬼残酷地纠缠过。不要感到羞耻，娃娃·拜尔比，畅所欲言吧，你们第一次见面是什么时候？

拜尔比娃娃：当我还是个孩子的时候，在法国的布列塔尼，我妈妈带我去一个大林子里见过他。

布莱德法官：真是不同寻常的经历，你之后还见过他吗？

拜尔比娃娃：去年春天，他再次来找我了。

布莱德法官：是个人的形象吗？

拜尔比娃娃：他每次都是晚上来，是的，是个男人的样子。他穿着海员的衣服，带着一个小精灵，黑色的，有长长的打着圈的尾巴。他把这个精灵搂在怀里。

大厅后面出现一阵骚动。

布莱德法官：他去年春天是什么时候来找你的？

拜尔比娃娃：五月的最后一个晚上，就是桑姆家谷仓着火的那天晚上。哦，先生，我感觉不大舒服，我想回牢房。

她全靠布泽上尉的支撑才没有倒下。

在混乱中，一个高亢、泼辣的声音响起：我想讲话，先生，你听到了吗?

布莱德法官：谁在喊?

那个声音：我是珍妮特·格兰尼，修补匠的妻子，我知道一些事情……

布莱德法官：大家都靠后，让格兰尼太太过来。

人群闪开，格兰尼老太太这个苍老但骄傲的女人出现在法官面前。克里弗医生低声对法官说，她是个声名狼藉的女人。

格兰尼老太太：这个女孩见到的不是魔鬼，她见到的是我儿子，沙德拉赫。他是海盗，正在被通缉，上帝啊帮帮我，我把他藏起来了。白天他乖乖的，但是晚上他就跑出来了。他有一只猴子，他穿着海员的衣服。他有一次在我家见到这个女孩，喜欢上了她，就跟在她后面，我说……

后排一个男人喊道：她丈夫说她撒谎，他们没儿子!

格兰尼老太太：相信我，看在基督的分上，相信我，我有一个儿子，他们到处抓他，我把他藏起来了。但是他们最后还是找到他把他吊死了，人们管他叫血腥沙德。

后排男人：先生，这个女人的丈夫说，他们没有儿子，她老糊涂了。

格兰尼老太太：我的丈夫，你害怕了，你怯懦了，你怕自己蒙羞，于是不肯承认自己有儿子，他可是你亲生的儿子啊，而且，现在娃娃要因为这个丢掉性命了啊!

拉利米尔法官：这个女人是个疯子，你看她的眼珠转得多快!

布莱德法官：你有个儿子，而你先生竟然不知道，这可能吗？你从来不跟你的邻居聊起他吗？我们怎么能相信你说的不是胡话呢？你是疯了。

格兰尼老太太：上帝帮帮我啊，上帝帮我，上帝救救娃娃啊！

布莱德法官：警察，把这个满嘴胡话的老太婆扔出去，还有她丈夫！

法庭陷入一场混乱之中，大家开始七嘴八舌地讨论起来。有人想聊聊格兰尼一家，有人想聊聊自己听说的恶魔的故事。女人和孩子有的笑有的哭，她们家的男人只好把她们带回家。布莱德法官站起来，用他的威严震住大家。

布莱德法官：肃静！肃静！把那个女人拖出去，还有桑姆家的双胞胎，如果太虚弱了也可以回去了，你，她们的妈妈，跟她们一起回去吧。大家都离开这里，证人和有关的人留下，我提到名字的这六个人留下：马瑟先生、匝斯·迪森摩尔先生、内奇科特医生、泽利先生、威尔逊先生，还有你，皮博迪上校。先生们，我们的案件将在监督下审判，所以，我恳求你们，坚持到最后。

3

战争从日落一直持续到深夜，女巫陷入绝境，正义赢了。

法庭空旷了，沉默得像座坟墓，一分钟之前被几百人挤满的地方，现在只有二十个人留下来。天快黑了，房间很暗，大家点上火把，也把蜡烛设置在需要的地方。但是火焰和蜡烛的光亮反而让房间深处和角落显得更黑。于是大家围坐在法官的周围。

在烛光中，布莱德法官看了看自己写的笔记，提多斯·桑姆偷偷看了看桌子上的女巫。她站在那里，鬼一样苍白，几乎要晕过去了。她的眼睛圆圆的，让所有人感到恐惧。她没有再看提多斯，只是看着布莱德法官，她单纯地相信他是她的朋友。

布莱德法官让警长去拿一把有靠背的椅子过来，他说被告太累了，撑不住了。布泽上尉找来一把漂亮的椅子，跟法官坐的那把差不多。布莱德法官让上尉将这把椅子设置在他与拉利米尔法官之间的平台上，于是三个人，一个法官，一个女巫，又一个法官，他们都坐在漂亮的椅子上，坐在深红色的锦缎垫子上，保持着沉默。女巫太小了，脚够不到地面，布莱德法官让她从自己的银酒杯里喝酒，她喝了里面的葡萄酒，并感谢了他。

他一点一点地，非常温柔地，他问了她很多问题，她也告诉了他很多。他没有问任何关于桑姆双胞胎的事情，相反，他问的全是关于她本人的。关于那个刚刚从她身边消失的魔的事情。她低声诉说，声音很小，几码之外的人就听不到了。马瑟先生好几次大声抗议：丫头，大点声！

她跟他讲了自己在布列塔尼的父母，还有拜尔比先生去世的那天晚上。她跟他讲那个漫长的冬天，那个充满希望的春天，还有美梦成真，因为魔鬼的使者来了，一个强有力的、漂亮的魔。有时她会脸红，掉转头，像一个体面的基督徒女人一样。有的时候她会叹气，有那么一两次，她展露出羞涩的微笑。有三次，她说，她爱那个魔，并不怕他，因为他对她又温柔又怜悯。

布莱德法官：你说这个魔是你的爱人，但是他对你的所作所为就像那些无耻的男人对女人做的一样。因为他爱你，所以他和你在一起的时候可以非常温柔。但是他离开的时候，我们几乎可以断定，不过是耸耸肩，吹个口哨。先生们啊，这个男人的行为是多么令人震惊，他是恶魔还是公猫？现在，拜尔比娃娃，审判马上就要结束了，不要担心发生在你身上的那些事情的细节和长度会让我们疲惫，来吧，告诉我们更多吧，正义也需要耐心的耳朵。

她说了好多，几乎所有的都说了，布莱德法官也鼓励她讲，有些时候会帮助她讲。泽利先生痛苦地呻吟着，把头埋在手里，哭出声来。提多斯脸色苍白，浑身颤抖，坐立难安。

布莱德法官：你的良心不受谴责吗？你不知道你和这个奇怪的情人在一起的时候是有罪的吗？

拜尔比娃娃：我请求他娶我，他做到了。

布莱德法官：真是个和蔼可亲的魔鬼，你找到神职人员或者治安官帮你们见证了吗？

拜尔比娃娃：不，我们自己结的婚。

布莱德法官：哦，我记得在康涅狄格州就发生过类似的事情，看来你们受到启发了。

他转过头，轻松地跟拉利米尔法官讲了康涅狄格州故事的来龙去脉。接着，他继续询问拜尔比娃娃，她乐于把婚姻的事情告诉大家，是因为对她来说，婚前就接受他也是一件非常羞耻的事情。

布莱德法官：也还好，对于两个年轻人来说，在婚前操之过急也不见得多么不可谅解。诚实的婚姻可以视为对这种不当行为的补救。

他看了看他的笔记，房间里鸦雀无声，连老鼠的声音都没有。大家都屏住呼吸，只有火焰沙沙的燃烧声，还有纸张的声音。

布莱德法官：拜尔比娃娃，我注意到了，桑姆家的双胞胎常常提到“宝贝”，说你有一个漂亮的宝贝，这是怎么回事？

拜尔比娃娃：先生，我不能确定她们指什么。

布莱德法官：你能猜一下吗？试试看？

拜尔比娃娃：哦，先生，先生……

她的眼睛在寻找泽利先生，但是他把头埋在手心里。

布莱德法官：大胆地说吧。

拜尔比娃娃：我觉得她们说的是我的孩子。

布莱德法官：这个孩子现在在哪儿？

拜尔比娃娃：还没有出生。

布莱德法官：这个骄傲的父亲是谁呢？

拜尔比娃娃：除了那个跑来安慰我的魔之外，还可能是谁呢？

布莱德法官：不要低下头，年轻的拜尔比，对一个女人来说，怀孕是再自然不过的事情，相反，在经历过这样的激情之后还没有受孕，你才应该脸红地低下头呢。受孕是一个女人的荣耀。

他站起来，宣布听证会结束了。

吓出一身冷汗的布泽上尉把拜尔比娃娃带回牢里，其他人都回家了。那天晚上，来自波士顿的法官们在黑月厅休息。女侍者听到拉利米尔法官跟布莱德法官聊天，当时他们正坐在炉火边喝酒。“先生，这个听证会进行得跟您预料的一样顺利。三天后我们就可以回波士顿了。我敢肯定这次的发现远远超过预期。已经有足够的证据，足以吊死这个少女三次了。但是，我们还得等高等法院的法官来决定。我们要做的是保证她不得保释。”然后法官感慨地说：“一想到上帝竟然让我们看到一个女人投入了魔鬼的怀抱……”法官们开始耳语，后面的话就听不到了。

书记员带着墨角、沙子和钢笔来了，十点的时候，他们写下：

来自考恩角（埃塞克斯县）的娃娃·拜尔比被带到我们面前，她被怀疑使用巫术伤害了邓肯·桑姆家的一对双胞胎姐妹：拉波瑞和索瑞。我们举行了听证会，在众人的见证下，我们将拜尔比娃娃（她否认了罪行，但是承认自己是个女巫，而且还承认和魔鬼有肉体接触，并且有了身孕，她与魔鬼已经通过黑暗的方式举行了婚礼）囚禁在塞勒姆监狱，以等待进一步的判决。

治安官

埃德姆·布莱德

瑞福·拉利米尔

晚上十一点的时候，他们上床睡了。

4

娃娃注定要自食恶果，一个后来被证明是巫师的人陪着她。

第二天，娃娃起得很早，她想法官可能需要再次传唤她。布莱德法官对她那么友好，最后也没有追问双胞胎姐妹的事情。她没想到的是，他心里已经放弃她了。

她在黎明前一个小时就醒了，在微弱的晨光中打扮自己，为出庭做准备。狱卒约翰·阿克斯透过石墙上的缝隙偷偷观察她。他看见她戴上帽子，穿上斗篷，拿出自己的木鞋。狱卒吓坏了，他飞快地跑到黑月厅，去找正在那里休息的泽利先生，他恳求泽利先生过去看看，因为他觉得这个女巫要飞出屋顶了，她都准备好了。

泽利先生跑到地牢里，发现娃娃正等着去见法官。他走进去坐在她身边，握着她的手说："可怜的孩子，摘下你的帽子，取下你准备好的骑马装备吧，因为一切都结束了。"

结束？她以为这一切才刚刚开始呢。双胞胎姐妹的事情还没有被完全证实，真凶还没有找到，布莱德法官也承认这一点啊。

泽利先生说，现在对她的指证和收监令都针对另外的事情了。

但是，泽利先生没有听到吗？布莱德法官自己也说了啊，见到魔鬼是无罪的，即使基督本人也和魔鬼讲过话。而且，很明显，执法官们已经认可了她的婚姻，甚至也原谅她纵容她的情人对她为所欲为。所以，法庭怎么能把这一切都结束了呢？除非他们认为她应该无罪释放。

“你的命运现在掌握在陪审团手里，我可怜的娃娃，是由你愤怒的邻居组成的陪审团，二月高等法院会审理你的案子。”他解释说，布莱德法官和拉利米尔法官只能审问她，然后把她送交更高等的法院来宣判。他们确实可以当庭把她释放，如果他们觉得可以的话。但是他们不能宣判死亡……他这么说，是希望她能想到死刑，因为这是很可能会发生的事情，他希望她能有所准备，至少在灵魂上有所准备（如果她有灵魂的话）。

“死刑？”她说，“我为什么要死？上帝啊，上帝！啊，我的上帝！我不想死。”这是她第一次跟那些中了魔的女人一样惧怕死亡。她闭上眼睛，靠在牢房的石墙上，很长时间不说话，但是她的嘴唇在翕动。

泽利先生就坐在她身边，把头埋在手心里。过了一会儿她说话了，她已经战胜了对死亡的恐惧，用了清晰有力的声音开始对泽利先生讲述更多关于这个地狱使者的事情。

她说他保证过，有一天她要死了，他会站在她的床头陪伴她。死后，他们将永远生活在一起，永远。于是她勇敢地说，她不怕死！

但是，她还是跪下来，把头放在泽利先生的膝盖上。她说，她不怕死，但是她好害怕绞刑架和绳索，它们太恐怖了。他竭尽所能地安慰她，泪水从他眼中流出，她反而没有泪水，因为眼泪早就干枯了。他也跪下来，向上帝祈祷。

约翰·阿克斯在石缝里看到他在祈祷，也听到了他的祷词。他说这不是一个特别正常的祈祷，跟在教堂里听到的不一样，跟马瑟先生说的那些宏大的祷词也不大一样。泽利先生跟上帝祈祷的时候，更像是跟朋友对话。所以，很多人就此认为，他不是在向主祈祷，而是向某些他私下敬拜的恶魔祈祷。后来，当他也要被吊死的时候，这件事就作为呈堂证供，成为他的罪行。

泽利先生祈祷的时候，女孩跪在草床上。她重新戴上帽子，穿上猩红色的骑马斗篷，用那猫一样的圆眼睛看着这个为她祈祷的男人。

5

拯救灵魂的人失败了，陪伴爱人的魔出现了。

现在她处在巨大的痛苦之中，因为她身上绑着沉重的铁镣，比一个强壮的男人能够承担的还沉。狱卒们总是从石缝里盯着她，他们害怕她，能不靠近就不靠近，任由她自生自灭。

法庭只允许少数人接近她：她的狱卒、两个牧师、塞勒姆的义工，还有马瑟先生。马瑟先生的脑子都被神学研究填满了，他希望能研究她。泽利先生如果要去看娃娃，需要先从波士顿那里得到许可证，这一过程要用整整三个星期。之所以要花费这么长时间，是因为大家猜测他居心不良，他的名声因此受损。确实这样，他的民众就此认为他是一个巫师，开始讨厌他，害怕他。

二十年后，塞勒姆爆发了大规模的女巫抓捕活动，并吊死大量女巫，泽利先生也身陷其中。约翰·阿克斯被法院传唤，要求他复述泽利先生和娃娃女巫坐在地牢的草垫子上那么长时间都说了些什么。

他做证说（对着《圣经》发誓自己所说句句属实），他们交谈得很少，泽利先生永远把头埋在手心里。他没有看女巫的脸，也没有看她的眼睛，甚至根本没有注意到女巫总是对着角落念念有词，还冲着虚空微笑和点头。很多时候，她闭上眼睛，仰起脸，好像在跟空气中的什么亲吻。所有这一切都是在泽利先生的背后做的。

法官问约翰·阿克斯，泽利先生是否试图拯救这个女人的灵魂。

没有，他只坐在哪儿。有时他跟娃娃说话，有时他跟他的“神”说话。但是，他并不是在真正地祷告。不像马瑟先生那样，马瑟先生祷告起来声音大着呢，石墙外面都听得到，街道上上下下都听得到。如果是马瑟先生在祷告，监狱外面会聚集一大堆民众一起聆听，他是上帝面前最虔诚最有力量的赎罪者。一个人只要听过马瑟先生的祷告，就知道泽利先生那根本不叫祷告。

但事实是，在事情无法挽回之前，泽利先生确实要求娃娃皈依上帝了。

但是她却说，她并不比需要魔鬼还需要上帝，她也不需要天堂。因为她父母所在的那个天堂，有她的养父，有她亲爱的丈夫，那里才是她的天堂。她不需要那个永远有冷漠的天使唱着赞美诗，围绕着一个愤怒、可怕的上帝的天堂。那个天堂里有汉娜·拜尔比，还有她那些残暴的邻居，不，绝不，她绝不要去那个天堂。地狱才是她的家，她的天堂。

有时候他从一本很大的书里面念故事给她听，约翰·阿克斯发誓，他认为这是一本《圣经》，虽然这本书很有可能是一本魔法书——也许它就是。但是不管怎么说，他从书里读的故事都像是圣经故事。他还能读什么给她听呢？他读抹大拉的玛丽亚〔1〕，讲述她是怎么把头放在我们救主的脚上，用自己的头发去擦拭它。他给她读圣约翰的圣约。约翰·阿克斯说，不久之后泽利先生就发现了，女巫的牢房里潜伏着一个魔鬼。

---

〔1〕抹大拉的玛丽亚（Mary of Magdala）：在《新约》中，被描写为耶稣的女追随者，罗马天主教、东正教和圣公会都把她作为圣人。一些现代作家认为抹大拉的玛丽亚就是耶稣的妻子，2003年的幻想小说《达·芬奇密码》就是受此启发而作。

到了后来，没有人敢去娃娃的地牢，除了泽利先生。所有人都因此而反感泽利先生，当大家都感到恐惧的时候，他竟然没有。

但是，至少有件事泽利先生难以辩解，那就是他清楚地知道，他跟女巫从来不孤独，地牢里还有一个更可怕的存在。

有时，他会读着读着抬起头来，跟着她的眼睛一起寻找什么东西、什么人，就在他们的附近。当他们的眼神相遇时，她轻轻地、愉快地笑了，他于是知道，这个隐形的存在一定是她爱的人。泽利先生也承认，当他意识到牢房里有一个看不到的存在的时候，他很不安，既伤心又困惑。他浑身出汗，无法读下去。

有一天下午，她不再心不在焉，而关注起泽利先生来。他猜魔已经离开了，于是他合上书，很突兀地问她：你的魔鬼爱人回来过吗？她很吃惊他会问这个问题：当然，他回来了啊。她说，他现在不会离开我了，直到最后那天。她还说，双胞胎姐妹在审判时看到的不是他，娃娃又一次邪恶地猜测，她们看到的也许是个天使。“在我接受审判的时候，我的魔未曾出现，现在他发誓不会离开我了，如果我去绞刑架，他就陪我去。如果我死在这里，他就握住我的手。”

泽利问她，是否真的能看到这个魔？这么说吧，这个魔，此时此刻，就在这个房间里吗？哦，是的，他就坐在那个柜子旁边，他累了，头垂在胸前，昨天晚上想到绞刑架我好害怕，于是他把我抱在怀里，一直唱歌，直到日出都没好好睡。现在他睡着了。

“他穿着海员的衣服？他看起来还是一个男人的形象吗？”泽利先生小声问，他害怕吵醒那个魔。

“不，他现在回到魔的形象了。他赤裸着，长着犄角，有鳞片，皮肤黝黑。他的脚是蹄状的。有很大的皮革一样的蝙蝠翅膀，他的尾巴很长，长着刺。”

“但是，你怎么知道他是你的魔？不是别人的？”

“他的眼睛，还有他的声音，充满爱意，这些都没有改变。”

“他怎么回到你身边的？你是怎么知道他回来的？”

“你还记得那天吗？审判完之后，你让我明白我必须要死了。第二天，整整一天，我都感觉到他在牢房里和我在一起。然后，一点一点地，他显现出来了。一开始，他好像是气体，从牢房的地面上升起来。慢慢地，我就可以看到他巨大的、令人恐惧的影子，一个透明的影子，视线可以穿过，就好像视线穿过烟雾一样。但是一天天，他的身体越来越明确出来，渐渐出现了一个凡人男子的样子，很坚实的形象。一开始看到犄角、尾巴，还有那么可怕的布满鳞片的黑色身体时，我又失望又害怕，尖叫起来。我很单纯地认为，他应该一直都以一个漂亮男子的形象出现。他现在这个样子更像是个怪兽，带给我的是恐惧而不是爱意。最后，我看到了他的眼睛，它们没有改变，还有他的声音（因为已经完全现形了，所以他可以讲话了），也是没有改变。我知道了，这就是我的丈夫，现在的我比以往更爱他，爱这个地狱的恶魔，胜过爱那个海员制服里的男人。这个形象充满威严，对我来说更迷人。”（这就是二十年后，当泽利先生在法院做证时，回忆起的与拜尔比娃娃的对话）

被继续逼问后，泽利先生承认得更多，他说，他问娃娃，为什么没有人，甚至狱卒都不敢来她的牢房？一个虚无缥缈的魔他们也怕吗？

她很吃惊，他竟然没有听到那些流言蜚语。她的魔已经在村庄里炫技了，整个村庄都在传说这件事，难道他没有听说那个总是偷看的狱卒身上到底发生了什么吗？他们总是通过石墙上的缝隙偷看她，这让她不胜其扰，但是她的魔代替她惩罚他们了，他冲他们的眼睛吹气，让他们的眼睛红肿。当然，经她这么一提醒，他确实觉得狱卒的眼睛好像肿了。

她还告诉他更多，为什么伟大的马瑟先生不再来了？她拍着手哈哈笑了，因为她的魔最讨厌马瑟先生，他那又长又吵的祷告真是烦死人了。她的魔好几次差点掐死他，因为这个愚蠢的人老是念托比特的故事给她听，就是那个老掉牙的故事：萨拉被魔鬼阿斯莫泰爱着，每到她的新婚之夜魔鬼就要掐死新郎，但是最后，阿斯莫泰竟然被熏鱼肝产生的烟给驱赶到遥远的埃及去了。

这个邪恶的小女巫说，这个故事彻头彻尾是骗人的，对她来说，这个故事假得跟《圣经》一样一样的。她说，这个故事就是为了贬低阿斯莫泰王子的，阿斯莫泰王子是她的魔的好朋友。她悄悄告诉泽利先生说，虽然她的魔从来没有透露过他的真实姓名，但是她有理由怀疑他就是那个阿斯莫泰王子。因为他非常高贵，就像一个王子，而且他跟她多次提起一个叫萨拉的女人，说她是多么平淡、乏味、喜欢抱怨，他多么开心她最后终于被一个年轻的犹太人娶走了。烧鱼肝脏从来无法驱赶他，他只是很愉快地自己走掉了。那股恶臭倒是差点把新娘从新房里赶走，魔鬼王子毫发无损。

马瑟先生对这个故事特别执着，老是要读给她听，最后一次的时候，他读着读着，竟然想烧一条大鳕鱼的肝脏。然后她的丈夫怒气冲冲地在火光里出现了，他的尾巴竖得笔直，他摇晃着犄角，好像一头愤怒的公牛，他煽动着翅膀，然后用自己强壮的双手熄灭火焰。马瑟先生抬起头来，看到了他，几乎要吓死过去。娃娃再次乞求魔鬼，还是隐形吧，不要扼杀这个虔诚的牧师。马瑟先生因此生还，但是从那以后他再也不敢来了。

泽利先生没有听到这个故事吗？还有，他的魔如何戏弄塞勒姆的两个牧师。这些小道消息向来被传播得到处都是，不是吗？

不，这些事情泽利先生从来没有听过，因为现在没有人再跟他聊天了。

那一刻他才知道自己被怀疑了。

娃娃对此深有体会，她告诉他，她从来不知道人们竟然怀疑桑姆家双胞胎被施了魔法，直到布泽上尉以巫术的名义逮捕她。她说她很同情泽利先生，她知道这种滋味。

泽利先生说他的生活变得很奇怪，这世界上每个人都离他远去，甚至上帝也把脸转过去了。他说（很愚蠢地），他这一生都不相信有女巫和恶魔的存在，他觉得信奉上帝的人都不应该相信女巫的存在，因为上帝不可能允许这种邪恶的事情存在。现在，他看到了，这些事情是存在的，是真实的。如果真是这样，那么，他长久以来崇拜的伟大而美好的神在哪里呢？“我的娃娃，”他说，“你把我的信仰和我的上帝拿走了，现在，我什么都没有了，甚至没有一个可称为‘朋友’的人。”

她安慰他，不是用言语，而是把她的小手（现在瘦得像鸟的爪子）放在他低下的头上。她吻了他的额头，他站起来走了。他本应该跟大家一起回到考恩角，但是，他没有，相反，他睡在黑月厅，娃娃对他仿佛有种魔力，他必须第二天一大早再次看到她。

6

生孩子的女巫和上帝子民的祷告

拜尔比娃娃要生产了。

塞勒姆的助产士——南·哈克特老太太——不肯过来帮忙，不管娃娃要经历什么，人们倾向于让她自生自灭。她本人也不要求凡人的帮忙，她满足于那个站在她床头的幻影就可以了，他白天黑夜站在那里（很多人都看到了）。泽利先生记得古驰瑞老太婆，那个入殓师，当她刚刚出现在考恩角的时候，她既服务于生命的开始，也服务于生命的结束。也就是说她是一个助产士，也是一个入殓师。泽利先生于是去找这个女人，求她，请求她可怜可怜娃娃，也以法院的名义半强迫她，让她去塞勒姆的监狱，尽可能地帮助娃娃。

古驰瑞老太婆不想去给女巫接生，不想成为迎接小妖怪来到这个世界的人。她很害怕，灌下三大瓶麦芽酒，还给自己带了一皮口袋的白兰地。她给手指全都套上铁戒指，这都是用来抵挡死者鬼魂的。她想，毕竟，对一个虔诚的基督徒灵魂来说，一个活着的小妖，不会比一个死去的基督徒的老灵魂更危险吧。泽利先生和她一起去了监狱。

小女巫平静地躺在那里，没有痛苦，她的眼睛黑得好像地狱之井，微微张开的嘴唇毫无血色。她挣扎着醒来，对泽利先生说，就像他早知道的那样，她一直在寻找上帝和精神的平静，现在，请他看着她的脸，告诉她，她是不是已经找到了。是的，泽利先生回答说。她的脸于是显现出天堂一样的平和，他不发一言，转身离开了她。

在门外，他碰到了站着闲聊的一对男女，他们哈哈大笑，肆无忌惮地开玩笑。一个肥胖的红润女人（让社区非常尴尬的是，这人已经生了三个没有父亲的孩子了）大声喊叫说，上帝做证，女人生孩子一点儿不难，因为人类的孩子又光又滑，像个甜瓜一样。上帝保佑这个正在生产的女巫吧，因为她可能要生一个长着尖尾巴、生着尖犄角的怪物。这种怪物很可能在生产的时候要了一个普通女人的命。

大家都害怕起来，有些人觉得天上会突然出来一个炸雷，杀了这个女人。还有人认为地狱会出来一个魔鬼来营救她。还有人说，附近百里的女巫和巫师聚集在一起，拿出他们的扫帚，准备进攻塞勒姆。一个人说："你没听说吗？布莱德法官最近中风了。拉利米尔法官也快死了。"当然，这都是些胡言乱语罢了。

另外一个人说，汤姆·布泽上尉的手（那双手曾经抓过女巫）已经干枯了，竟然缩到孩子手一般大小。当然，这也是胡言乱语。

所有人都在说，女巫要生了，她和魔鬼怀了个孩子。上帝会在地狱燃烧她的灵魂，这个，不是胡言乱语。

时间缓缓地过去了，有时隆冬的太阳也会跟这一天一样，如此温暖，以至于雪都融化了，水从监狱屋檐上滴下来。今天温柔得好像春天。烂泥中放置了木板和毡布，因为牧师要前来祷告，需要下跪的地方。他们真的担心上帝的愤怒会摧毁整个村庄，乞求上帝看在塞勒姆那么多善良、虔诚的基督徒的分上，不要毁灭所有人。还好，上帝没有任何反应，只有水从屋檐持续滴下，一股甜蜜的春天的香气从融化的雪中升起。

大多数人都在惶恐不安地等待着。有的时候，他们闻到了硫黄、硝石，还有褪下来的蛇皮的恶臭，听到幽灵的哭泣，还有几千把扫帚的肆虐。

他们就这么等着，整整一天，希望能看到古驰瑞老太太用毯子抱出来一个黑色的精灵。

牢房里没有一点儿声音，没有女巫的哭泣也没有呻吟，甚至连古驰瑞的声音也没有。狱卒想打开门，但是门被卡住了，钥匙也插不进去，谁也打不开门，他们相信一定是魔鬼做了手脚。他们也不敢从石墙缝里偷偷去看，生怕眼睛再红肿。

傍晚的时候，大多数人回家了。

7

泽利先生打开地牢的门。

第二天一大早，天气骤冷，冰冷的海面上是严酷的灰色。海港那边飞过来的海鸥和燕鸥一直在哭泣哀鸣着。空气中温柔的味道没有了，昨天在温暖的阳光下融化的雪水，今天就冻成水晶一样的冰，海边吹来的风尖锐得好像一把针。

有几个人一直蹲在地牢边的石墙底下等着。等到天气稍微晴朗，浓雾散开，视线可达六英尺远的时候，众人又开始聚集。但是这一次，他们没有欢声笑语，反而个个缩在斗篷和披肩里，以求温暖，看上去像一群幽灵。然后，三三两两地，会有人开始祷告，虔诚的祈祷文里满是哀叹和感恩。但是大部分人都低头站着，沉默着。一个晚上了，女巫的牢房还是毫无声息。

约翰·阿克斯的手抖得太厉害了，连钥匙都拿不住，没有谁胆大得敢进去看看是怎么回事。有人提议泽利先生进去看看，因为他不像平常人那样惧怕女巫和魔鬼。有人问："昨天晚上他睡哪里了?"另外的人说，"快去，派个人去找他!"拜尔比家的雇农杰克·图雷说泽利先生就睡在黑月厅，于是飞奔着前去找他。

泽利先生戴了一顶尖帽子，穿了一件包裹严实的大衣。他不跟任何人讲话，大家也不跟他讲话。他走进监狱，从阿克斯手里拿过牢房钥匙，使劲插进门里，经过一番努力，门突然打开了。他一头扎进去，几乎跌在小女巫的草垫子上，那个他陪伴她时坐着的草垫子。上百人跟在泽利先生后面挤进通道。但是大家都在牢房门口停住了。他们张着大嘴探头往里看，有些好奇，有些恐惧，还有些人非常兴奋，大声念诵经文。

古驰瑞老太婆（现在被证明他不是个女人，而是个男人）坐在一个角落里烂醉如泥。他的面膛发紫，喉咙扭曲着，还有瘀伤，好像有人差点儿掐死他——他到死也咬定就是这么回事，有人要他死。他说他看到浑身布满鳞片的黑色魔鬼跑到他面前，用大手抓住他的喉咙，这是他能记住的最后一件事情。他被拖出来放在雪地里后，确定地说，当他躺在角落里失去意识的时候，一大堆的魂灵和魔鬼充斥整个牢房。他们跳舞、唱歌，簇拥着女巫，赞美她，鼓励她。因为这个男的易容多年，伪装成一个女人，而且也因为他狡猾、好酒，所以，很多人不相信他说的话。

接着人们发现拜尔比娃娃死了。她的圆眼睛还睁着，看着天花板，脸上的表情安静祥和，而她要生的，不管是人类还是魔鬼，都胎死腹中。

8

没有地狱，何来天堂；没有魔鬼，上帝焉存？

今天我们依然能看到法庭的记录、众人签署的文件等等，还有日记、信件之类的东西，以及老人家的记忆，都可以证实，拜尔比的娃娃一案曾经多么轰动一时。但是所有那些跟她相关的现实存在的东西，都荡然无存了。

她住的房子奇怪地烂掉了，跌进地窖的洞里。埋葬她的墓地现在是一片耕田（但是非常贫瘠），囚禁她的地牢现在变成了一座大砖房，非常漂亮的红色大砖房。但是没有人愿意住在里面。

你随便在街上抓住一个流浪儿，给他一分钱，或者找到一对爱得痴狂的恋人，他们都会指给你看当年娃娃和她的魔在月光下相会的白桦丛。

那个女巫的世界，对今天的人来说非常遥远了，那些日子里的想法和困惑不会再回来了。那个时候，上帝与人类的距离比现在更近；那个时候，上帝必须作为邪恶的对立面存在。他为我们显示天堂，也为我们显示地狱，是的，就在那里，那个角落里，存在着地狱。

让－哈·波克林

乔治·凯布林 著

在本世纪第一个十年的时候，当刚刚成立的美国政府成为路易斯安那州最令人痛恨的角色的时候；当克里奥尔人[1]依然在陪审团里反对那些不能接受的新政（美国舞蹈、反走私法律、官方文件必须以英文发布）的时候；当英裔美国人在移民潮中纷纷涌向三角地，让克里奥尔人感到不寒而栗的时候，离现在的运河街不远处，沿着河边水手街[2]的别墅区走上一半的地方，有一个几乎被荒废的殖民地风格的大庄园。

它超然地矗立在文明之外，门前有一大片空地，这里曾经是茂盛的靛蓝田，但是现在只给人荒凉之感，因为它变成了方圆五十英里以内最糟糕的沼泽地。

房子是由高大的柏树建造而成的，有巨大的柱子，看上去严峻、坚实、死气沉沉。它的宏伟让我们想起过去那些辉煌的日子，那个时候每个男人都是自己的守护神，而黑人暴动更是家常便饭。毫无光泽的屋顶

〔1〕克里奥尔人，Creoles，在路易斯安那州出生的法国后裔。

〔2〕水手街（Tchoupitoulas），发音为“乔布土乐斯”，新奥尔良一条著名街道，以印第安部落命名，意思为“生活在河面上的人”，此处为了阅读方便，翻译为“水手街”。

和墙面被风蚀得很厉害，以一种分散式的方式在丛林和平地上洒落，像撤退的军队遗弃在泥地里的一辆巨大的弹药车。

围绕着房子长满了低低的水柳，还有上百种荆棘和臭烘烘的灌木丛，到处都是苍白的生满倒刺的荆棘藤蔓，下面是根本无法穿越的危险泥浆，矮小的棕榈树遍布其中。在沼泽的中心，站着两棵死寂的柏树，孤零零地，上面点缀着栖息的秃鹫。浅浅的水域里隐藏着无数水生植物，在那些粗糙的无精打采的野花下面，偶尔会出现一些爬行动物，有的很大，有的很小，让人看了不寒而栗。

房子坐落在地势稍高一点的地方，那里有排水渠的堤坝。运河里的水早就不流动了，是一片死水，里面有凶猛的大鱼，还有鳄鱼，这让所有的人都望而却步。

这是让－马利·波克林的家，一个曾经富有的靛蓝园种植园主，在这个古老城市上流社会的男人小圈子里一直骄傲地存在着。

现在，他已经是个隐士了，一个不想见人，也不想被人见到的隐士。大家传说，“他差不多也快死了”。

他的父亲躺在圣路易斯大教堂的地板底下，老人年轻时的妻子躺在旁边，陪伴他变老的妻子躺在另外一边。老波克林以前每天都来看这个地方。他还有个同父异母的兄弟。这是个秘密，这是个非常文雅、年轻的兄弟，差不多三十多岁，曾经是他非常喜爱的兄弟，但是七年前，他突然消失了，然后就再也没有出现，一点痕迹都没有留下。

他们以前相亲相爱，生活得非常愉快，没有父母，没有妻子，也没有其他亲属。年长的那个大胆、坦率、急躁，是个有骑士风格的冒险家。年轻的那个温柔、勤奋、腼腆，是个爱读书的隐士。他们生活在家族的大宅子里，像两只般配的鸟儿，一个永远在飞，一个永远在巢里。

老人们都说，让－马利·波克林这人没什么特别之处，他最广为人知的特点就是对他弟弟的喜爱，他总是说“雅克这么说的”，“雅克那么说的”，“我把这个、那个、所有的一切都给雅克留着”。因为“雅克是个学者”，“雅克特别好”，“雅克聪明”，“雅克善良”，“雅克有远见”。每次需要做决定的时候，他都要“马上回家去询问雅克的意见”。但是谁也没有看到雅克。

这两个兄弟，一个喜欢漫游，一个喜欢读书，就这样家道慢慢中落了。让－马利，这个慷慨的绅士，一个一个地解散了奴隶，把所有人都放走了，男人和女人，只剩下一个来自非洲的哑巴老奴。

路易斯安那州那片肥沃的靛蓝田和染色用的大桶，被抛弃在那里，好像一钱不值似的。后来种植生意不吃香了，更赚钱的生意取而代之，它们更能产生巨大的利润，首先是走私，然后是贩奴，但是隐居在大房子里的人根本不关心这些，他也搞不明白这都是些什么事。他何必关心这些呢？他只是听大家都说，这些生意很重要，对公共利益来说也是好得不能再好了。好吧，他就在其中投下了好多西班牙金币，这让他的形象在大众眼里越来越糟糕。

有一天，老让－马利准备开始一次旅行，一次比他之前所有的旅行都长的旅行。雅克多次恳求他不要去，但是他不以为然，他亲吻了他的兄弟，然后说：

“再见，针锋相对的弟弟。”

雅克说：“不！我要和你一起去。”

好吧，他们把这栋古老的房子留给非洲老奴照顾，一起去了几内亚海岸。

两年以后，老波克林回来了，没有带他的船，他一定是晚上回来的。没人看到他回来，也没有人看到他弟弟，有谣言说他也回来了，但是没人看到过他。

于是大家开始怀疑这个老奴隶贩子，大家觉得他肯定做了什么见不得人的勾当。虽然，还是有些人记得他是个对自己弟弟非常友善、非常温柔的人，但是大多数人都在摇头，“你知道他脾气不大好。”还有人说，“为什么要搞得这么神秘呢?”“真相总是残酷的。”

“但是，”少数善良的人说，“看看他的脸，上面的和蔼是装不出来的。”于是很多人都去看他的脸，这个时候他也看着他们，从上面老波克林读到了一个沉默的问题：“你的兄弟雅克在哪里?”

渐渐地，他的老朋友们都死去了，让－马利·波克林这个名字越来越神秘，渐渐成为邪恶、巫术和古怪的代名词。

他和他的房子一起慢慢枯萎，猎人和抓鸭子的都避开沼泽地，伐荒的人也不来这片运河。偶尔那些喜欢冒险的野孩子跑过来抓蛇，如果传来船桨缓慢划动的声音，他们就会互相看着对方，一半惊慌，一半兴奋。他们赶紧顺着声音跑过去，用他们的嬉笑无情地捉弄那个无辜、枯萎的老人。他穿着老旧的衣服，坐在一艘小船的船尾，一个头发花白的黑人老奴使劲地划桨回家。

“看呐，让－哈·波克林，嗨！让－哈·波克林。”

表面上看没有什么，既不恶毒，也没有攻击性，只是给他起了个无伤大雅的外号，像个恶作剧。这些孩子只是用嘲讽的语调喊他的名字。“哦，让－哈·波克林!”他们就这样一路飞奔着跟着船走，老波克林很小心地从座位上站起来，而那个年迈的哑奴，苦着一张脸，一边划船一边竖起他棕色的拳头，冲着这些顽皮的孩子挥舞，说一两句法语诅咒或者抗议，这反而会激发孩子们的热情，他们喊得更起劲了。

不管在黑人还是在白人中，这个房子就是谜一样的存在。

他们都肯定，一到半夜，沼泽里的鬼火就会跑进房子里，从一个房间闪烁到另一个房间。还有一些小伙子说——平常没人相信他们的话，但是说到这件事他们竟然就有了信誉——有天晚上，他们在林子里露营，那时天还没有全黑，他们路过老波克林的房子，在落日的余晖下，他们看到每个窗口都是血红色的，四个烟囱上各站了一只猫头鹰，一共四只，每一只都在转脑袋，连转三次，转完脑袋就开始哀叹，还像人一样发出嗤笑。每个人都信誓旦旦地说，那里还有一个无底洞，就在腐烂阳台下的大门前面，不管是谁把脚踏上去，都会永远消失在地下深处。

不管什么动物，只要进了沼泽就会变得像非洲土著一样野蛮，你会发现夜幕降临之后，即使最胆大包天的人，也不敢靠近房子一百码之内。

越来越多的移民涌进新奥尔良，越来越多的新街道被命名，用以致敬遥远的波旁王朝的王子们。财富的轮子也开始旋转，把人们抛离古老的生财之道，不管是文明还是交易，都在新大陆生根发芽。田地变成了马路、街道。到处都是勘测的人在丈量土地，开荒的男人们冲破柳树地界和玫瑰篱笆，大汗淋漓的爱尔兰人挥舞着自己的长把铲子，一铲子一铲子翻开蓝色的黏土。

“哈！非常好。”让－巴蒂斯特斯[1]们说，他们深感一个可怕的大潮就要来了，这个大潮如此凶猛，既不寻求他们的合作，也不寻求他们的建议，“但是等他们碰到让·波克林的沼泽地吧，哈哈哈哈。”一想到开荒者要碰钉子，他们就很开心，还有意料之中的对抗和践踏，这都让他们的双手在双膝之间情不自禁地鼓起掌来，还笑得眼泪流出来了，至于那些修路的人是不是会陷在沼泽，或者老波克林的地产是不是被分割，他们才不关心呢，或者说，任何一件发生都是令人愉快的。

与此同时，一条细小的线在地图上静静地蔓延，劈开白纸，沿着对

---

〔1〕让－巴蒂斯特斯（Jean－Baptiste·Say），19世纪初欧洲大陆最重要的经济学家之一，他是法国庸俗政治经济学的创始人，否定资本主义剥削，主张创造与需求平衡原理，全面否定经济危机产生的必然性。此处指新大陆追求财富的既得利益者。

角线穿过运河，逐渐延伸到了闹鬼的地面。

“我们要把那条沟填了。”穿着泥靴的男人们说，拓荒者慢慢靠近那个大门紧锁、铁链横陈的凶宅。让－哈・波克林可跟那些克里奥尔男人不一样，不是随便说点狠话就能让他就范的。

老波克林直接去找总督。官员看了一眼这个古怪的人物，根本不予理会。

让－哈・波克林个子不高，肩膀宽阔，一张古铜色的狮子脸。他额头布满皱纹。眼睛又大又黑，像战马一样瞪得溜圆。他的下颌骨非常有力，紧紧抿住，好像铁一样结实。他穿着当地的棉衣，衬衣是解开的，敞着怀，像水手一样露出坚实花白的胸膛。他的外表既不激动，也不轻蔑，没有那种盛气凌人、毫不妥协，或者坏脾气的症状，反而是平和的、不卑不亢的、无所畏惧的。但是，有一点是与其他人不同的，那就是一张无法察觉的面纱轻轻笼罩在他的脸上，那是一个巨大的悲伤的印记。粗心的眼睛很容易忽视它，但是你一旦发现，就无法回避，即使它那么微乎其微。

总督欠了欠身。

老人问：“你会说法语吗？”

总督说：“我还是说英语吧，如果你可以的话。”

“我的名字是让－哈・波克林。”

“你好，波克林先生，我能帮你做些什么？”

“我的房子就在那边，沼泽那边。”

总督欠了欠身。

老人继续说，“沼泽是属于我的。”

“好的，先生。”

“属于我的，我，让－哈・波克林。”

“怎样，先生？”

“它不属于你，不属于任何人，它是我父亲传给我的。”

“说得没错，波克林先生，据我所知也是这样的。”

“你要让马路穿过我的地吗？”

“我不知道，波克林先生，但是市政会补偿你可能遭受的任何损失，你要明白，你会得到一大笔钱的。”

“你敢？不准马路穿过我的地。”

“关于这个，波克林先生，你应该去问问你们当地的市政。”

老人的脸上浮出一个苦涩的微笑。

“难道，先生，你不是总督吗？”

“是的。”

“好，你是总督，我现在就来告诉你，你的马路不能穿过我的地。”

“关于这个，你要去找——”

“我就找你，你是总督，我不知道那些时髦的法律，我是一个法国人，法国人需要办事的时候，就直接找总督。所以我来找你了。我们的国王让一个总督来照顾他的子民，来保证他不想的话就不能让马路穿过他的地，但是，我也知道我们现在都属于总统了，所以我需要你为我做些事情，嗯？”

“什么事？”这个总督倒是很耐心。

“我要你告诉总统先生，马路不可以穿过我的地！”

“请坐，波克林先生。”但是这位倔强的老人不为所动。总督只好拿出一根羽毛笔，写了一封给市政官员的信，信里介绍了波克林先生，并要求市政对他尽可能礼貌一些。他把写好的信递给老人，并告诉他去哪里找人。

“波克林先生，”总督脸上挂着安抚的微笑，“告诉我，这里的克里奥尔人闲聊的那些奇怪的故事都是关于你的吗？”

老人严厉地瞪着总督，身姿保持不动，回答说：

“你见过我交易几内亚的黑奴吗？”

“哦，没有。”

“你看到我走私了吗？”

“没有，当然没有，先生。”

“我是让－马利·波克林，我知道我在做什么，没事了吧？再见！”

他戴上帽子走了。

后来他按照信上所说去市政了，他站在那里，手里拿着信，这次他给自己雇了个翻译。

翻译对官员说：“他说，他这次来是提出和平的警告，你们不能让马路穿过他家。”

官员听了之后说：“这么肆无忌惮还真是少见啊。”

但是翻译却给自由发挥了。“官员问你，为什么不行？”翻译对老人说。

这个“老奴隶贩卖者”简短地说了一句话。

“他说，”翻译再次转向官员，“这个沼泽不适合人类居住。”

“我们会把沼泽的水排掉，之后沼泽就不是沼泽了。”

翻译尽职尽责地翻成法语。

老人听了，又是一句简单的回答。

翻译说，“老人说了，运河也是私人的。”

“哦，那个臭水沟？告诉老人，我们会填好的。”

翻译实时地传达了信息，官员非常欣喜地看到老人的脸上开始雷云集会。

官员又补了一句，“告诉他，等我们结束的时候，他那栋破房子就不会闹鬼了。”

翻译正准备开始翻，但是，老人以不耐烦的姿态说：“我听明白了，我听明白了。”继而他开始爆发，大声诅咒美国政府、总统、新奥尔良、国会、总督，还有所有他们的下属，一边咒骂一边大踏步地走出办公室，而他诅咒的对象却乐得直拿脚跺地板。

“他干吗这么固执？要知道马路会让他的地价翻十倍啊。”官员跟翻译说。

翻译说：“我猜这不是财产的事儿。”

“我看也不是，”官员一边说一边摇晃椅子，“在我看来，似乎有些古老的克里奥尔人宁可住在小龙虾的洞里，也不肯住在人类社区里。”

“你知道为什么老波克林这么古怪吗？我会告诉你，你知道——”

翻译停下来给自己卷了根烟，然后从鼻孔中喷出两道浓厚的烟，他严肃地低声说：“他是个巫师。”

“哈哈，哈哈！”官员笑得前仰后合。

“你不相信吗？要不要打个赌？”翻译大声说，他站起身来，伸出胳膊把袖子撸上去，“你想赌什么？”

官员反过来问他：“你怎么知道的？”

“这就是我要跟你说的，有一天晚上，我去猎鸟，我明明打下来三只，但是我找不到它们，我找到天黑终于找到了，正准备回家，这个时候，我路过让-哈·波克林的房子。”

“哈哈！”官员被他神秘兮兮的样子逗乐了，把一只腿高高架在椅子的扶手上。

“听我讲完，”翻译说，“我走得很慢，没有发出一点点声音，但是，但是——”

“但是你还是非常害怕。”官员带着微笑说。

“先生，听我讲完，我来到他家房子附近，我说，好吧，没事没事。然后我就看到在我前面有两个东西，我马上感到不寒而栗，浑身抖得像一片叶子。你觉得这正常吗？我确实看到了，真真切切地看到了（虽然天色几乎全黑了），我看到让 – 马利 · 波克林就走在我前面，而在他的旁边，是一团影子，像个人又似乎不是，白花花地好像刷了油漆一样，我再仔细看的时候，就吓得一屁股坐在草地上了，他们走了。但是我看到了，非常确定，那就是他弟弟雅克 · 波克林的鬼魂。”

“呸！一派胡言！”听的人都说。

“我可以把手放在火里起誓！”

“但是，你有没有想过，那就是雅克 · 波克林，他活得好好的，只是出于什么原因，被他哥哥给藏起来了。”

“但是，没有什么道理啊。”有人接茬说，于是大家就转变话题聊别的去了。

几个月过去了，马路开始修建，先是挖了一条运河穿过沼泽，波克林先生房子旁边的那条小河沟被填平了，而那条马路，或者更确切地说，是一条阳光明媚的公路，只是触及了大宅的一个角落。沼泽慢慢干枯了，里面那些危险的动物都隐藏到芦苇深处去了。牛儿在坚硬的地面上自由地游荡，把剩下的乱七八糟的植物都踏平了。

呱呱乱叫的青蛙都给赶到西边去了，百合和野花在芦苇丛中盛开，那些毒栎都被紫色的李子树、紫苑草和粉红色的紫鸭拓草代替。旋花到处可见，盛开的时候随风飘扬。在一棵枯死的柏树上，一棵粗大的蔓藤垂下来，挂满碧绿的叶子，还有猩红色的小喇叭一样的花。

麻雀和红鸟在灌木丛中掠过，地上布满成熟的悬钩子。这些植物让空气中满是甜美的芳香，掩盖了原先的盐味。可以这么说，这个地方，自密西西比从海面上升起之后就没这么美好过。

但是这一切不是这块地的主人做的，从柳树的枝条望过去，开放街道的尽头有好多明亮的新房子，有些是独栋的，有些是联排的，都在窥视着老人的隐私。他们甚至把房子都盖到了他南面的地界上。一开始是开荒者的小棚屋，慢慢就变成粉刷过的小房子，一座，两座，雨后春笋一样从两边包抄过来，围绕着他和他干涸的沼泽。

然后大家开始讨厌他，对他不满，“这个老暴君！”“为什么叫他老暴君？”“当公众需要的时候，他为什么不参与呢？不明白他让自己孤零零地活在一片荒地里是什么意思。”“这个老海盗！”“这个老土匪！”

就算是最淳朴的路易斯安那人，当他们讨厌一个隐居者的时候，也会非常轻易地把那些从北方学来的道德评判加在他身上的。“快看啊，他出来了，后面跟着起哄的男孩儿，哈哈，让－哈·波克林！让－哈·波克林！哈哈，马利！让－哈·波克林！这个老恶棍。”美国人在精神迫害方面向来兴高采烈，“这个老骗子假装住在一个闹鬼的房子里，是不是？总有一天我们要给他浇上油，粘上毛，不信治不了他。”

他现在不能跟以往似的沿着老运河划船回家了，他只能走路回去。他已经悲伤不堪，而街上的顽童永远跟在他后面，每天他们都要大声起哄：“走喽，你这个秃老头！”老人听到后就会转身，说些毫无用处的咒骂。

对克里奥尔人，还有那些刚刚来的、素质不高的德国人、爱尔兰人、西西里人，还有其他人来说，老人已经变成了公共财产的一部分，可以随意取笑。围绕着他的是各种疯狂的流言蜚语。

如果房子有一天着火了，一定是他咎由自取；曾经有个女人路过，被他蛊惑了，变得疯疯癫癫的；有一个孩子在附近迷路了一个小时，他的妈妈浑身发抖，认为一定是让－波克林领着孩子去见魔鬼了。

这个房子已经是坏孩子们恶作剧的对象，他们喜欢瞎编出很多鬼怪的谎言。“只要这个房子一直在，我们就会有厄运。你没看到我们的豌豆和扁豆都死了吗？我们的卷心菜和莴苣也都没有种子了，花园里都是尘土。每天你都看到雨水落在林子里，但是雨水从来不落在老波克林的房子上，因为他会念咒语。他给整个社区都下咒了。为什么他要这样做啊这个老混蛋？仅是因为，每次他路过的时候，我们顽皮和无辜的孩子都在后头跟他开玩笑 ？”

有一个建筑公司，虽然它还没有拿到许可，但是“将来会的”，它还没有任何有形的资本，但是“将来会的”，它也加入了“让－哈·波克林的战争”。这个闹鬼的地产，将来会开发出火爆的房地产。他们派了一个代表到老宅去问他要不要出售，这个代表连上锁的铁门都没有进去，在门口就被那个非洲老哑巴给随便打发了。然后董事会主席又亲自前去（因为他在宾夕法尼亚州学过法语，并且说得还可以）试图说服波克林先生，看他是否可以认购公司的股票，但是——

“事实上，先生们，”在之后的董事会议上他说，“我们至少需要用上十二个月的时间才能让波克林先生明白我们公司是怎么回事，而且就算他明白了，他也不会认购。除此之外，找到他都很麻烦，唯一的办法就是在街上堵他。”

大家忍不住放声大笑，“看来遇到一只母熊叼着小崽可能还更容易些。”

主席接着说：“但是，我还是遇到他了，发现他很有礼貌，但是这次见面并不让我满意。这个家伙不肯讲法语，但是当我讲英文的时候，他就耸耸老肩，不管我问什么他都给一样的。”

董事会有个人说：“主席先生，我认为，目前这个市场项目，并不仅仅为了获取私利，也是为了整个社区。我们会发现，这其实是在做公益活动（整个董事会都赞同地微笑），只要我们能采取一切手段把这个累赘去除。你们可能已经知道了，当我们开始建造街道的时候，这个老波克林就已经在竭尽全力地阻止了。他之所以这么做可能是有原因的，我听说过一个鬼故事（大家先是微笑，继而表情凝重起来），这个鬼故事，当然，我认为是无稽之谈，但是从这些鬼故事能够长盛不衰来看，我倒是有理由相信，这个老家伙，马利·波克林，把他的亲弟弟关在这座老房子里。现在，如果真的是这样的话，我倒觉得可以从这个地方入手，我只是建议，怎么做，我不知道。”这个人说完就坐下了，接着又说了一句，“但是我们欠整个社区一次行动。”

主席问：“你打算怎么处理这个问题?”

这人回答：“我在想，作为董事会，授权任何入侵的行为都是不明智的，但是，如果您，打个比方，主席先生，只是出于个人的好奇心，派一个人，打个比方，我们优秀的秘书，只是出于个人的好奇心，前去打探一下，当然，这只是一个建议。”

秘书若有所思地笑了。虽然他并不认为这种荒谬的事情也是他工作的一部分，但是，如果董事会主席有此要求的话，那就是另外一回事了。

董事会休会。

秘书姓怀特，但是大家都管他叫“小怀特”，就像他的名字，秘书是个温和、好心肠的小个子男人，然而他也是勇敢的，他只是害怕自己不够善良。

他私下对董事会主席说：“我坦率地告诉你吧，我纯粹为了私人原因去的。”

第二天，在夜幕降临后不久，据人说，这个小个子男人在波克林后院的围栏处滑倒了，当时他可能想跳进生满野草的后院，但很快，他就以野鸭子的姿态摔在那儿了。

眼前的景象没有让他兴奋起来，这是座死气沉沉的老房子，在落日的余晖中，它像幅铅笔画一样站在那儿，有长长的石板一样的烦琐线条，它黑乎乎地站立在天空之下，里面根本没有生命的痕迹。窗户里没有灯光，也许在房子深处的房间里有光，烟囱上没有猫头鹰，院子里也没有狗。

他走进这个院子，冒险躲在一个远离房子的小窝棚后面，从墙壁的缝隙里，他可以看到那个非洲老奴坐在一根烧得通红的大松木旁边，头放在膝盖上，睡得很香。

他决定进入大宅，于是他慢慢站起来，认真地打量着它。后面阳台那条宽阔的通道最好不要走，因为会碰到其他人。他用自己的眼睛丈量着柱子，想着是不是要攀爬它。这时候，他听到了脚步声，有人拖了一把椅子往栏杆这边走来。走了一半似乎改变了主意，转而向阳台这边走来。他的脚步声在干燥的木板地上发出单调的响声。小怀特往后退了一步，看到了这个位于自己和天空之间的人，并马上认出来了，这个矮小的、宽肩膀的男人是让·波克林先生。

他只好暂时放弃进宅的打算，坐在一堆木头上等待着，为了躲避嗡嗡乱叫的蚊子，他用手帕蒙住了脸和脖子，只让眼睛露在外面。

他就这样坐了一会儿，然后闻到了一种奇怪的、令人作呕的味道，可能是从远处飘来的，细微，但是很恶心，还有些可怕。

这是从哪儿飘过来的？不是从小木屋，也不是从沼泽地，因为这股味道干燥得好像粉末一样，它也不像是从空气中来的，更像是来自地面。

他站起来，第一次发现，离他几步远的地方，有一条通往房子的狭窄小径。他瞥了一眼，啊！那里过来一个白色的、幽灵一般的影子！

他飞快地思索着，小心地把自己隐藏在小窝棚的后面。这可太震撼了，不可否认小怀特感到很恐惧。“这不是鬼魂，”他跟自己说，“我知道，这不是鬼魂。”冷汗从每一个毛孔里爆发出来，空气似乎也变热了变厚了。“这是一个活生生的人，”他想，“我听到他的脚步声了，我也听到老波克林的脚步声，两个脚步声是分开的，没人发现我，那个东西走过去了，但是那个死亡的味道是什么？它还会回来吗？天哪，它好像往小窝棚这边来了，它好像停在门口，它在看那个老哑奴吗？它又走了，它好像又走上小径，然后，走掉了。”他颤抖着，“现在，如果我敢冒险再坚持一下的话，秘密就将大白于天下了。”他小心翼翼地站起来，紧紧靠着小窝棚的墙壁，沿着小路看过去。

这是个男人的样子，是一个真实的人，不是一具尸体——但是不管是外面的白衣，还是漆黑的夜晚，都让他没有办法那么肯定——这个影子转过去，好像很痛苦地移动着步伐，慢慢地离他远去了。“我的上帝啊，死人可能走路吗？”他再次把捂住眼睛的手拿开，这个可怕的东西从两个柱子之间走进房子，他倾听着，脚步声走上楼梯，然后没有声音了——除了让·波克林先生自己在阳台上走来走去的声音，然后是小窝棚里老奴沉重的鼾声。

小怀特准备撤退了，但是他最后看了一眼那幢怪宅，从一扇封闭的窗户缝隙里透出昏暗的灯光。一会儿，老让·波克林出来了，拖着他的椅子，坐在离窗户非常近的地方。他用很低沉的声音说着法语，非常温柔，好像在询问什么，于是里面有回应。是人类的声音吗？但是这个声音非常不自然，那么空洞，那么不和谐，那么神秘，于是这个鬼鬼祟祟的闯入者又一次从头到脚地开始颤抖。这个时候附近的灌木丛中传来一阵搅动声。可能只是耗子在草丛中钻来钻去而已，但是小怀特吓得转身就跑，当他跳出围栏，终于可以在灌木丛中大步奔跑的时候，他大声说，“哦，哦，我看到了，我明白了！”并把手捂在自己的眼睛上。

从此之后，小怀特在让·波克林的故事上就成了最有发言权的人了。

无论在什么时间、什么场合，只要一有对老波克林不利的言论出来，这个秘书，就马上用一个安静但有力的态度阻止八卦，他带有一种了解真相的权威感，但是从来不解释他的权威感从何而来。于是不久之后，一直针对老波克林的怀疑和猜测，也降临到他身上了。

就在他冒险之后的第二个晚上，他遇到一些野孩子追着老人起哄，他上前去阻止他们。他昨晚敢于以身犯险的壮举足以让他吓退一百五十个男孩，他命令他们不要追着老人喊叫。

老波克林本来站在那里摇晃着他的手杖，嘴里一直嘟嘟囔囔地咒骂，小怀特的做法也让他惊呆了，他停下来盯着小怀特看，接着给了他一个客气的鞠躬，然后走开了。男孩子们都愣住了，只有一个爱尔兰小男孩，他更胆大妄为，他冲老人扔了一个石块，石头碰到老波克林的肩膀后像贝壳一样裂开了。

愤怒的老人转过身来追逐这些可恨的小混混，他摔倒再爬起，尽其所能地追赶。他摔倒的时候，小怀特想过来扶他，但是他情绪激动地阻止了他。老人踉踉跄跄地站起来，转身回家了，他的嘴唇已经气得发紫。

小怀特走在去董事会会议的路上，他宁可倾尽所有也不要参加这样的会，因为他过于愤怒过于伤感，无法面对会议上的质问。

“我无能为力，先生们，我不能帮助你们对这样一个老人做对他不利的事情。我不会去做。”

“我们没有料到你会让我们这样失望，怀特先生。”

“我无能为力，先生，是的，我无能为力。我觉得你们也不应该再发起更多的调查了，你们会给自己找麻烦的。不，先生，这不是威胁，只是我的建议。但是我警告大家，不管是谁来接受这个挑战，都会后悔的，到临死那天都后悔。”

董事会主席表示自己非常“惊讶”。

“我没有急躁，”小怀特回答说，他语无伦次，“即使你急躁，我也不在乎，不，先生，我的神经没有混乱，我的头脑清晰得好像一口钟，不，我也没有兴奋。”

一个现场的署长说，秘书看起来好像刚刚从一场噩梦中醒来。

“好吧，先生，如果你想知道真相，我手里有真相，但是你选择捏造老波克林的故事，又何必问我？”

“怀特！”一个平常不大严肃的成员喊他，但是他没有听到。

“怀特！”他又喊。

“什么？”怀特听到了，皱皱眉。

“你看到鬼了吗？”

“是的，我看到了。”小怀特喊道，他拍了一下桌子，算是强行结束了这个话题。接着他向董事会主席递交了下一份文件，董事会进入下一个议题。

这个故事于是被迅速传播了，人们说，有人（他们不敢直接点名是小怀特）夜里去了波克林的大宅子，看到了骇人听闻的事情。谣言不是真理，是影子，可以被放大被扭曲的。人们说他看到了骷髅在走路，只好拼命在胸前画十字才躲过这一劫。

还是有些非常鲁莽的男孩，有一种莫名其妙的勇气，他们敢于冒险沿着野牛的路径穿过干涸的沼泽地，在一个天上飞满蝙蝠的诡异时分靠近房子。在半明半暗中确实出现了一个影影绰绰的形状，他们吓得转身逃跑，不顾柳树枝条和刺槐遮挡他们的眼睛。这些人一回家就跌坐在那里，彼此喊出声来：

“是白色幽灵吗？”“不是……好像是……似乎就是……我不知道……但是我们确实看到了。”只要大家看到他们灰白的脸，就知道他们说的是真的，无论他们说的是什么。

“如果这个老恶棍是我们美国人，”一些美国人说，“他现在就已经被泼上油把毛拔干净了。是不是啊，桑德斯?”

“没错。”

“我们刚才跑的时候，他没跟过来吧?”

“没有。

“我来告诉你应该做些什么吧。”他问旁边一个傻乎乎的跃跃欲试的克里奥尔人，“如果是个老少配的婚礼，比方说老头娶小姑娘，你们克里奥尔人就去大喊大叫，大吵大闹，还去吹喇叭，你们管这个行为叫什么来着?”

“沙里瓦里。”

“没错，就是你们说的沙里瓦里，要不我们也这么闹一闹吧，给他来个‘沙里瓦里’?”有人建议。

跟往常一样，小怀特和他的妻子正坐在家门口看日落。他们刚刚搬进这条新开发出来的街道，这里的景色并不迷人，一个个的小房子胡乱散落在一片平地上。尽管杂草丛生，刺槐也乱七八糟的，但是比起老波克林的大宅子，他们的已经很好了。太阳慢慢沉到地平线后面去了，月亮细白，挂在烟囱的一角上。

小怀特对妻子说：“你说，有人见到那个老黑奴自己出门了？亲爱的帕蒂，那可能是老波克林出了什么事，总是有人找他的茬儿，那天砸到他头上的石块，搞不好就能让他挂了。你知道为什么吗？帕蒂，因为他当时一下子就倒在地上了，难怪你最近没看到他，可能药店会知道他们家有没有出来买药，我过会儿去药店看看吧。”

“去吧。”他太太说。

丈夫走后，她独自坐了半个小时，看着天色渐渐暗下去，一切都沉到地平线后面去了。

“对一座房子来说，月亮也像一个魂灵。”她说。这时她丈夫回来了，“你看，月亮顺着烟囱慢慢下去了。”

“帕蒂，”小怀特说，“药店老板说那些坏孩子们今天晚上要去折腾老波克林，我要去阻止他们。”

“为什么？怀特，不要去，他们也会伤害你的。”

“我不会让他们伤害的。”

“他们会的。”

“那我就坐在这里等他们，这是他们的必经之路。”

“为什么，怀特？他们可能午夜之后才动手，你难道要一直坐在这里等到后半夜吗？”

“是的。”

“你好傻啊。”怀特太太小声说，她看起来很焦虑，一只脚在不停地抖。

他们一起坐在那里，小声聊一些家里的琐事。

“什么声音？”怀特太太问。

“九点了，打钟的声音。”他们又回到长长的令人昏昏欲睡的沉默中。

“帕蒂，你还是上床睡吧。”他终于说。

“我不困。”

“唉，你好傻啊。”怀特小声说，两个人再次陷入沉默。

“帕蒂，我想我还是去大宅看看吧，也许他们直接过去了。”

“不，你不要这样做，等一下，他们好像来了。”

街的那边传来一阵喧嚣，那是狗的吠叫还有男孩子的吵闹声，他们大笑大喊着，还有喇叭声，铮铮响的牛铃声，和敲锅砸盆的声音。

“他们来了。”怀特说，“你最好赶紧进房子，帕蒂。”

“你也进房子！”

"不！我要看看能不能阻止他们。"

"为什么啊，怀特？"

"放心吧，我一会儿回来。"怀特起身，冲着喧嚣走过去。

一会儿工夫，小怀特就迎头撞上了队伍。写到这里我也犹豫了一下，因为在半个世纪之前，确实有"沙里瓦里"这个习俗，看上去只是普通的恶作剧，是合法的，跟暴徒的界限不是那么分明。

小怀特提高自己平常温和的声音，他笔直地站在人群前头，一板一眼，好像自己是个用绳索牵制的木偶。根据手里锡锅的大小和敲打的声音，他冲到一个貌似首领的人面前，"让这些家伙停下来，比恩，让他们停下来，哪怕一分钟就好，我有话要说。"比恩转过来，冲人群胡乱挥舞了几下。大家放慢了脚步，吹喇叭的也不吹了，人群停下来，杂乱的喧嚣也渐渐沉寂了。

"比恩。"小怀特说，"今天晚上不要去闹老波克林，他最近——"

"我的朋友，"比恩摇头晃脑地说，"谁告诉你我要去闹，嗯？你觉得我拿个锅玩一下，就说明我喝醉了要胡闹吗？"

"哦，不，比恩，你说得当然有道理，我只是担心你可能不知道老波克林生病了，但是反正你们不去，是吧？"

"我的朋友，我恐怕要说，喝醉的那个是你吧，真为你感到脸红，我只是为大家服务的，老波克林至少该给公众补偿二百五十块。"

"嘿，什么啊，"一个人插嘴说，"五百，是的，五百！"

"是的！"比恩说，"如果他敢拒绝，我们就给他点颜色看看。"他说起这个来不由得手舞足蹈，接着他皱皱眉说，"老波克林没有把自己灌醉吧。"

"但是，先生们！"小怀特说，围着他已经站了一圈的人，"老波克林已经病了，病得很厉害。"

“说真的！”一个小个子克里奥尔说，“我们可没有让他生病，我们只是想去‘沙里瓦里’他一下，你认为我们在撒谎吗？天地良心，你也太愚蠢了！”

“但是，你们可以去闹一闹别人啊。”小怀特绝望地说。

“好吧，”比恩说，“明天再去闹老波克林。”

“我们去施耐德夫人家闹吧。”有两三个人这样建议。人群又开始嘈乱，里面有什么人提议去喝一杯，于是众人开始移动了。

“给慈善医院捐一百块！”

“没错！”

“给慈善医院捐一百块！”

“没错！”

“哐！”有人扔了个锡锅，人群大声喧哗起来，他们吵吵嚷嚷，转过街角不见了。

怀特太太待在家里盯着座钟出神。

“如果午夜之后这帮人还不走怎么办……”

可怕的噪音终于慢慢消失了，她掀起窗帘仔细聆听，一片寂静，有人来到门口。

“是你吗，怀特？”

“是我。”怀特走进来，“我成功了，帕蒂。”

“真的？”帕蒂高兴地问。

“真的，他们去闹那个荷兰老女人了，就是嫁给她继女男朋友的那个，他们说她必须给慈善医院捐一百块钱。”

夫妇两个终于松了口气，怀特太太睡着了。半夜，她被她丈夫扣怀表盖子的声音惊醒了。

“几点了？”她问。

“三点半，帕蒂，我一直没睡，那些家伙还在，你听到了吗?”

“是的，怀特，为什么啊？他们好像正往这边走来。”

“是的，我也听出来了，”怀特一边说一边从床上下来，他穿好衣服，“他们来了，走得很快，帕蒂，你最好离窗户远一点，天哪，真够吵的。”

“他们真的来了。”怀特太太说，但是她的丈夫已经走了。足足有两三百人，正在沿着街道快速行进，冲着那个闹鬼的房子而去。吵闹声铺天盖地，她看见小怀特冲到队伍前面，挥舞着手臂，试图让大家听到他的话。但是大家只是摇摇头，大笑着，叫嚷着，经过他，把他淹没了。

这帮人健步如飞地从街区走了出去，把街道上那些昏暗的油灯抛到身后，进入广阔的星光旷野。有些人走着走着，慢慢落在后面，他们意识到清晨就要来了，熬不住的人退出了。但是大部分人依然在骚动着，继续行进，用他们的大吵大闹把空气撕开了一个口子。

在他们面前出现了一条长长的黑暗的路，但是远处跳跃着一团微弱又显而易见的光亮，应该离那栋老房子不远了，没错。于是大家都停下来，发现远处这团光亮是盏灯笼，挂在一棵树苗上，树苗是种在被填充的运河旁边的，现在它神秘地摆来摆去。有些人害怕了，退却了，但是还是有上百人继续前进，他们甚至跑了起来，甚至为了不让自己害怕，变本加厉地喧嚣。

是的，这只是盏灯笼，但是有两个人站在树下。人群越走越近，他们小心翼翼走过去。发现其中一人是非洲老哑奴，他举起灯笼，照亮了另外一个人。人群迟疑了，喧嚣在一瞬间停了下来，紧接着，一个铿锵有力的声音响起，每个人都受到了惊吓，从喉咙里发出一声恐惧的喊声，然后转头飞奔，什么都顾不上了，路过小怀特先生也不停止，好像要这么一路狂奔下去似的，直到丛林被远远地甩在身后。等他们心神稍宁才发现，没有人明白为什么要跑，而且，也没有人看清楚那到底是什么。

这群乌合之众里有一个魁梧的家伙，一副恶棍的样子。他找到一个高处爬上去，说着克里奥尔人的俚语，呼吁大家都停下来。比恩沉寂下来，虽然他试图让自己尽可能地留点面子，但是他被夺取了领导的地位也是事实。大家聚在这个新发言人旁边，他声称大家是为民除害，他们和平地在公共街道上行走的权利已经受到践踏。这种侵蚀是可以容忍的吗？现在是黎明了，他们应该趁着天光大亮，行使自己在自由道路上行走的权利！

人们零零星星地表示同意，经过一个晚上的折腾，大家都昏昏欲睡，有些人偷偷回去了，剩下的人拖泥带水地往老房子走去。有些人在前面飘着，有些人在后面拖着，但是当大家又来到那棵树跟前的时候，所有人都站住了。小怀特就坐在路对面的一小片草地上。他看起来严肃而悲伤，对每个路过的人，他都问相同的问题：

“你们来这里是为了去老波克林那里吗？”

“是的。”

“他已经死了。”震惊的听众转身要走，他反而说，“不要走开。”

“为什么不？”

“我希望你们都去参加葬礼。”

如果有些路易斯安那人，因为对法国或者西班牙过于忠诚而无法听懂英语，露出迷茫的表情的话，马上就有人翻译给他们听，人们想了想，决定去。

小怀特走在前面，后面是大队人马。而那个永远都上着锁的大门，竟然是开着的。小怀特先生在离门还有一段距离的时候就停了下来。乌合之众在他身后也停下来了。有什么东西从阳台下面的大门出来。大家都窃窃私语，伸长脖颈去看。非洲老哑奴缓慢地向门口走来，他手里牵着一根绳子，绳子上拴了一头棕色的小公牛，小公牛拉着一个平板车。

在平板车上面，在一块黑布底下，大家隐约看到一个长箱子的轮廓。

“脱帽致敬吧，先生们。”小怀特先生说，当牛车来到身边的时候，大家都默默地摘下帽子。

“先生们，”小怀特说，“这就是让－马利·波克林先生，他现在是一个更洁净的人了，一切罪孽消失，是的，一个更洁净的、更善良的人，一个更无私的人，他比你们所有人加起来都勇敢。”

当车轮咯吱作响着从大门走出去的时候，大家都沉默了，但是当车慢慢走进丛林，站在前排的人又开始骚动了。骚动是从后面开始的，大家都冲一个方向望过去，因为就在棺材的后面，一个人低垂着眼睛，迈着疲惫的步伐跟着，好像一个活死人。这是小雅克·波克林，是那个一直以来被隐藏的弟弟，像雪一样白，一个麻风病人。

大家都吓傻了，汹涌的人群注视着行走的灵柩，他们沉默着，看着缓慢的灵车沿着漫长而笔直的道路踯躅前行，在视野中越来越小，直到它停在一个人迹罕至的分叉路口，其中一条是通往古城后面的路。

“他们要去麻风病人村。”人群中有人说。剩下的人默默地看着。

哑巴老奴放开小公牛，用类似猿人的力量把长长的棺材放在自己肩头。有那么一会儿，麻风病人和老奴沉默地站着，然后老奴调整自己肩上的重负，没有回头再看一眼这个不友好的人类世界，坚定地、毅然决然地，走向了沼泽深处那个被称作麻风病人领地的地方。

他们走进了丛林，从此，再也没有出现。

睡谷的传说

华盛顿·欧文 著

在哈德逊河拐弯的地方，有一片宽阔的河湾，河湾怀抱着以前的荷兰开拓者开垦出来的旷阔土地，他们管这个地方叫塔班泽。每个水手航行到这里的时候，都免不了小心谨慎，祈求圣尼古拉斯[1]保佑。

这里有一个小镇，有人称它为格林斯堡，但是它更常用的名字是“拖沓镇”。这是附近的家庭主妇们起的，因为她们的丈夫都有根深蒂固的习惯，每到开集的时候，就在镇上的小酒馆里流连忘返，所以大家管这个小镇叫“拖沓镇”，这是大家的说法，虽然我不敢保证事情的真实性。

距离这个小镇不远的地方，在大约两英里远的山丘之间有一个小山谷，其实就是高山之间的一小片洼地，这是世界上最安静的一处所在。一条小溪潺潺流过，偶尔有鹌鹑的鸣叫，或者啄木鸟的叮叮咚咚的声音，这几乎是打破宁静的唯一声音了。

我记得当我还是个小伙子的时候，我曾经在遮蔽了半个山谷的大胡

---

〔1〕圣尼古拉斯，天主教圣徒，被视为水手的守护神。

桃树林中打了几只松鼠，那真是一次难忘的经历。那是中午时分，我独自一人在山谷中徜徉，枪声打破了周末的宁静，在山谷中长久响亮地回荡着。我在想，如果有一天我要逃离尘世的烦恼，寻一处安静的所在安度余生，那么没有比这个山谷更合适的地方了。

这是个幽静的峡谷，住在里面的居民都是荷兰移民的后裔，他们总是一副无精打采的样子，于是这个与世隔绝的山谷就被大家称作“睡谷”，这里的农夫被周围的人称作“睡谷人”。

在睡谷中，似乎有一个梦魇，这个梦魇无处不在笼罩在每一个人的头上，让大家都稀里糊涂。有人说，这个地方在最早被开发的时候，曾经被一个德国医生施过魔法；也有人说，不是德国医生干的，是一个精通法术的印第安长老干的。在亨德里克·哈德森船长发现这个地区之前，是这个印第安部落主宰着这片土地。

一定是这样的，因为这个地方至今依然有巫气，当地的居民深受影响，总是梦游一样无精打采。他们有很多奇怪的信仰，相信冥想和幻觉的存在，经常听到空气中的音乐和怪语。整个地区充斥着奇谈怪论和黄昏篝火边的迷信，闹鬼的地方也到处都是，就连流星和炫光都比别的地方多，层出不穷的妖怪似乎也最爱来这里兴风作浪。

然而困扰这个谜一样的地方的主角是一个骑在马背上的无头鬼。据说这是个黑森军人[1]的鬼魂，独立战争的时候，在一场无名的战役中，他的头被炮弹击中了，从此以后它就以无头骑士的造型出现。很多乡下人都看见过它，在夜晚昏暗的月光下一闪而过，好像在御风而行。它的势力范围并不局限于山谷，还包括周边的道路，特别是不远处的教堂附近。事实上，本地一些半吊子历史学家自信对它的活动路线做过研究，

---

〔1〕黑森军人（Hessian），18世纪英国军队雇用的德国士兵，因为他们多半来自德国的黑森州，所以被称为黑森军人。在美国的独立战争中，英国共往美洲大陆派遣了3万名黑森军人，占整个登陆英军的1/4。

断言这个军人很可能就埋在教堂的墓地里，于是鬼魂总是在夜间造访古战场，试图找到自己的头，所以它才跑得飞快，好像被狗撵一样，因为它要在黎明前赶回自己的墓地。

总的来说，对这样一个小地方来说，迷信只有一个目的，那就是给这个被遗忘的小镇带来荒诞刺激的闲聊佐料。于是在这片土地上，每有篝火的地方就会有人讲起这个鬼，人们管它叫“睡谷的无头骑士”。

令人吃惊的是，这个奇思怪想的故事，不仅让当地的居民深信不疑，就连每一个搬来小住的人都甘之若饴。即使他们在进山谷之前特别理性，但是，一旦他们搬来住上一段时间，就会受到里面的巫气影响，变得神神道道，疑神疑鬼起来。

我如此不遗余力地赞美这个地方的恬静优美，是因为它是大纽约地区为数不多的几处避世的荷兰小山谷。它的人口、风俗、思维都一成不变，而这个国家其他地方都因为不断地移民和改造，正发生着翻天覆地的变化，这些不安分的洪流滚滚而来，睡谷非常有勇气地选择视而不见。它就好像滚滚大潮旁边安静的小水沟，守着一潭死水无比悠闲，上面浮荡着旋转的秸秆和小泡沫，不受任何潮流的打扰，缓慢旋转着。虽然距离上次我闯入这个无精打采的睡谷，已经好久了，但是我深信，曾经的那些花花草草一定还在老地方，一点儿没变。

就在这么个地方，就是这么个遥远的年代，这么说吧，大约三十年前，来了一个人物——伊卡波德·鹤瑞恩[1]先生，他栖身睡谷，拿他的话来说是一种“搁浅”，他是受聘来这里教书的。

他是康涅狄格州人，这是个了不起的州，为了国家的独立贡献了很多聪明的头脑和无边的森林。他姓鹤瑞恩真是再合适不过了，他细高挑，

〔1〕主人公的姓氏为 Crane，英文有“鹤”的意思，此处为了能贴近主人公形象，译为“鹤瑞恩”。

肩膀很窄，长手长脚，手从袖口掉出来足足一英里长，两只大脚好像耙犁。他身上的各个部件松散地凑在一起，吊儿郎当的。他的头很小，头顶扁平，耳朵巨大，一对绿玻璃一样的大眼珠子，还有老长的鹰钩鼻子，所以他看起来好像一个风向标。在有风的日子里他在山里大步走来走去，衣服飘飘，会被误以为是从玉米地里偷偷溜出来的稻草人。

他的学校是一座低矮的房舍，里面只有一间大屋子，用原木粗糙地搭起来，有些窗户镶了玻璃，有些干脆从书上撕下几张纸胡乱封住。在防盗设计上，它也堪称巧妙，门的把手上用树枝缠成一把锁，百叶窗上钉了几根小木条做窗棂，这样一来，小偷进来的时候虽然不费吹灰之力，但是想要出去就会倍感尴尬，这肯定是从著名设计师那里学来的手艺，灵感可能来自捕鳝鱼笼子。

学校总体看上去孤零零的，但是景色优美，它坐落在树木茂密的山脚，有一条小溪围绕着它，屋前有一株长势喜人的白桦树。在昏昏欲睡的夏天里，校舍里传来孩童们叽里咕噜的读书声，好像一大群蜜蜂在嗡嗡，偶尔老师威严的声音会介入，时而恐吓，时而命令，夹杂着桦木棍子的声音，他在引导着孩子们在知识的田野上前进，偶尔有顾不上循循善诱而忍不住动刀动枪的时候。不过，说实话，他是个认真的老师，并且永远记得自己的座右铭："疼爱孩子，但是要准备好擀面杖。"伊卡波德·鹤瑞恩老师的学校里，是不会有宠坏的孩子的。

我可不愿说他是个暴君式的老师，喜欢打学生，恰恰相反，在管理学生方面他是因材施教，并非一视同仁。对弱小者，他同情；对强大者，他绝不姑息。具体表现就是，对那些动动棍棒就屁滚尿流的小顽童，他基本上以恐吓为主，而对那些傻大憨粗、野蛮生长的荷兰顽童，他基本上要一直打服为止。他的解释很有道理："我是在替他们父母管教孩子。"而且他每次打完之后会安慰孩子们，"你们将来的路还长着呢，总有一天你们会感激我的。”孩子们听了之后都倍感欣慰。

一上完课，鹤瑞恩老师就跟孩子们打成一片，有的时候玩得比大孩子们还疯。到了假期的下午，他还会送一些小孩子们回家，就那么巧，这些小朋友家里都有漂亮的姐姐，或者手巧的以家务和厨艺闻名的妈妈 。但是这也不能全怪他，教书所得很少，几乎不能保证他每天的面包，所以与学生保持良好的关系是必须的。而且他饭量惊人，虽然很瘦，但是他的肚皮却跟蟒蛇一样富有弹性。为了满足自己的这点要求，况且本地也有给老师提供膳食的习俗，他就每家住上一个星期，住完一家再去下一家。他的家当不多，都裹在一块大棉布手帕里随身携带着。

虽然对于乡下人来说，学费已经是个很大的负担了，老师又这么不害臊，但是对鹤瑞恩老师来说，他自有他的办法不给接待的家庭添太多麻烦。他可以帮大家干活啊，虽然是偶尔的，但是他帮助农夫整理干草，修补栅栏，去牧场放放牛，牵着马去喝喝水。他也会把他在学校里的那种呼风唤雨的师道尊严放在一边，表现得非常温文尔雅。他发现只要对家里的孩子们，特别是最小的那个孩子面露宠爱，他们的妈妈们，尤其是年轻的妈妈，就会心生喜悦。于是他会抱起一个小家伙放在自己膝盖上，然后摇来晃去好几个小时。

除了这些工作之外，他还是附近的合唱团的老师，通过给青年们指导赞美诗而赚几个先令花花。这对他来说也是件有成就感的事情，到了星期天，站在教堂的小舞台上，指挥着一群严格挑选出来的人合唱赞美诗，他毫不怀疑，在那一刻，牧师的风头都被他抢了去。

确实是这样的，演唱的时候，他的声音要高过众人的，偶尔还会飙出几个怪异的八分音，声音之尖锐清晰，半里地外都听得清清楚楚。在寂静的星期天早上，磨坊对岸的人家也能欣赏到。大家都说，快听啊，伊卡波德的鹰钩鼻子又飙高音了。不要小看这些小才能，“猫有猫道，狗有狗道”，这位才华横溢的教育家就这么被大家接受了，对这些除了农活一概不知的乡下人来说，鹤瑞恩老师真是过着上档次的生活呢。

一般来说，在乡下女性的圈子里，校长是一个重要的男人，他很容易被当成绅士，有着不俗的品位，浑身充满着闲情逸致的迷人气息，只比牧师差那么一点点，在他的烘托之下，自己的丈夫显得那么粗鄙不堪。他的出现，总会在农舍的小茶会上引起小小的轰动，女主人会端上额外的糖果或者蛋糕，还有平常不拿出来的银茶壶。而我们的这位文化人儿，就会在乡下女人的环绕中过得非常开心。星期天做礼拜的时候，一到休息期间，他就一头扎进女人堆里，陪着她们漫步在教堂外的墓地里，从野葡萄藤上摘葡萄献给她们，还为她们背诵墓碑上的墓志铭，逗得她们咯咯笑个不停。而那些羞手羞脚的乡下土包子，心情复杂地尾随在他身后，偷偷嫉妒他的优雅和谈吐。

因为他流动性的生活状态，他还起着移动布告栏的作用，挨家挨户地传播小道消息，所以他的出现总是让人愉快。在当地村妇眼里，他堪称博学多才，看过好几本书，尤其是科顿·马瑟[1]的《新英格兰地区巫术史》，他不仅读过，还对其深信不疑。

实际上，他是个奇怪的混合体，既有很多小聪明，又头脑简单，易被鼓动。他迷恋神神鬼鬼的东西，对这方面的故事有着惊人的消化能力，特别是搬进这个迷信的小山谷之后，就变本加厉了。他对奇闻怪谈的胃口是惊人的，任何重口味的故事他都甘之若饴。

他的爱好就是放学之后躺在小溪边厚厚的苜蓿草上，一遍遍重温科顿·马瑟写的那些可怕的女巫故事，直到夜幕降临，一个字也看不清楚为止。然后他赶回他借住的人家里，一路上要穿过沼泽、小溪和寂静无

---

〔1〕科顿·马瑟（Cotton Mather）：17 世纪美国清教牧师，他写的这本书影响了“塞勒姆女巫案”的审判，让人们相信真有魔鬼的存在。

人的树林，周围响起各种大自然的声音：癞蛤蟆的叫声、夜猫子的哀鸣、树丛里鸟儿扑棱的声音，还有飞来飞去，小鬼火一样闪动的萤火虫，这些都激发了他非凡的想象力，让他这一路上心惊胆战，偶尔还会有大甲虫一头撞在他脸上，这个可怜的人就会想象自己被女巫袭击了。这个时候，他唯一用来分散注意力，并打击邪灵的武器就是大声吟唱赞美诗，而这个时候，山村里正准备休息的人们，常常会被吓一跳，充满敬畏地聆听他鼻音浓重的曲调在灰蒙蒙的小路上飘荡。

他另外一个恶趣味是在长长的冬夜里，去找那些坐在火炉边织羊毛的荷兰老太太们，一边烤苹果吃一边狂聊。听她们讲那些古老的神鬼故事：小精灵小妖怪、闹鬼的田野、闹鬼的木桥、闹鬼的小溪、闹鬼的大宅，特别是无头骑士的故事。每逢这个时候，他也会积极参与。早期康涅狄格州也盛行过乱七八糟的妖魔鬼怪，这些故事他也存了不少。他能根据彗星和流星来占卜，还告诉老太太们说，这个世界是在旋转的，也就是说她们有一半时间是头朝下的，把老太太们听得一惊一乍的。

这一切都是非常愉快的，窝在靠近烟囱的一角舒舒服服地听着鬼故事，炉火噼里啪啦在燃烧，整个屋子温暖明亮，当然没有什么妖魔鬼怪胆敢现身，但是之后回家的路上呢？那真是胆战心惊啊。夜晚的白雪发出昏暗幽明的炫光，任何一点光影波动都能把他吓得死去活来，那些遥远窗户里透出来的光亮，穿过荒芜的田野，在他眼里都充满凄惶的意味。他经常被白雪覆盖的灌木吓一跳，因为它们活像披着白床单的幽灵。还有他自己的脚步声，踩在雪地上发出咯吱咯吱的令人恐惧的声音，他从来不敢回头张望，生怕看到什么东西在后面跑来跑去。还有好几次，风吹树动，发出瘆人的呼啸声，他惊出一身冷汗，以为就是那位没有头的黑森骑士半夜跑出来遛马。

但是，这一切都只是夜晚的恐惧罢了，不过是自己吓自己。虽然他在独自散步的时候，不是没碰到幽灵，还不止一次地碰到乔装打扮的魔鬼，但是太阳一出来，这些就都没有了。所以，就算生活如此艰辛，还充满这么多鬼鬼怪怪，但是他一直过得还算愉快，直到生命中出现了一样东西，比所有的鬼魂、精灵和整个巫师物种加起来都让人六神无主的东西，那就是——女人。

在每星期一次的音乐教课中，有一个女学生，名字叫卡特丽娜·范·泰塞尔，她是一个家境殷实的荷兰农夫的独生女儿。她刚刚十八岁，正是如花年龄，她像鹧鸪一样丰满，像她父亲种出的桃子一样成熟、娇媚、柔软、红润，她最为人津津乐道的，不是她的美貌，而是她可能会继承的巨大家产。

她颇有风情，这从她又质朴又时髦的衣着中可以看出。她用曾祖母纯金的首饰打扮自己，衬托自己迷人的小脸，她穿着传统火辣的紧身衣，搭配极短的衬裙，露出当地最美的脚和脚踝。

每次在异性面前，伊卡波德·鹤瑞恩老师就变成一个傻瓜，他看上卡特丽娜这块诱人的小蛋糕是顺理成章的事，特别是当他去了她家的大宅之后，就更加不能自拔了。

老巴特斯·范·泰塞尔就是一个典型的富农——不拘小节、生机勃勃。他亲切、快乐、知足，很少让自己的眼界或者想法超出农场之外，这是真的，他觉得农场里有他想要的一切。他对自己的财富心满意足，但并不以此为荣，他乐意过着不为钱财操心的日子，但是对生活方式不太讲究。

范·泰塞尔的大宅子就坐落在哈德森河畔，是片绿荫环绕、安静祥和的肥沃之地，正是荷兰农民喜欢的那样。屋旁有一棵巨大的榕树开枝散叶，榕树下咕噜咕噜直冒泡的是本地最甘甜的泉水。井台是木头砌的，做成一个桶的样子，泉水流经绿草茵茵的牧场，汇到不远处的小溪里，溪边都是桦木和低矮的柳树。

农场里有一个巨大的谷仓，大得足够装下整个教堂。谷仓的每一个窗户，或者缝隙，都在往外喷发着农场的财富。谷仓里面都是劳作的声音，叮叮咣咣地从早忙到晚。燕子在屋檐下呢喃，房顶上站着成群的鸽子，有些转着眼睛似乎在仰头看天气，有些把头埋在翅膀里或者胸前。满圈的肥猪养得溜光水滑，挤在一起打呼噜。一群雪白的大白鹅在附近的池塘玩耍，珍珠鸡烦躁不安地叽里咕噜，好像暴躁的家庭主妇，一群群的火鸡满场乱跑。谷仓的门前昂首阔步站着一只大公鸡，像个士兵，又像个绅士，浑身散发着男子气概，它拍打着漂亮的翅膀，用自己心中的骄傲和喜悦来打鸣，有时候，它还拼命地刨地，然后慷慨地招呼它那些永远吃不饱的妻子儿女来分享它刚发现的美味。

教育家一看到这个情景，就仿佛看到冬天桌子上一盘一盘的美食，不由得口水连连。在他饥肠辘辘的脑海里，早就把这些猪都烤上了，每只的嘴里都塞上一个苹果，穿到铁钳子上在火上转啊转啊。鸽子都舒舒服服地躺在盘子里，肚子里塞了馅，外焦里嫩。鹅躺在酱汁里游泳，鸭子成双成对地被端上桌，像新婚夫妇一样，旁边放着美味的洋葱酱。没烤的猪被分成油腻润滑的培根和让人垂涎的火腿。在他想象中，没有一只火鸡不是被五花大绑地捆起来烤熟的，脖子上可能还被套上美味的香肠。那只漂亮的大公鸡也别浪费了，也要躺在盘子里被端上桌，它肚皮朝天，高举两只爪子，好像在申请进入天堂。

激动的伊卡波德老师脑子都忙不过来了，然后他把自己绿色的眼睛望向远方，那里都是肥沃的土地，麦田、黑麦田、荞麦田、印第安玉米地，还有结满红润饱满果子的果园，它们温柔地围绕着范·泰塞尔家的房子。他的心里憧憬着，当这家的独生女儿继承了这一切，他就可以把这些都变成现金，然后投资去买更多的地，把旷野里的地都买了，上面全盖上大房子。他超凡脱俗的想象力不可能止步于此，他已经想到要和卡特丽娜开枝散叶了。他们生了一大群孩子，装满一马车，马车下面挂着锅碗瓢盆，他懒洋洋地骑着一匹母马，旁边跟着一匹小马驹。他们就这样去肯塔基、田纳西或者上帝知道的什么地方。

当他走进房间，他的心瞬间被征服了。这是一间非常宽敞的农舍，屋脊高耸，缓缓倾斜下来，建筑风格属于第一批荷兰定居者的风格，低矮的屋檐在房前探出，形成了一个走廊，坏天气的时候可以挡风避雨。屋檐下面挂着各式农具、马具，还有用于在附近河里捕鱼的网。沿着走廊修了一排长凳，夏天的时候坐在上面一定非常惬意。走廊的一端放了一个巨大的纺车，另外一端安放了一个奶油搅拌器，这真是个集功能与休息于一体的走廊啊。

沿着走廊伊卡波德走进大厅，这是大宅的中心，也是日常活动主要所在。这里有一排排的华美锡器，摆在长长的柜子上，晃得他眼睛都睁不开。在屋子的角落里放着一大袋子待纺的羊毛，另外一个角落堆着大量的布料，一看就是刚刚从织布机上拿下来的。编好的印第安玉米和成串的苹果干与桃子干挂在墙上，和红辣椒混杂在一起，耀眼夺目。

门半开着，留出一条缝，他可以看到漂亮的客厅。里面摆着装饰着爪脚的椅子，还有深色桃花心木的桌子，闪亮仿佛镜子。各式各样的铁铲子和火钳，还有熨斗也摆得满眼都是，即使盖着一层芦笋皮，也掩不住它们的动人风采。壁炉架上装饰着假橘子和海螺壳，一串串花里胡哨的鸟蛋悬挂在上面，一个巨大的鸵鸟蛋从屋子中央垂下来，还有一个角柜，故意打开着，露出里面大量的古老银器，还有收藏完好的瓷器。

伊卡波德一看到这些令人兴奋的东西，内心的平静就结束了，他的全部心思都用来考虑怎么才能得到范·泰塞尔无与伦比的女儿的心。这不是件容易的事情，比昔日的武士遭遇的困难还艰巨，这些武士无非是碰到一些巨人、魔法、火龙之类轻易可以打败的对手，然后穿过大铁门，穿过坚固的城墙，走进城堡，里面囚禁着心爱的女人，他所做的一切就好像圣诞节的时候去抢一个蛋糕那么轻松。而且这个女人早就等不及了，赶紧把自己的手交到他的手中，完事了。

但是伊卡波德面临的事情恰恰相反，他要赢得一位村花的心，这颗心任性又古怪，反复无常，小心思解决一个再来一个，永远没有消停的那天。更别说他还要遭遇很多情敌，都是有血有肉的可怕对手，为数不少，都是些乡下小伙子，每个人都想挤进她的心里。他们彼此怒目相对，随时准备飞出去战斗。

而这些追求者里，有个最可怕的家伙，他身材魁梧，咋咋呼呼，脾气不大好，他叫亚布拉汗，或者依照荷兰缩写，布瑞姆·范·布伦特，他是乡下一霸，最喜欢做的事情就是耀武扬威。他宽肩膀、大拳头、一头黑卷毛短发，一张大脸，但是长得并不难看，他傲慢，但是并不乏味。因为他大力士一样的体魄，人们给他起了个花名叫“大块头布瑞姆”。

他以骑术精湛著称，在马背上跟野蛮人一样灵巧，每次骑马比赛或者斗鸡比赛，都是他拿第一。而且，因为在乡村生活中孔武有力决定了一切，所以他常常还是各种纠纷的仲裁人，他歪戴着帽子，用不容置疑的口气宣布裁决，绝不接受调停或抗议。这么说吧，他时刻准备着，要么打架，要么胡闹。但他不是个恶人，他的行为里有恶作剧的成分，也是个挺诙谐的小伙子。他有三四个跟班，他们把他当偶像。作为头儿，他领着他们横扫整个乡下，方圆几里，每有打架斗殴或者狂欢的时候，就能看见他们的身影。天气冷的时候，他就戴一顶狐狸皮帽子，一根狐狸尾巴耀武扬威地挂在头上。每当他领着他的那群哥们儿在半夜呼啸而过的时候，那些老妇人就从梦中惊醒，惊呼：“又是这个大块头布瑞姆和他的那些坏小子们!”村民们看他带着一种复杂的情绪，有敬畏，也有善意，好像看一个老惹祸的孩子，每当这附近发生什么打架斗殴事件的时候，人家总是摇摇头：里面肯定有大块头布瑞姆。

这位咆哮英雄经常把漂亮的卡特丽娜约出来，只为了展示他粗野的男子气概，虽然他表达爱意的方式笨得跟一只熊差不多，但是大家在背后窃窃私语说，目前看来，她并没有完全让他放弃希望。是这样的，他的得意扬扬是击退其他竞争者的一个信号，所以当星期天晚上他的马绑在范·泰塞尔门口的时候，其他小伙子们都垂头丧气地走了。

这就是伊卡波德·鹤瑞恩要面对的强大竞争对手。事情看起来不容乐观，即使比鹤瑞恩更强壮的人也会败下阵来，即使比他脑子灵活的人也会知难而退。但是，伊卡波德不一样，他是个乐观的人，天性中有种盲目的柔韧和坚毅，他的肉体和精神都好像一根藤，虽然稍微吓唬吓唬他就屈服了，但是一旦停止施压，他就马上抬头挺胸，跟以前一样硬邦邦的了。

公开挑衅他的对手无疑是不理智的，因此伊卡波德采取了另外一种迂回婉转的方式。在音乐教师的身份掩护下，他有事没事地造访农舍，倒不是为了获得父母的欢心，怕他们从中作梗什么的。老范·泰塞尔是个轻松愉快、平易近人的人，他爱他的女儿胜过他的烟斗，他是一个讲道理的男人，同时也是一个合格的父亲，他让女儿在很多问题上自己拿主意。他娇小的太太跟他一样，每天为家务事和饲养家禽忙得晕头转向，顾不上女儿。她认为，鸭和鹅都是很蠢的东西，需要照看，但是女儿可以照看自己。

于是每当这位女主人屋前屋后忙碌，或者坐在走廊那头纺线的时候，老实巴交的父亲就坐在黄昏的走廊上抽自己的烟斗，看着谷仓顶上那个木头小士兵双手持刀英勇地跟风纠缠在一起。这个时候，我们的老师就会打扮得头面整齐出现了，他陪着卡特丽娜坐在大榆树下的泉水旁，或者在暮色中散步，夕阳西下，暮色沉沉，这段时间用来展示自己的情话水平再合适不过了。

对我来说，女人的心非常迷人，但也神秘莫测，我从来不知道怎么赢得她们的青睐。有些女人可能有一个脆弱点，或者说是突破口，但是对另外一些女人来说，进入她们的心可以有一千条途径。对前者来说，能得到她们的心已经是了不起的胜利了，但是能得到后者的青睐，只怕要更难上一筹，因为这需要男人为了他的堡垒在四面八方而战，每个门口，每个窗户，都不能大意。得到一千个普通女人的爱慕固然很了不起，但是更了不起的是赢得那个最风情万种的女人，这才是无可争议的英雄。

自从我们可爱的伊卡波德老师开始有条不紊地实施他的计划之后，“大块头”的情况就不妙了，他的影响力很明显在下降，星期天晚上，他的马也不大出现在农舍门口了，他和睡谷校长之间的仇恨升级了，战斗即将进入白热化。

对深具粗犷骑士精神的布瑞姆来说，这是个简单的事情，没必要搞得很复杂，不如公开打一架，就好像以前那些骑士做的那样，让女人看看谁才是那个骄傲的勇士。但是伊卡波德才不会傻到去跟布瑞姆硬碰硬，特别是当伊卡波德听说布瑞姆曾经吹嘘过，要“把校长从中间折断，塞进他那个鬼学校的书架上”，他就更不会给这个愣小子机会了。

在这场顽固的对抗中，既然老师不肯直面迎接挑战，那么以布瑞姆这种乡野村夫，选择只剩下一个了，那就是把自己性格中的粗野成分发挥出来，利用各种机会开对手的玩笑，挑衅他，激怒他。于是伊卡波德成了这帮小伙子们的迫害对象，他们无所不用其极，闯进校长与世无争的领地，堵他的烟囱，搞得满屋子烟熏火燎，圣歌课根本进行不下去；还冲破学校门窗上柳条缠绕的道道机关，闯进屋里，把一切搞得乱七八糟。可怜的校长早上一推门，会以为全国的女巫昨晚来开了一个大会。

但是更令人讨厌的是，布瑞姆一有机会就在他的姑娘面前嘲笑他，还调教了一只无赖小狗，教给它滑稽的呜咽，说这就是伊卡波德教卡特丽娜赞美诗时的样子。

就这样过了一段时间，双方僵持不下，都没有实质性的进展。在一个美好的秋日午后，伊卡波德若有所思地坐在学校的高凳子上，平常他就是坐在这个凳子上俯瞰他的文学殿堂的。他手里拿了一根桦木棍，那是代表他无上权威的权杖，永远让不听话的学生不寒而栗。在他前面的书桌上，摆着各种被没收的玩具和武器：咬了一半的苹果、玩具气枪、苍蝇笼子，还有纸叠的小斗鸡。

很明显他最近心情不佳，估计学生们没少吃苦头，所以大家都假装乖乖地看书，或者趁着他不注意，狡猾地交头接耳，空气中有种嗡嗡作响的静谧。突然这一切被一个不速之客打破了，这是一个黑人，穿着粗笨的亚麻布外套和长裤，戴着一顶碎布拼成的圆帽子，骑在一头毛发稀疏野性未驯的小马驹上，马脖子上胡乱绑了根绳子充当缰绳。他咣咣当当地来到学校，邀请伊卡波德出席当晚范·泰塞尔大宅举办的“欢喜晚宴”。他用凝重的口吻传达了信息，尽量运用外事活动的体面字眼儿，黑人被派出去做这种差事的时候，总是喜欢咬文嚼字。办完事之后，他就急急忙忙地走了，骑着他的小马扑棱棱地冲过小溪，浑身都是“我在干大事情”的使命感。

整个教室开始沸腾。老师领着学生们飞快地看书，谁也不知道看了些什么，那些使小聪明的人整段整段地跳过，老师也视而不见；平常笨得要死的那些人，屁股挨上一棍子就立刻变聪明了，什么书都能读得懂。课上完了，书也不需要放到书架上，随便一扔就好，墨水盘被打翻，长凳东倒西歪。学校比平常提前一个小时放学，一群小恶魔一样的学生冲到树林里去疯，热烈庆祝他们提前解放了。

准备大献殷勤的伊卡波德，在厕所至少多花了半个小时的时间，又刷又磨他唯一一套正式衣服——一件老旧的铁青色正装——他对着挂在墙上的那面破镜子左看右看，不仅如此，他还要以一个真正骑士的姿态出现。他跟他借住的农家借了一匹马，这家主人是个脾气不好的荷兰老头，叫汉斯·范·瑞普。他翻身上马，趾高气扬地出发了，像一个要去冒险的骑士。我觉得，对一个真正具有浪漫主义色彩的英雄美人的故事，我怎么都应该详细描述一下我们的英雄和他胯下的骏马。这是一匹老弱的犁马，它活得太久了，除了坏脾气什么都没剩下。这匹马羸弱不堪，毛发稀疏，母羊一样的脖子，还有一个榔头一样的头。它褪色的鬃毛和尾巴打着结，里面夹杂着杂草。一只眼睛已经没有瞳孔了，但是炯炯有神，另外一只却闪烁着邪恶的光芒。它的生命一定火辣辣，否则它的主人不会给它起名叫“枪火”。其实，它曾经是那个暴脾气主人的心爱之物，在他们相亲相爱的过程中，这个性格刚烈的荷兰老头，一定把自己野巴巴的精神灌输给了胯下的骏马，所以，即使它看起来破败不堪，但是它内心潜藏的妖气比这附近任何一匹小马都多。

但是伊卡波德骑这匹“骏马”倒是挺合适的，马镫子很短，他的膝盖几乎抵在马鞍子上了，他干瘦的手肘伸出来，活像一只大蚂蚱。马鞭从手里垂直掉下来，好像一柄权杖，当他的马奔跑起来的时候，他的两条胳膊拍打着，活像一对小翅膀。一顶呢帽子搭在鼻尖上，这是因为他前额短小得可怜，他的黑色外套几乎飞到马尾巴上，这就是我们的伊卡波德和他的骏马，所以当他们从汉斯·范·瑞普家出发的时候，众人都好像活见鬼了。

正如我刚才所说，这是一个非常好的秋日。天空清澈平静，大自然穿上金黄色的盛装，一看就知道又是丰收季节。森林呈现出漂亮的棕黄色，一些稚嫩的树已经被霜冻染上橙色、紫色和猩红色。一行一行的野鸭子在天上飞，毛榉和核桃树从后面传来松鼠啃果子的声音，邻近刚开垦出来的地里充满鹌鹑的咕噜声。

小鸟正在开它们的送别宴，在它们的盛宴上，鸟儿们扑腾着、鸣叫着、跳跃着，从枝条到枝条，从树干到树干，变着花样地啁啾嬉闹。还有老实巴交的知更鸟，是附近年轻小伙子最喜欢抓的鸟，一叫起来就是一副吵架的大嗓门，聒噪的黑鹂成群而起好像乌云。还有金翅膀的啄木鸟，绯红的冠子，黑色的宽胸膛，一身锦羽。别忘了雪松鸟，红翅膀尖儿，黄尾巴尖儿，小羽冠。蓝喜鹊，这个吵吵闹闹的花花公子，披着淡蓝色的帅气羽毛，下面露出一个白肚皮，它们叫个不停，一会儿点头，一会儿哈腰，一副跟林子里的每只鸟都关系不错的样子。

当伊卡波德慢条斯理走在路上的时候，他的眼睛里都是快乐丰收的秋天，在道路两边是硕果累累的苹果，有的压在枝头，有的收在筐子或者木桶里，等着拿到市场上去出售，还有一些堆得小山似的，等着做苹果酒。再往前，他看到大片的印第安玉米田，金黄色的玉米穗从层层包裹的玉米皮下伸出来，都让人闻到玉米蛋糕和玉米糊的味儿了。下面躺着黄色的南瓜，挺着大肚子晒太阳，绝对够格做最美味的馅饼啊。他又路过喷香的荞麦田，呼吸着蜂巢的气味，当他看到这一切的时候，他脑子里涌出了一副温存的画面：柔软美味的荞麦饼，上面涂着黄油，覆盖着蜂蜜，是亲爱的卡特丽娜·范·泰塞尔那充满小漩涡的纤纤玉手亲自做的。

就这样，伊卡波德一边做着美梦，一边沿着连绵的山丘行走，伟大的哈德逊河就在身旁，远处的美景尽收眼底。太阳推着它的大圆盘慢慢西去了，塔班湖安静地躺在那里，明镜一样，偶尔有几处温柔的波浪，让远山蓝色的倒影绵延起伏。几片琥珀色的云彩挂在天上，万里无风。地平线上的金色光泽渐渐隐去，一丝纯粹的苹果绿透出来，接着变成天空的那种深蓝色。河流沿岸的悬崖峭壁上碧绿苍翠，夕阳斜照，整面山崖尽染深灰色和深紫色。远处一艘单桅帆船漫无目的地飘荡，顺着暗流缓缓而下，船帆懒洋洋地悬挂在桅杆上，当整个天空倒映在湖水里的时候，这艘小船好像悬浮于空中一样。

当伊卡波德到达范·泰塞尔的大宅的时候，已经差不多晚上了。他发现附近的体面人物和漂亮姑娘来了不少。老农民都是一个样子的，脸皱皱巴巴的跟皮料一样，穿着家常的大衣和马裤，蓝色的长筒袜，大号的鞋子，腰上系着漂亮的锡扣。他们干巴巴的太太们，戴着扎得紧紧的帽子，穿着下摆很长的上衣和土布长裙，上面系着剪刀、小针线包和印花布口袋。那些娇滴滴的大姑娘们，简直打扮得跟她们妈妈一样过时，只有戴顶草帽，打个漂亮的蝴蝶结，或者给自己加一件白色的罩衫，还稍微带那么点城里的时髦样子。小伙子们呢？夸张下摆的上衣，上面一排大黄铜纽扣，他们的头发都按时下流行的样子编着辫子，如果有鳗鱼皮，就抹得溜光水滑，十里八村的，谁不知道鳗鱼皮是最好的头发保养品？

“大块头布瑞姆”也来了，他简直就是现场的英雄，骑着他心爱的“冒失鬼”，这马就跟他一个样子，气宇轩昂，不拘小节，除了他谁也驾驭不了。实际上，他喜欢骑烈马，越烈越好，那种时刻准备把骑手脖子摔断的马才对他胃口，对他来说，温顺不堪一击的马不配他这样的硬汉。

当我们的主人公要走进泰塞尔大宅那讲究的餐厅的时候，请允许我多费些笔墨，跟诸位描述一下那个让他目瞪口呆的魅力世界——不是那些丰满娇俏的女孩，和她们无比卖弄的胭脂水粉，而是一个真正荷兰式的乡村餐桌，尤其是在这样一个丰收的季节。

堆积如山、千奇百怪的甜点，简直难以形容，只有最能干的荷兰家庭主妇才搞得定。香喷喷的炸面包圈、咬一口掉渣的炸油圈、软糯糯的猪油煎糕，还有姜饼和蜜糕，以及各种各样叫不上名字来的蛋糕。然后还有苹果派、桃子馅饼和南瓜派，旁边放着火腿和熏牛肉，还有让人看了就止不住流口水的蜜饯、李子、桃子、梨和酸橙。您以为这些就足够了吗？当然不，还有烧鱼和烤鸡，外加一碗一碗的奶油和乳酪，又是碟子又是碗的，堆得满坑满谷。我说得可是毫不夸张，就是这么丰盛。还有一把慈母般的大茶壶，呼哧呼哧地喷出一团团热气。真让人叹为观止，要不是必须进行我们的故事，我真想跟诸位继续讨论这个宴会。还好伊卡波德先生比我有耐心多了，他一份不落地一一品尝了。

他是一个善良而感恩的人，只要填满肚子，他每一个毛孔都充满喜悦，心跳得好像一面大鼓，别人是喝了酒才兴奋，他是那种只有吃好了才会手舞足蹈的人。他一边吃，一边转自己的大眼珠子，抑制不住地。一想到有一天，他可能会成为这场豪华盛宴的主人，伊卡波德就忍不住咯咯笑起来。然后他想，等到那一天真的到了，他就以最快的速度离开学校，对所有吝啬的资助人，包括老汉斯都嗤之以鼻。对了，还有那些吃四方的穷酸们，如果妄想喊他一声同道，他就要毫不客气地一脚踢出去。

老巴特斯·范·泰塞尔在他的客人之间走来走去，脸上洋溢着满满的喜悦，满足得好像秋收的月亮。他的客套非常简短得体。握个手，拍拍肩，大笑一声，然后热情地宣称“去尽情地吃吧，我的朋友!”

这个时候，大厅里的音乐传了出来，似乎在招呼大家来跳舞，弹奏音乐的是个头发花白的老黑人，半个世纪以来，他一直在这一带走街串巷，包揽了十里八村的音乐演出。他的乐器又老又破，跟他一样。大部分时间他都在刮相同的两三根琴弦，头随着琴弓来回摇摆，哈着腰几乎都要到地面了，每有一对新的舞伴下场子跳舞，他都会用脚跺一下地。

伊卡波德对自己的舞姿很有信心，就跟对自己的嗓子有信心一样。

当他松垮垮的身子满场飞舞的时候，他的每一个肢体、每一个细胞都不闲着。那样子活像圣·维塔斯[1]本人。

所有的黑奴下人都用崇拜的目光看着他，他们有老有小，有高有矮，一辈子都在附近农庄干活，从来没有见过这样的世面。他们在每一个门口、每一扇窗口都挤成黑色人脸金字塔，欣喜若狂地看着眼前一幕，大白眼珠子转来转去，大嘴咧到耳朵根子，露出一口大白牙。这让咱们这位打学生能手怎么不打心眼里得意呢？况且他的心上人就是他的舞伴，面对他的暗送秋波含笑不语。而“大块头布瑞姆”却在爱情和嫉妒的双重打击下，独自一人坐在角落里闷闷不乐。

当舞蹈结束的时候，伊卡波德被吸引到一群文化人当中，他们和老范·泰塞尔一起，在广场的另外一边坐着抽烟，聊着闲天儿，说一些关于战争的长篇大论。

在我们这个故事的时代，这个地方非常了不起，是个充满历史和伟人的地方。独立战争的时候，英军的前线离这儿不远，所以这里盗匪肆虐，各种难民、牛仔和军人层出不穷，四处扰民。

一开始大家还聊得有模有样，但是聊着聊着，故事就变味了，越来越不靠谱，讲述者的回忆往往模糊不清，干脆让自己在里面充当起英雄来。

有一个关于道夫·马廷林的故事，他是个长着蓝胡子的荷兰佬。战争时期他藏身于一个土壕后头，用一架老式土炮发射九磅重的炮弹，差点干掉一艘英国护卫舰，可惜他的炮在打第六发炮弹的时候自己炸了。还有一位老先生，我们暂且不说他的名字，因为他太有钱了，要小心评价。这位老先生参加了附近的怀特平原战役，他是个优秀的防御大师，

---

[1]圣·维塔斯，西西里岛上的基督教圣徒，曾经得过一种四肢狂舞的怪病。

用一柄小剑抵挡住了敌人滑膛枪的子弹，他绝对听到子弹呼啸而来，然后在他的剑柄旁斜飞出去。为了证实这点，他随时带着剑以备展示，剑柄确实有点弯，大家纷纷表示他太勇敢了。在场的人中还有几位同样伟大的人物，每一个人的丰功伟绩都让人相信，要不是因为他们，美国还真独立不了。

但是这些故事跟后面提到的鬼故事相比，简直不值一提，这一片盛产鬼怪传说，迷信和传说在穷乡僻壤往往成长得格外茁壮，但是这些珍贵的故事却得不到当地人的重视。而在我们国家的其他村庄里，幽灵们的待遇并不高，因为还没等他们在坟墓里休息好，他的旧日朋友们就迁徙到别的地方去了，所以当他们半夜出来溜达的时候，根本没人认得他们。这也可能就是为什么除了这些古老的荷兰村庄之外，我们很少听到鬼故事的原因了。

而这一带如此流行鬼故事，最直接的原因，是因为它靠近睡谷。这个闹鬼的地方似乎蔓延出一种巫气，它能把这种神神鬼鬼的风气传播到附近的每一个角落。在老范·泰塞尔的晚宴上，就来了几位睡谷的人，跟往常一样，他们要奉献自己的奇谈怪论。有人说在附近的一棵大树旁会出现奇怪的灵车和哀号声，因为那里就是不幸的安德烈少校被捕的地方，有时安德烈少校的鬼魂也会出现在那里。还有人提到一个白衣女子，她老是在乌鸦岩峡谷那边游荡，特别是冬天夜里，她要在暴风雪来临之前发出凄厉的号叫，据说她原先就是死在那片雪地里的。然而，这些故事最后都免不了提到睡谷最有名的幽灵“无头骑士”，最近好多人声称听到他在附近溜达，据说，他每天晚上都把马拴在教堂的墓地里。

教堂地处偏远，这让它成了最好的闹鬼场所。它坐落在一个小山丘上，四周是刺槐和高大的榆树，它整齐的粉墙从厚重的树荫中温柔地透出来，就好像基督徒圣洁的灵魂。从教堂出来，沿着一个小山坡，就是一汪银色的水洼，岸边高树环立，透过树林可以看到哈德逊河上群山青青。只要看到教堂墓地的草坪被阳光温柔地拥抱，所有人都会相信，亡魂在这里可以得到安息。

在教堂的另一侧，是一片宽阔的郁郁葱葱的山谷，沿着山谷是一条大河，奔腾在一片乱石和倒下的枯树之间。在这片黑乎乎的涧水上，离教堂不远处，架起了一座木桥，通向木桥的路和木桥本身，都隐身在大树的浓荫之下，即使大白天也阴森森的，更别说晚上了。这是无头骑士最喜欢游荡的地方之一，所以经常有人声称在这里见过他。

有一个故事是关于老布劳沃尔的，这是一个最不信鬼神的人，有一次他迎面撞上这位无头骑士刚从睡谷回来，他被迫骑在无头鬼的身后，两个人风驰电掣一般在荆棘和树丛中驰骋，越过山坡和沼泽，最后到达教堂旁边的木桥，只听咔嚓一个炸雷，骑士突然变成了骷髅，把老布劳沃尔一把抓起来扔到山涧里，然后自己从树顶上一跃而过，消失不见了。

这个故事马上被“大块头布瑞姆”给比下去了，他的故事至少比这个故事惊险三倍有余。在大块头的故事里，无头骑士的骑术不值一提。他的故事是这样的：有一天晚上，他从邻近的村庄回来，这个半夜骑士从后边赶上来，他跟骑士打赌说，谁赢了谁就请客喝上一杯，本来他要赢的，“冒失鬼”把那匹鬼马比得渣儿都不剩，但是当跑到教堂木桥的时候，又是咔嚓一声，这个黑森骑士爆出一个火花，倏忽消失了。

所有的故事都是用人们黑暗中惯常说话的那种昏昏欲睡的声音讲述的，听众们只看到一片漆黑中烟斗发出的火光在一闪一灭。这一场景深深烙在伊卡波德脑海中。作为主动参与者，他也讲了好多他的偶像、作家科顿·马瑟的鬼故事，也贡献了很多他家乡康涅狄格州原产的鬼故事，以及他晚上在睡谷散步时看到的恐怖场景。

晚会接近尾声，狂欢的人群准备离开，老农夫们都把自己的家眷赶到马车上，直到他们走出去好远，还能听到遥远的山丘里传来的叮叮当当的声音。有些女孩坐在喜欢的小伙子身后的马鞍上，她们轻快的笑声混合着马蹄声，在寂静的山林里回响，越来越弱，渐渐听不到了。热闹了整个晚上的乡村安静了，根据乡村情郎的规矩，伊卡波德慢慢在后头磨蹭，想留一点跟他的爱人独处的时间，他很有自信，自己已经十拿九稳了。但是一定有什么地方出了岔子，我不会去乱加猜测，因为到底出了什么事我也不知道。我只知道，当他前去表白后不久，就垂头丧气万念俱灰地回来了。哦，这些女人啊，这些女人！她不就是在卖弄风情，让我们的教育家神魂颠倒吗？她不就是在鼓励可怜的伊卡波德疯狂追求，只是为了让他的竞争对手吃醋吗？天啊，真的是这样吗？只有上帝知道吧，让我们这么说吧，伊卡波德浑身上下那种倒霉劲儿，完全不像是刚刚偷了女人心，反而活像偷了一只鸡。农庄里让他心驰神往的财大气粗也变得毫无留恋之处，他直奔马厩，他可爱的骏马正在美梦中徜徉，梦里有堆成山的米和燕麦，还有一山谷的苜蓿草等着它去大嚼，伊卡波德冲过去对着“枪火”一顿拳打脚踢，如此粗鲁，搞得这匹骏马十分不愉快。

正值午夜，是一天里巫气最重的时刻，伊卡波德心情沉重，垂头丧气，沿着拖沓镇一侧的高高山脊往家里走着。下午他原路来的时候还满是欢欣鼓舞，此刻眼前的景象跟他一样情况不妙。远远的，是塔班河阴暗荒凉的水面，死一般的寂静，偶尔露出几个诡异的桅杆。在这地狱一样的午夜里，他几乎可以听到哈德逊河对岸的狗吠，但是那狗吠模模糊糊听不清楚，只会加深他远离人家的恐惧感。不经意地，还有几声长长的鸡叫，从很远很远的农舍那边传来，但是在他耳朵里跟噩梦一样真切。附近一个活物都没有，草丛里偶尔蹦出一只蟋蟀，或者牛蛙，呱的一声，吓得人半死，好像没睡好，猛然在床上翻了个身。

下午听到的那些鬼故事现在都挤到他脑子里来了，夜越来越黑，星星似乎深嵌在夜空中，飘来荡去的云彩有时把它们遮得一点儿也看不见了。他从来没有这么孤单沮丧过。更要命的是，他越来越接近那些鬼故事发生的地方了。就在路的中间，矗立着一株巨大的郁金香树，它像一个巨人一般高高耸立在所有树木之上，形成一个地标。它的枝丫盘旋扭曲，几乎比别的树干还粗壮，它扭曲到地上，然后又拧个弯升到半空中 。这就是那个不幸的安德烈少校被捕的地方啊，所有人都知道这个地方，大家管这棵树叫安德烈树。老百姓总是把尊重和迷信混为一谈，部分是出于对这个人物悲惨命运的同情，还有一部分，是出于对奇谈怪论本能的热爱。

当伊卡波德走近这株可怕的树时，他开始吹口哨，他似乎听到有声音回应他的口哨声——其实不过是一阵疾风从萧瑟的枯树枝中吹过。再走近一点，他好像看到树上挂了个白色的东西——他停下来，也忘了吹口哨了。但是再仔细一看，不过是被闪电劈掉了树干裸露出来的白树皮。突然，他听到一声哀号，他的牙齿忍不住咯咯作响，两腿也紧紧夹住马肚子，但是那不过是大树枝被风刮起来，蹭到另外一根树枝而已。他战战兢兢地走过了这棵大树，但是更危险的挑战在后面等着他呢。

又走了大概两百码，一条小溪横亘在眼前，小溪流进一片生满树木的沼泽，名叫威利沼泽，几根粗树桩胡乱摆在那里权当一座小桥。就在靠近沼泽的路旁，生着橡树和栗树，被野生葡萄藤厚厚地包裹着，在小桥上投下一个黑洞一样的阴影。通过这座桥真是一个了不起的考验，就是在这个地方安德烈少校被捕了，当时那些抓捕他的勇士们就藏身于栗子树和野山藤之下。从此，大家都认为这条小溪有鬼怪作祟，每个放学后过桥回家的小学生都会胆战心惊。

越来越走近小溪，他的心开始怦怦乱跳，但是，他还是鼓足所有勇气，在他骏马干瘪的肚子上狠狠踢了几脚，希望它别再慢吞吞的了，来个猛冲过桥吧。但是这个丧心病狂的老畜生根本没有听他的，反而横着走，冲到树篱笆那边去了。伊卡波德都快吓傻了，他拼命往另外一边拉缰绳，用另一只脚不停踹它。这一切都是徒劳的，他的马开始发力了，但是跑反了，一头扎进厚厚的荆棘和灌木丛中出不来了。我们的校长这个时候只能把自己的鞭子和脚后跟都敬献给老枪火的瘪肚子，它一边打着喷嚏一边向前冲，刚走到桥头，突然四蹄立定，差点把骑手从头顶甩出去。就在这一刻，桥边的烂泥塘里响起一个沉重的脚步声，他不由得汗毛倒立，两个耳朵支棱起来。树丛深处似乎有什么东西，巨大的、黑乎乎的、诡异的，它慢慢聚拢，好像一个巨大的怪物随时准备扑倒旅人。

惊恐万分的老师感到自己的每一根头发都恨不得竖立起来，怎么办呢？落荒而逃已经晚了，再说，逃就逃得掉吗？对方是魔鬼，自然会腾云驾雾的本领。除了虚张声势没有别的选择，他结结巴巴地喝道："你，你是什么东西？"没有回答。他用更激动的声音又问了一遍，依然没有回答。他只好拼命踢"枪火"快被踢烂的肚子，然后闭上眼睛，把满腔的激动化成赞美诗大声吟诵起来。就在这个时候，那个影子一样的东西开始挪动，一阵乱抖之后，竟然蹦到马路中央站起来了。夜深如井，可说是伸手不见五指，但是，伊卡波德还是觉得它看上去是个巨大的骑士骑在一匹黑色的高头大马之上。它似乎没有挑衅的意思，自然也并不友善，它只是站在路边，一副冷眼旁观的架势，在老"枪火"瞎眼的那边与它并排走着，这个时候，"枪火"似乎也消停了，瞎折腾的劲头过去了。

伊卡波德对这位不速之客半点兴趣都没有，他想起了"大块头布瑞姆"跟黑森骑士打赌的故事，不由得扬鞭加速，希望能把这个家伙甩掉。但是哪能那么容易，这个家伙也加快了自己的步伐。伊卡波德勒住了缰绳，让自己的马慢走起来，希望能落在影子的后面。而影子也放慢了速度。他的心开始下沉，想用壮丽的赞美诗驱赶恐惧，但是他的舌头好像黏在牙齿上了，一个字也说不出来。这个影子的巨大沉默里有一种让人不寒而栗的东西。很快他就发现是什么了。当他们爬上一个小山坡的时候，这个不速之客的身影被投射在天空上，非常高大，披着斗篷，伊卡波德惊恐万分地发现，他没有头！更恐怖的是，他竟然发现他的头在哪里了，就在他身子前面的马鞍上。伊卡波德的恐惧变成了绝望，他狂风骤雨般地踢打老“枪火”，希望能侥幸逃脱幽灵的魔爪。但是幽灵却来劲了，火力全开地跟着他，寸步不离。于是他们俩就这么胡乱折腾着飞奔，穿山越岭，飞沙走石，火花四溅，伊卡波德恨不能飞起来，他干瘦的身子探出马头，在逃离的渴望中，单薄的衣衫在空中飞舞。

他们终于来到了通往睡谷的路上，但是“枪火”这匹活见鬼的畜生，竟然调转马头，沿着左边的山坡直奔下去。这条路伸进一片乱石丛生的山谷，大概四分之一英里长，两边都是遮天蔽日的大树，直达那座著名的闹鬼木桥，桥那面就是绿油油的小山丘，矗立在上面的，是那座刷得粉白的教堂。

虽然坐骑疯疯癫癫，但是直到目前，它没给它笨拙的骑手出太多难题，可是就在他们在山谷里冲到一半的时候，绑马鞍子的肚带松了，伊卡波德能感觉到它从自己身子底下滑落。他紧紧抓住马鞍子前面的带子，但是没用的，幸亏他及时抱住老“枪火”的脖子，才没让自己摔下来。伊卡波德听到马鞍子滑落到地上继而被马蹄践踏的声音。一瞬间，他脑海中涌现出老汉斯高声咒骂的脸，因为这是他最讲究的一副马鞍，平常舍不得用，只有星期天才拿出来显摆，但是没有时间去为这点恐惧担心了，还是多想想自己屁股后面的这个魔鬼吧。他狼狈不堪，根本没有可能好好坐着，一会儿滑到左边，一会儿滑到右边，有时被抛在老马干瘦的脊梁骨上，他感觉自己都快被劈成两半了。

前方的树林之间出现了一块平地，好像是教堂木桥到了，他不由得一阵欣喜。溪水中倒映着摇摆不定的星光，似乎在告诉他，他的猜测没错。在大树的遮掩之下，他看到了教堂的粉墙在昏暗中闪烁。他想起“大块头布瑞姆”说过，幽灵就是在这个地方消失的。伊卡波德想，“如果能够到达这座桥，我就安全了”。就在这个时候，他听到黑马从后面赶过来了，气喘吁吁，热乎气儿都吹到他脖子上了。伊卡波德又给了倒霉的老“枪火”一脚，老马直接跳到桥上，蹄子一阵乱蹬，木桥发出咚咚巨响，伊卡波德借此机会转身，要看看这个阴魂不散的鬼是不是消失了。按规矩应该是一阵火花，然后一股硫黄的味道之后，它就不见了才是。就在这一刻，他看到这个妖怪从马镫上站起来，把自己的头冲伊卡波德扔过来。伊卡波德刚要躲闪，但是太晚了，只听啪的一声，那个头正砸在他的脑袋上。他一头栽到桥下，接着一阵妖风，“枪火”、黑马和这个妖怪都不见了。

第二天早上，“枪火”出现在主人家院子门口，马鞍子没了，腿上缠着缰绳。它毫不在意，正神闲气定地在门口吃草。早餐的时候，伊卡波德没有出现，到了午餐也没有出现。男孩子们倒是准时上学了，但是校长不见了，所以大家都跑到小溪边闲逛。这个时候，老汉斯开始对失踪的伊卡波德和他的马鞍有种不好的预感，大家到处寻找校长，经过一番周密的调查，他们找到了被践踏在泥浆里的马鞍子。而深陷在泥里面的马蹄印子也指向教堂木桥。过了木桥之后，就在水流宽深的河边，大家又找到了可怜的伊卡波德的帽子，旁边是个摔得支离破碎的南瓜。

大家沿着小溪仔细寻找，但是可怜的校长生不见人，死不见尸。老汉斯自告奋勇成为他的遗产执行人，经检查，他的全部家当包括：两件半衬衣，两个领巾，一双不成对的羊毛袜子，几件灯芯绒的旧内衣，一把生锈的剃刀，一本卷边折角的赞美诗集，和一个破烂的定音哨。学校的书和家具属于村里，除了科顿·马瑟的《巫术史》《新英格兰年鉴》、一本解梦算命的书之外。最后这本书的最后一页夹杂了一张被涂抹得乱七八糟的大纸，上面写着不成曲调的献给老泰塞尔美丽的女继承人的诗篇。这些魔法书和胡乱写就的诗篇被老汉斯付之一炬，他从此下定决心不再让他的孩子们上学了，他看不出跟着老师学这些有什么好。就在几天前，刚发了伊卡波德这个季度的工资，但是遗产中没有发现任何钱，可见老师失踪的时候应该是带在身上的。

接下来的星期天，这个神秘事件在教堂里引发了丰富的猜测。好奇的人们聚集在教堂墓地里、木桥边，还有发现帽子和南瓜的地方热烈讨论。布劳沃尔的故事、大块头布瑞姆的故事，还有其他类似的故事，都被拿出来做比较。大家摇头晃脑，孜孜不倦，把所有的案情梳理了一遍，比较了各种蛛丝马迹，最后得出结论，伊卡波德被那个驰骋的无头骑士带走了。因为他是个单身汉，又不欠谁的钱，除了他自己谁也不在乎他的死活。所以这件事就这么过去了。不久，学校被迁到山谷的另一边，另外一个老师代替了他。

这是真的，好几年之后，一个老农民去了一趟纽约——伊卡波德的故事就是他传播出去的——带回情报说，伊卡波德·鹤瑞恩还活着，他当初离开这里，部分原因是害怕幽灵和老汉斯，还有部分原因是被女继承人拒绝后羞愧难当，于是只好去遥远的地方生活。他一边教书，一边学习法律，后来拿到了律师执照，再后来竟然成为一个政治家，不仅竞选参政，还积极给小报写稿，终于成了一名“十磅小法庭”的法官。而大块头布瑞姆呢？在他的情敌消失之后不久，成功地将鲜花一样的卡特丽娜采回了家。每次伊卡波德的故事被提起的时候，布瑞姆都表现得像知情人一样，尤其是说到南瓜的时候，他都笑得前仰后合，让大家都怀疑这小子知道的比大家想象的多，但是他就是不说。

而乡下的老妇人作为这类事情最好的仲裁者，直到今天都坚信伊卡波德是被妖魔鬼怪带走的，这个故事也成了冬天雪夜炉火边最受欢迎的故事。教堂边的木桥也比以往任何时候都像是个闹鬼的地方。也就是为什么多年以后，大家改从磨坊水池那边去教堂，而校舍很快被废弃。因为大家都说里面有可怜的老师的魂灵在游荡。在那些夏日宁静的黄昏里，独自回家的乡下孩子们，经常会听到远处传来的若有若无的伊卡波德的声音，在睡谷里吟唱着他忧郁的诗篇。

魔鬼和丹尼·韦伯斯特

斯蒂芬·文森特·贝尼特 著

这是一个流传在边境上的故事，就发生在马萨诸塞、佛蒙特和新罕布什尔三州接壤的地方。

是的，丹尼·韦伯斯特死了，反正他们把他埋了。但是每次麻省的马申菲尔德郡打雷的时候，人们都说，你听，天空中有他咆哮的声音。人们还说，如果你去他坟墓前面大喊“丹尼·韦伯斯特！丹尼·韦伯斯特！”，大地就会震动，树木就会摇曳。过一会儿，你就会听到一个低沉的声音问，“邻居，联邦怎么样了？”你最好回答联邦一直不错，铜墙铁壁，坚定如一，没人可以分裂，然后他就会慢慢退回大地的深处。至少，当我还是个年轻人的时候，人们就是这么跟我说的。

你看，在很长一段时间里，他曾经是这个国家名气最大的人。虽然他没能成为总统，但他还是名气最大的那个。有成千上万的人相信他，仅次于相信万能的上帝。人们都在传说他的故事，还有那些属于他的丰功伟绩，就好像说起自己的祖先。

大家说，当他站起来讲话的时候，星条旗就出现在天空，有一次他对着河水讲话，河流就沉到地面下去了。大家说，当他带着鱼竿走在丛林里的时候，鳟鱼就会跳出来直接蹦到他的口袋里，它们知道反抗他是没有用的。大家说，当他仲裁事件的时候，他既可以奏出祝福仁慈的乐章，也可以发出怒火让大地深处都颤抖。

这就是他，而他在马申菲尔德的大农场也特别适合他的气质，他养的鸡，从头到脚都是上好的白肉，奶牛温顺得好像乖孩子，他养得那头叫作“巨人”的大公羊有一对漂亮的大犄角，就像清晨的葡萄藤，这个大犄角强壮得可以顶开一个大铁门。

但是丹尼尔可不仅仅是个能干的农场主而已，他既知道怎么侍候土地，也知道点起蜡烛，确保家务事都被打理得井井有条，这个男人有张獒犬一样的嘴，山脊一样的眉毛，燃烧着的白煤一样的眼睛，这就是丹尼尔·韦伯斯特在他鼎盛时期的样子，而他最大的功绩其实并没有写进历史，因为他最大的功绩是反对魔鬼，义不容辞地。这就是我听说的关于他的事。

故事另外一个人物叫乔波斯·斯通，他住在新罕布什尔州的克瑞斯角。他不是个很难相处的人，但却是个倒霉的人。如果他种玉米，就会收获一堆虫子；如果他种土豆，他的土豆就会枯萎。他的农场非常肥沃，但是却不肯产出。他的妻子和孩子都非常好，但是他生的孩子越多，他能给予的食物就越少。如果他邻居地里的石头只是石头，那么他地里的石头就好像开水冒泡一样多。他的马生了点小病，他拿去换，结果换来一匹更糟糕的，腿脚不好还付出额外的价钱。这世界上是有一些倒霉蛋的，乔波斯·斯通是其中一个，但是有一天，他对这一切彻底厌倦了。

那天早上他正在犁地，结果他的犁刀在一块石头上打碎了，他发誓这块石头昨天根本不在那里。而正当他查看犁刀的时候，他的马开始剧烈地咳嗽，是那种生病的咳嗽，需要看兽医了。最近他有两个孩子患上了麻疹，他妻子的身体状况也不大好，他自己的大拇指也正在发炎，这简直就是乔波斯·斯通身上的最后一棵稻草。

他环顾四周，非常绝望，“我发誓，这足够让一个男人想把自己的灵魂卖给魔鬼，如果可能的话，我愿意，两分钱都肯！”

话音刚落，他突然有了一种古怪的感觉，但是话已出口，作为一个传统的新罕布什尔人，他是不会收回的。到了晚上，没有什么不祥的事情发生，他感到有些安心了，因为他是一个信奉上帝的人。

但是既然说了，就会有后果，或早或晚，就像《圣经》里说的。

就在第二天晚饭的时候，一个彬彬有礼穿着黑衣的陌生人驾着漂亮的马车出现了，他要找乔波斯·斯通先生。

乔波斯跟家人说这是个律师，来跟他谈遗产的事情，但是他心里知道这个男人是谁，他一点也不喜欢这个男人的样子，也不喜欢他露出牙齿笑的样子。那些牙白花花的，满口都是。有人说魔鬼的牙齿都是尖尖的，但是此刻我不敢保证这一点。

连他的狗都不喜欢这个人，它看了他一眼，然后夹着尾巴跑到一旁嚎去了。他们交谈了几句，然后两个人就出门到谷仓后面去了。在那里，他们做出了交易，乔波斯·斯通不得不刺破自己的手指签署了文件，用的是陌生人借给他的一根银针。银针会让伤口愈合得很快，但是还是留下了一道白色的疤痕。

从那以后，乔波斯·斯通的日子好过起来。他的牛越来越肥壮，他的马毛色光滑，他的庄稼长得让周围邻居看了都眼红。闪电把整个山谷都打遍了，但是独独绕过他的谷仓。很快，他就成为当地最富裕的人之一，大家推举他出来竞选当地领袖，他成功了，接着大家伙推荐他去竞选国家参议员。总而言之，你可以看出来，斯通一家非常幸福，非常满足，像牛奶场的猫一样满足。大家都很开心，除了乔波斯·斯通本人。

头几年的时候他很满意，毕竟再也不倒霉了，这到底是件好事，足够让你不去顾及其他。但是，时不时地，特别是在多雨的天气里，他手指上的白色小伤疤就会刺疼一下。

而且每年一次，跟时钟一样准时，那个陌生人会驾着他漂亮的小马车来见上一面。到了第六年的时候，陌生人开始动手了，乔波斯・斯通的好日子到头了。

陌生人走在低洼的田地上，手里握着一柄手杖，他脚上穿着漂亮的黑色皮靴，但是乔波斯・斯通从来都不喜欢它们的样子，特别是脚趾[1]。他整整瞎逛了一天，然后说："好吧，斯通先生，你干得真不错，看看你这片肥沃的土地吧。"

"还好吧，有人会喜欢，但也有人不会喜欢 。"斯通先生说，就像所有的新罕布什尔州人一样直率。

"没必要谴责你的财产吧。"陌生人轻佻地说，露出洁白的牙齿笑了笑。"不管怎么说，我们知道是怎么回事，这是严格按照合同来的，所以，当明年抵押到期的时候，你应该不会后悔的。"

"说到这个抵押，先生。"乔波斯・斯通一边说一边四处打量，似乎想要找到什么帮助似的，"我开始有了些疑问。"

"疑问?"陌生人听起来不是那么愉快。

"是的。"乔波斯・斯通说，"现在我们已经成立了新的国家了，我们是美利坚合众国，以上帝之名建立，而我一直是个虔诚的人。"他清了清喉咙，壮起胆子说，"是的，我开始怀疑我们的抵押在法庭上是不是站得住。"

"哦，还有法庭的事哦。"陌生人咬了咬牙说，"不过，我们可以看看原始文件嘛。"他说着拖出一个很大的黑色纸包，里面全是文件，"谢尔

---

[1]在西方的传说中，魔鬼是长着蹄子的。

文、斯莱特、斯蒂文、斯通，啊，在这里。”他喃喃道，“‘我，乔波斯·斯通，抵押七年的时间——’不用再念了，我想白纸黑字已经说得很清楚了。”

但是乔波斯·斯通并没有在听，因为他被黑纸袋里飞出来的东西吸引住了，好像是蛾子，但不是蛾子。就在乔波斯·斯通盯着它看的时候，它似乎在用一种非常恐怖但是微小的声音向他求救，是人的声音，“斯通，我的邻居，救救我，斯通，看在上帝的分上，救救我。”

还没等乔波斯·斯通反应过来，陌生人抽出一条大手帕，一下子扑住了这个蛾子一样的东西，并把手帕两端绑起来。

“对不起，被它打断了，”他说，“就像我刚才说的——”

但是乔波斯·斯通浑身发抖，好像一匹受惊的马。

“这是老财迷斯蒂文森的声音。”他哆哆嗦嗦地说，“你把他绑在手帕里了!”

陌生人看起来有点不好意思。

“是的，我本来应该把他放到收纳盒里的，”他皮笑肉不笑地说，“但是里面已经关了些不同寻常的东西，我不想他们挤在一起，好吧好吧，有时会有意外发生的嘛。”

“我不知道你什么意思，”斯通说，“但这就是老财迷斯蒂文森的声音，你别跟我说他已经死了，我星期二才见过他，跟土拨鼠一样健康活泼。”

“生命无常……”陌生人说，竟然还有点虔诚的意思，“听!”山谷中传来钟声，斯通先生侧耳去听，汗水顺着他的面颊流下来。因为他知道，这是米歇尔·斯蒂文森的丧钟，他死了。

“长期客户啊。”陌生人叹了口气说，“我当然很讨厌失去客户，但是生意是生意嘛。”

他手里依然紧紧攥着大手帕，但是乔波斯·斯通看到那块布在剧烈地挣扎，他感到一阵恶心。

他嘶哑着问，“他们最后都这么小吗？”

“小？哦，我明白你的意思了，但是怎么可能，他们都不一样。”他用眼睛上下打量斯通，牙齿龇在外面，“别担心，斯通先生，”他说，“你会有个好结果的。我到时候肯定不放心让你从收纳盒里跑出来，对像丹尼尔·韦伯斯特这样的人来说，我们才会给他单独做个箱子，我猜即使在箱子里，他的翅膀展开也是蔚为壮观的，估计你看了都会吃惊，他绝对是个宝贝儿，我真希望有天我们能把他捕到，但是，至于你嘛，就像我们说的——”

“请把手帕拿开吧！”斯通说，他开始祈求怜悯。但是他得到的最好的结果就是延长了三年，而且是有条件的。

但是就算这样又如何呢？你不知道四年过得有多快，在这几年的最后几个月里，乔波斯·斯通名声大噪，所有州都听说过他的名字，大家都在谈论让他当州长，这几乎就是板上钉钉的事情了。

但是对乔波斯·斯通来说，日子过得并不平静。每一天早上起床的时候，他都在想，“又平安过去一个晚上了。”而每一天晚上躺下的时候，他都想起那个黑纸袋，还有米歇尔·斯蒂文森的灵魂，这让他打心底里厌恶。

到了后来，他几乎不能承受，决定有所行动。在最后一年的最后几天里，他骑上马，出发去找丹尼·韦伯斯特。韦伯斯特出生在新罕布什尔州，离克瑞斯角只有几英里远，而且大家都知道，他乐善好施，勇于助人，特别是对家乡来的人。

他来到马申菲尔德的时候刚刚清晨，但是丹尼已经起来开始忙碌了。他跟农夫们用拉丁语交代事情，跟那头叫“巨人”的公羊角力，训练他的新马步，还在整理一篇演讲稿，准备反对约翰·寇汗。但是当他听到有人从新罕布什尔州赶来的时候，他把手头所有的事情放下，这就是丹尼一贯的待客之道 。

他让人给斯通端上来丰盛的早餐，五个男人都吃不下的早餐。而且询问了所有住在克瑞斯角的老熟人的情况，最后，他问斯通有什么需要帮忙的。

乔波斯·斯通说，这是一个关于抵押的事情。

“好吧，我很久没有参与抵押的事了，一般来说，我不大会插手经济的事，但是在进入最高法院之前，应该还是可以的。”丹尼说，“如果我可以帮忙，我会帮你的。”

“十年了，我终于看到希望了。”乔波斯·斯通说，然后他把所有的细节和盘托出。

他讲述的时候，丹尼一直背着手走来走去，偶尔问一两个问题，偶尔盯着地板看，好像用眼睛在地板上钻孔。当斯通讲完之后，丹尼长出一口气，他转向斯通，脸上浮现出一个如蒙纳德诺克山上的日出一般的微笑。

“你真是给了魔鬼所有的主动权啊，老乡。”他说，“但是你的忙我可以帮。”

“真的?”斯通几乎不敢相信自己的耳朵。

“是的，虽然我手上至少还有七十五件事要做，密苏里协议也需要理顺，但是，我会帮你这个忙，因为如果两个新罕布什尔州人都斗不赢魔鬼的话，我们还不如把国家交给印第安人。”

他握了握斯通的手，“你是不是急急忙忙赶来的?”

“是的。”

“那我们就以更快的速度赶回去吧，去对付那个家伙。”

乔波斯·斯通一个人来到这里，但是，回新罕布什尔州时，丹尼·韦伯斯特和他并驾齐驱。

当他们到家的时候，我无法描述整个斯通家对了不起的丹尼·韦伯斯特能来做客有多开心。路上骑马的时候，乔波斯·斯通的帽子被风刮走了，但这并不影响他愉快的心情。吃完晚饭之后，他就让家里人都去睡觉了，因为他跟韦伯斯特先生有重要的话要谈。

斯通太太希望他们去前厅，但是韦伯斯特说他更喜欢厨房。于是他们就在厨房坐下了，坐在那里等待陌生人的到来。他们俩之间的桌子上放了个酒罐，炉子里有明亮的篝火。按照常规，陌生人会在午夜的时候出现。

对大多数男人来说，不会要求比丹尼·韦伯斯特和酒罐更好的陪伴了。但是随着时钟滴滴嗒嗒地走着，斯通先生越来越悲伤。他六神无主，眼神闪烁，虽然他偶尔拿起酒罐喝酒，但是你可以看到他根本心不在焉。最后，当时钟指到 11：30 分的时候，他伸手抓住了韦伯斯特的手臂。

他的声音颤抖着，充满了绝望和恐惧，“韦伯斯特先生，韦伯斯特先生！看在上帝的分上，趁你还可以，赶紧骑上马离开这里吧。”

丹尼·韦伯斯特非常平静，他也拿起酒罐喝了一口，“老乡，你带我走了这么远的路，就是为了告诉我你不需要我了吗?”

“我真的很抱歉，我是个坏人。”斯通先生呻吟着，“我把你推到一个魔鬼面前，我现在明白了，我太愚蠢了，如果他想带我走，就带我走吧。我不后悔，就让我一个人忍受吧。但是你不一样，你是联邦的英雄，新罕布什尔州的骄傲，他不能带你走，韦伯斯特先生！不！他们不能带你走!”

丹尼·韦伯斯特看着这个六神无主的男人，后者的脸色灰败，在火光中摇摇欲坠，韦伯斯特伸出一只手放在他肩膀上说，“我对你有责任，斯通老乡，谢谢你为我着想，但是桌子上有酒，我手里有责任，我从来不会让酒半空，我也不会让责任完成一半。”

就在这个时候，传来重重的敲门声。

“哈！”韦伯斯特冷静地说，“我还以为你的钟慢了呢。”他起身去把门打开了，“进来吧！”

陌生人走了进来，火光之下他看起来非常黑暗高大。他胳膊底下夹了一个盒子，是个乌亮的漆盒，盖子上有很多小气孔。一看到这个盒子，乔波斯就发出一声低低的哀号，然后缩到角落里去了。

“我猜你就是韦伯斯特先生吧。”这个陌生人很有礼貌地问，但是他的眼睛闪闪发光，好像树林深处的狐狸。

“我是乔波斯·斯通的全权代理人。”丹尼·韦伯斯特说，他的眼睛也闪闪发光，“我可以问你的名字吗？”

“我的名字可就多了。”陌生人满不在乎地说，“斯科驰吧，今天晚上你可以喊我斯科驰，一般来说在这一片地区我都叫这个名字。”

他大咧咧地坐下，从酒罐里给自己倒了一杯。酒是冷的，但是倒进玻璃杯里竟然冒出热气。

斯科驰微笑着，露出他的牙，“那么现在呢，作为一个守法公民，我希望你帮助我拿回我应得的财产。”

接下来他们之间爆发了激烈的讨论，越来越白热化。起初乔波斯·斯通还抱有一丝希望，但是当他看到丹尼·韦伯斯特被步步紧逼的时候，他只好心神不宁地坐在角落里，眼睛盯着那个黑色的漆盒，毫无疑问里面就是签字画押的契约，太糟糕了。

丹尼·韦伯斯特非常激动，他的拳头捶打在桌子上，但是他不放弃，他提出大家各退一步，但是斯科驰根本不予考虑。韦伯斯特先生指出当初抵押的东西早就增值了，国家参议员应该更值钱，斯科驰不为所动，依然坚持他们当初签署的合同。丹尼·韦伯斯特是个非常棒的律师，但是，似乎第一次，丹尼·韦伯斯特遇到了对手。

最后，斯科驰打了一个哈欠，“你为你的客户真是尽心尽力。但是，韦伯斯特先生，如果你没有其他论据可供引证的话，时间也到了，我……”

乔波斯·斯通开始发抖。

“不管时间到没到，你不可能带走这个人！”韦伯斯特咆哮着，脸上阴云密布，“斯通先生是美国公民，而美国公民是不可能屈服于异域魔鬼的。我们跟英国人在十二年前为这事打了一架，我们会再次为此而战的。”

“异域？”斯科驰说，“谁告诉你我是外来的？

丹尼·韦伯斯特吃了一惊，“你从来没有说你是美国人啊。”

“还不知道谁更有资格成为美国人呢！”斯科驰又露出那种可恶的微笑，“当你们第一次对印第安人下手的时候，我就在那里；当第一个奴隶从刚果出发的时候，我和他一起站在甲板上；从你们第一个定居点开始，我难道不就在你们的书、故事和信仰里吗？我难道不是被新英格兰地区的每一所教堂提及吗？北方人说我是南方人，南方人说我是北方人，但是我哪里人都不是。我跟你一样，是个诚实的美国人，一个血统纯正的美国人。跟你说实话，韦伯斯特先生，虽然我这人不喜欢夸夸其谈，但是在这个国家，我的资格比你还老。”

“哈！”丹尼·韦伯斯特说，他额头上青筋暴起，“那么我根据宪法，要求为我的客户上诉！”

斯科驰眨眨眼睛说：“这个案子可不是一般的法庭能审的，而且，都这么晚了。”

“我要求必须有审判，你可以来选法庭，必须是个美国的法官，美国的陪审团。”丹尼·韦伯斯特骄傲地说，“让我们速战速决，我会愿赌服输。”

“好，这是你说的，”斯科驰用手指指门，门外马上狂风大作，接着传来一阵脚步声，真的有人来了，声音非常清晰，但是又很古怪，能听得出他们穿过黑夜，但是不像活人的脚步声。

“我的上帝啊，这么晚了谁会来呢？”乔波斯·斯通在恐惧中哭喊。

“韦伯斯特先生要的陪审团啊。”陌生人说，喝了一口玻璃杯里沸腾的酒。“还请你们原谅，他们中有人可能衣冠不整，因为他们赶了很远的路。”

炉火变成蓝色，门被吹开了，十二个人鱼贯而入。

如果说刚才乔波斯·斯通先生被吓傻了，那么现在他感觉自己眼睛都要瞎了。因为进来的人有沃尔特·巴特勒，那个独立战争时期在莫霍克山谷到处放火制造恐怖气息的保皇党。有西蒙·戈德，一个叛徒，跟印第安人一起眼睁睁看着白人们在火刑柱上烧死，还大声欢呼。他的眼睛是绿色的，像只山猫，他衬衣上有血渍，很明显不是来自野鹿。有菲利普国王，跟他活着的时候一样野蛮骄傲，他当初死于头部受伤，现在他的脑门上就顶着一个大口子。有铁血总督戴尔，他曾经用轮子把活人绞死。有摩尔山的莫顿，曾经发疯一样地袭击过普利茅斯殖民地，他的脸庞红润，长相俊美，吊儿郎当的脸上是非常坚定的仇恨。有缇迟，一个血腥的海盗，卷曲的大黑胡子一直垂到胸膛上。还有约翰·斯迈特牧师，带着善于掐死人的一双手，穿着日内瓦的袍子，面容冷静，就好像那天他走向绞刑架一样，红色的绳索依然套在他的脖子上，但是他一只手里抓了个香喷喷的手帕。

一个接一个地，他们走进房间，地狱之火依然在他们身上燃烧。陌生人挨个报出他们的名字和事迹，直到十二个人都进来了。没错，斯科驰说得没错，这十二个人都参与了美国的历史。

等人都走进来后斯科驰脸上挂上嘲讽的微笑，“您对陪审团还满意吗？韦伯斯特先生?”

丹尼·韦伯斯特大汗淋漓，但是他依然冷静地说：“很满意，人很齐全，你们竟然没请到阿诺德将军[1]?”

“贝内迪克特·阿诺德将军在忙别的事情。”陌生人有点生气，瞪着眼睛说。“哦，你可能还需要一个法官。”他又用手指了一下。一个高个子走了进来，他穿着清教徒的衣服，眼睛里闪烁着狂热的宗教光芒，他悄悄走进屋子，站在了法官的位子上。

“哈索恩法官是个经验丰富的法学家，”陌生人说，“当年塞勒姆女巫大审判的很多案子都是他审的，虽然很多法官事后都表示参与了这样的迫害非常后悔，但是他从来没有。”

“神圣的义务和事业有什么好忏悔的?”这个老法官严厉地说，然后他喃喃自语说，“吊死她们，一个不剩地吊死她们!”乔波斯·斯通听了之后浑身发冷，灵魂都好像被冻住了。

于是，审判开始了，就像你能预见的那样，这个审判对斯通一点也不利。斯通这边也没有什么有利的证人，他看了一眼西蒙·戈德，发出惨绝人寰的一声尖叫后晕过去了，大家不得不把他放回角落里。

审判并没有因此而停下来，丹尼·韦伯斯特在他的一生中遇到过很多艰难的审判、很多难搞的法官，但是他知道，眼下这是最难的一次。这些人坐在他对面，眼睛里烁烁发光，斯科驰继续心平气和地说话，每次他提出“反对”，法官都会说“反对有效”；而当丹尼反对的时候，法官就会说“反对无效”。跟斯科驰这样的阵容对峙，毫无公平可言。

---

[1]贝内迪克特·阿诺德，Benedict Arnold，是美国独立战争时期重要的军官，他起初为美国独立而战，并且屡立战功，后来变节投靠英军，这使他成为极具争议的人物。

轮到丹尼发言了，他开始进入状态，整个人热气腾腾，好像锻造炉里的铁。他熟知所有的法律伎俩，当他站起来讲话的时候，他揭发了陌生人、陪审团和法官串通起来的阴谋。他根本不在乎这算不算蔑视法庭，也不在乎他会因此得到什么不好的后果。他甚至也不在乎乔波斯·斯通了，他只是越说越生气，全力思考怎么打败他们。但是，很奇怪的是，他思考得越多，他就越不能在脑子里有序地组织他的发言。

终于，到了他总结陈词的时候了，他已经做好准备用雷霆万钧的谴责让对方发抖了。但是就在他开始之前，他仔细打量法官和陪审团，这是他的习惯。他发现，这些人眼睛里的光芒是平常的两倍，他们都前倾身体，好像猎犬就要得到自己的猎物一样，而且就在他盯着他们看的时候，房间里弥漫着厚重的邪恶的蓝色雾气。他一下子明白了，他擦了擦额头，就好像一个黑暗中奔跑的人差点掉进坑里那样。

他明白这些人搞这么大的阵势来这里，不仅仅是为了乔波斯·斯通，是为了他，丹尼·韦伯斯特。他从这些人眼睛里的光芒中读懂了这一点，还有斯科驰难掩兴奋地用手掩住嘴的举动。如果他用他们的套路来反抗，他就会落进他们的陷阱。他明白了，虽然他也很难说清楚他是怎么明白的。是他自己的怒火和恐惧点燃了魔鬼的眼睛，给了他们希望。他必须把这些去掉，否则，他就会输掉。他站在那里想了一会儿，黑眼睛像炭火一样燃烧着，然后他开口说话了。

他声音低沉，和风细雨，但是每一个字都清清楚楚。他没有谴责，也没有咒骂，相反，他开始叙述是什么让一个国家成为国家，一个男人成为男人的。

他从一些简单的、每个人都知道、都感受过的经历开始——少年时的美好早晨，饥肠辘辘时品尝的美味，孩童时崭新的每一天。他把这些都搬出来，这些东西对所有人来说都是非常美好的，但是没有自由的话，这些都没了。接着他开始说到那些被奴役的人，在奴隶制里苦苦挣扎的人。

他的声音洪亮，好像一口大钟敲响。他说到美国建国初期的那些日子，还有创造这一切的那些人。这不是一个非常犀利的演说，但是除了对与错之外，他还展示了挣扎和苦难，还有即将到来的新世界。而这个世界是每个人的功劳，即使是叛徒。

然后他转向乔波斯·斯通，说他只是一个普通人，只是运气太差，他需要改变。而仅仅因为他需要改变，就判处他永远的惩罚，这不公平。

斯通是个好人，他有非常好的品格。有些时候他比较生硬，但是他是个男人。作为一个男人来说，心中总是藏着悲伤，但这也是男人的骄傲所在。斯通表现出这种骄傲，你无法否认。是的，只要他是个真正的男人，即使在地狱，你也会感受到他的骄傲。

他没有恳求任何人，虽然他的声音温和，好像一个乐器。他开始讲述人类的失败和永无止境的探求。人们在这个旅程中被骗了，被伤害了，受尽煎熬，但是这是个伟大的旅程。那些鬼鬼祟祟的恶魔不可能明白一个男人的内心，只有真男人才能懂。

炉膛里的火渐渐熄灭了，清晨的微风吹起，房间里的灯光变得灰暗。丹尼·韦伯斯特的陈述又重新回到了新罕布什尔州这片土地，这片每个人都热爱并坚守的土地。

他为大家画出了一幅美妙的图画，陪审团的每一个成员都几乎遗忘的图画。他有能够打动人心的声音，这是他的天赋，也是他的力量所在。对一些人来说，他的声音就好像广袤的森林和隐藏在里面的秘密；但是对另外一些人来说，他的声音就好像大海和海洋的咆哮。有人从他的声音中听到了失乐园的哭泣，有人从中看到久违的祥宁景象。但是每个人都看到了东西。

当丹尼·韦伯斯特结束的时候，他不知道他能不能救乔波斯·斯通，但是他知道他刚刚制造了一个奇迹。因为对面这些人眼睛里贪婪的光芒没有了，那一刻，他们又成为人。

“辩护完毕。”丹尼·韦伯斯特说，他站在那里好像一座山。他耳朵里依然回荡着他的演讲，直到法官哈索恩说：“陪审团请考虑其裁决。”

沃尔特·巴特勒站了起来，面容严肃，带着柔和的骄傲。

“陪审团已经决定了，”他死盯着斯科驰的眼睛说，“我们做出了对被告乔波斯·斯通有利的裁决。”

斯科驰脸上的笑容退去，但是沃尔特·巴特勒没有退缩。

“被告律师做出了辩护，虽然陈述内容并不局限于现有证据，但是即使死人也会为韦伯斯特先生的雄辩而折服。”

随着雄鸡长长的一声啼鸣，灰色的清晨被划开了。法官和陪审团都一阵烟一样消散了，好像他们从来都没有来过。斯科驰转向丹尼·韦伯斯特，苦笑起来。

“巴特勒少校一直都是个大胆的人，我只是没想过他这么大胆，不过我必须祝贺你们，你们像真正的绅士一样交了手。”

韦伯斯特说，“如果你不反对的话，我要先把纸拿过来。”他一手抓过契约，把它撕得粉碎。很奇怪，当他撕的时候竟然有种热乎乎的感觉。“那么现在，”他说，“我要处理你了。”他毫不迟疑地抓住陌生人，熊一样有力。因为他知道一旦你能够跟斯科驰这样的人公平对决，他对你的威力就消失了，很明显，斯科驰对这事也心知肚明。

斯科驰扭曲着，挣扎着，但是他无法挣脱韦伯斯特先生的掌控。“干吗？韦伯斯特先生，你想干吗？”他苍白地微笑着，吃疼喊起来，“这种事情简直，哎哟！简直太可笑了，你是心疼案子的花费吗？我来承担好了——”

“当然该你承担，”丹尼·韦伯斯特一边说，一边摇晃得对方牙齿咯咯作响。“因为你会坐在那张桌子上，起草一份文件，承诺永远不要打扰乔波斯·斯通先生，还有他的后人，或者任何新罕布什尔州的人，直到世界末日那天！就算我们需要召唤地狱，我们自己动手就可以了，不需要任何陌生人的帮忙！”

“哎哟！”斯科驰说，“好吧好吧，没想到碰上这么个硬骨头，我同意！”

于是他坐了下来，开始起草文件，但是丹尼·韦伯斯特的手一直拎着他的衣领不放松。

写完之后，斯科驰把文件交给丹尼，后者仔细检查它的格式和法律形式，“现在我可以走了吗？”斯科驰这个时候知道谦虚了。

“走？”丹尼又给了他一下，“我还没想清楚怎么处理你呢，案子的事解决了，但是我们之间的事还没有。我想我应该把你带回马申菲尔德郡。”丹尼一边沉思一边说，“我有一头叫作‘巨人’的公羊，犄角强壮得可以挑破铁门，我倒想看看把你放在它的领地里，它会怎么处理你。”

现在轮到斯科驰开始摇尾乞怜了，他可怜巴巴地祈求丹尼放过他。最后丹尼心软了，同意放他走。斯科驰高兴坏了，为了表示谢意，也为了套个近乎，他要在离开之前给丹尼算个命，丹尼不是个很在乎命运的人，但他还是同意了。因为很明显，斯科驰跟一般算命的不一样。

斯科驰仔细查看丹尼手心的掌纹，他把他看见的一件一件告诉他，令人吃惊地准确，但是他说的都是过去的事情。

丹尼都不耐烦了，“是的，没错，但是这都是发生过的，未来呢？”

斯科驰咧开嘴笑了，开心地摇摇头。

“未来跟你想的可不一样，”他说，“有点看不清楚，你野心勃勃啊，韦伯斯特先生。”

“当然。”丹尼不否认，因为每个人都知道他想当总统。

“看起来总统之位已经唾手可得，但是，你不会成功的，不如你的人反而会成为总统，你与总统失之交臂。”

“就算当不了总统，我还是丹尼·韦伯斯特，接着说吧。”

“你会有两个强壮的儿子，”斯科驰摇头晃脑继续说，“似乎子孙绵延，但是他们都死于战争，没有办法功成名就。”

“不管死还是活，都是我的儿子，接着说。”

“你善于演说，你还会做很多有影响力的演说。”

“哈！还用你说！”

“但是，最后一个非常伟大的演说会让很多跟随者成为你的敌人。”斯科驰接着说，“他们会管你叫伊卡波德〔1〕，还有别的名字，即使在新英格兰地区，也会有人说你变心了要出卖你的国家，他们会一直反对你，直到你死。”

“只要它是个忠于我内心的演说，谁在乎人们怎么说？”丹尼·韦伯斯特说，他紧紧盯着斯科驰，斯科驰也看着他。

“最后一个问题，我一生都在为联邦而战，我会看到那些试图分裂它的人最终失败吗？”

“你有生之年看不到结果。”斯科驰严肃地说，“但是最终你们会赢，你死后，会有成千上万的人继续为这个事业奋斗，并以你为激励。”

“哈哈，你这个长脖子、鸡胸、大下巴的算命先生可以走了，在我改变主意之前赶紧消失，只要有我们十三个原始殖民州还在，我就算是自己去填炮坑也要维护联邦的完整。”

然后他给了斯科驰一脚，这一脚足够踢飞一匹马的，但是他脚尖刚

〔1〕伊卡波德，Ichabod，华盛顿·欧文小说《睡谷的传说》里的人物，是个行为举止怪异的人。

刚碰到斯科驰，这个人就和他胳膊下的小黑盒子一起飞出门外了。

乔波斯·斯通慢慢从昏厥中苏醒过来，丹尼·韦伯斯特乐呵呵地说：“起来看看酒罐里还剩下什么喝的没有，说了一个晚上口干舌燥的，真希望有顿丰盛的早餐啊，斯通老乡。”

大家说，自从那天之后，直到现在，魔鬼都不敢靠近马申菲尔德，必须要经过的时候，他们也选择绕路走，而且从此之后新罕布什尔州再也没有出现过魔鬼。

当然，旁边的马萨诸塞州和佛蒙特州我就不敢保证了。

老处女

伊迪丝·华顿 著

第一章

1

在旧时代的纽约——大概五十年代吧——住着一些非常传统的富裕人家，他们把持着纽约的上流社会，其中就有罗尔斯顿一家。

在那个时候，健壮的英国人和红面膛行动笨拙的荷兰人，交织在一起形成了一个繁荣、保守但奢侈的上流社会。在这个社会里，“把表面文章做好”是一个基本原则。他们认为，这个世界建立在银行家、跟印度做买卖的商人、造船商，还有货运商创造的大量财富之上。

他们生活优越，慢条斯理，日子过得体面又无聊。在欧洲人眼里，他们本性暴躁，不过是因为新大陆的气候喜怒无常，榨干了人们多余的精力，他们神经过于紧张，所以只好压抑自己罢了。他们的日子表面上风平浪静，但是深水处遍布戏剧化的小旋涡。对于敏感的灵魂来说，这里的日子就好像被调了静音的乐器，命运在上面无声地演奏。

这个自成体系的上流社会是由很多稳固的基石组成的，最大的一块基石大概就是罗尔斯顿家了，还有他们周边的那些亲戚。罗尔斯顿家本是中产阶级的英国人，他们来新大陆不是为了与教义共死，而是为了与银行账户共生。

新大陆的馈赠远远超出了他们的预期，他们的信仰也因为成功而显得闪闪发光。他们有自己的教会，这是个改良的英国教会，但是起了一个怀柔的名字叫“美利坚合众国主教教会”，在这个信仰里，他们抛弃了婚姻条约中比较俗鄙的约定，也不十分遵守《亚他拿修信经》[1] 里严酷的条款，在祷告的时候，他们用“我们的天父”这种更恭敬的说法来取代“主”，这些都非常符合罗尔斯顿一家安身立命的妥协精神。

跟所有的社会一样，新的信仰进来之后，大家都对其抱有本能的审视态度。这样就形成了一种保守派的势力，它渐渐成为核心，让社会的各个层面紧密联系在一起，就好像水草纠缠着海岸。

洛维尔、哈尔西，或者范德格雷夫这些家族虽然也保守，但是和罗尔斯顿家族相比，他们显得过于散漫。他们时而冲动鲁莽，时而优柔寡断，对金钱看得也不那么重。老约翰·费雷德里克·罗尔斯顿是罗尔斯顿家族强悍的创始人，他早就察觉到这种差异，所以每当看到自己儿子费雷德里克·约翰身上显示出纨绔子弟的作风时，他就教训说：

“让兰宁家、达格茨特家，还有斯宾特家去胡闹吧，这些家伙都来自这个国家的达官显贵，我们与他们可不是一样的人，你看他们都退化成什么样儿了？当然，我是指他们家的男人。他们家的女人还是不错的，

---

[1]《亚他拿修信经》，Athanasian Creed，为基督教三大信经之一。

你可以让你的儿子们娶他们家的女儿，如果你想的话（她们个个都又漂亮又健康）。不过我倒是很愿意看到我的孙子娶一个洛维尔或者范德格雷夫家的女孩，就算娶一个跟我们家世差不多的姑娘也好。但是不要让你的儿子们跟着他们家的小伙子瞎混，整天赛马，或者到处乱跑，往南边都跑到那个、那个什么地方，还去新奥尔良赌博！这些都不是正经事情，要少干，你要好好经营你的家庭，不要让它跑偏了，我们就是这么一路过来的！”

费雷德里克·约翰一直就很听话，他娶了个哈尔西家的女孩，他亦步亦趋地跟随他的父亲。他属于纽约绅士里谨慎的一代，这一代人崇拜汉密尔顿，跟随杰弗逊总统，他们希望把纽约建设得跟华盛顿一样，但最终他们把它搞得像块铁篦子一样毫无特色，因为他们怕被别人说“不民主”。这就跟小店老板一样，总是把大家都满意的货品摆在橱窗里，却把自己的真实想法偷偷藏在后面的仓库里，但是因为太久没有拿出来，自己都忘了这些想法是什么了。

第四代罗尔斯顿在信念方面倒是没剩下什么，只在私人事务和商业中还保留一点敏锐罢了。关于周边的生活和联邦的事情，他们主要靠每天阅读报纸来了解，虽然他们对报纸越来越瞧不上了。

罗尔斯顿家族对这个国家的命运没有太大的贡献，他们不肯冒险，只有当一切都变得“安全”的时候，他们才资助了建国事业。他们跟建国的很多大人物有点亲戚关系，但是罗尔斯顿家目前还没有出过一个堪称不朽的人物。

正如老约翰·费雷德里克的生意经所说，不要贪心，少赚点，百分之三就可以了，这样安全些。罗尔斯顿们都觉得英雄主义是场赌博，不靠谱。跟他们想法一致的不少，这群人凑在一起就有了分量。以至于“罗尔斯顿”都成为一个代名词，当人们想举例子的时候，就会说“看看罗尔斯顿家”。这种权威性已经在罗尔斯顿家族里传了三代了，但是到了第四代，也就是迪莉娅·罗尔斯顿的丈夫这里，却有了日久承平的悠闲和不假思索的单纯。

靠着小心驶得万年船，罗尔斯顿一家完成了自己的愿望，成为富有的、受人尊重的公民。他们进入那些老牌慈善机构的董事会，给发展良好的机构慷慨解囊，他们的厨师是纽约最好的，他们去国外旅行时，在罗马订购声名赫赫的美国雕塑家的作品。刚买回来的时候，家族都觉得这钱花得太不明智了，但是不久之后，大家发现这个雕塑家名头响亮，好几个英国贵族都收藏他的作品，这下罗尔斯顿家得意了，这又是一桩百分之三的投资啊。

两次和范德格雷夫家族的联姻更加强了繁荣体面的生活，这个被小心翼翼打造的罗尔斯顿家的品质，慢慢被认为是天生的。迪莉娅·罗尔斯顿有时会问自己，这么谨小慎微到底有没有必要？如果让自己的儿子自由自在地生长，他长大后就不会去建造纽约，就不会进董事会了？

迪莉娅·洛维尔嫁给詹姆斯·罗尔斯顿的时候刚刚二十岁，他们是1840年9月结的婚，按照习俗，在新娘乡下大宅的客厅里举行的仪式。这个大宅俯瞰桑德沙滩，位于A大道和91街之间。新郎驾着洛维尔老太太的金丝雀颜色的小马车，车篷子上盖着流苏布，新婚夫妇坐在这架马车上，穿过郊区还有榆树杂乱阴影的街道，来到位于格拉梅西大道的一栋新房子里。这是一栋非常新派阔气的房子，就在那里，二十五岁的她成为两个孩子的母亲，手里有足够的零用钱，成为她们这个时代公认的最漂亮最受欢迎的“少奶奶”（当时就是这么称呼的）。

一天下午，她坐在漂亮的卧室里，坦然而感激地回想她的人生。她离罗尔斯顿家太近了，所以无法对他们有一个清楚客观的认识，而那个现在总是惹很多麻烦的儿子，也许有一天会成为非常罗尔斯顿的人。

她一直都在这种家族传统的庇护下生活，从来不操心，就好像一个人生活在国家法律的保护之下一样。然而，无声的乐器还是会颤抖的，有的时候会在她心里像翅膀一样悄悄拍打，于是，偶尔她会抽离出来看他们，但这个冷静的时间总是非常短暂的，她很快就回来了，气喘吁吁，脸色苍白，回到她的孩子、家务、新衣服，还有她亲爱的丈夫吉姆身边来。

她一想起他，脸上就不由自主地挂上温柔的微笑，想起他跟她说买新帽子的时候不要怕花钱。虽然她已经二十五岁了，是两个孩子的妈妈，但是她依然娇俏柔美。少妇的丰满撑起她胸前顺滑的灰色丝绸，露出她沉重的金色表链，下面是一个掐花的圣皮特的胸针，用来固定她低胸的钩花小衣领，衣领流苏垂下来，罩着盈盈一握的腰肢，上面系着丝绒腰带。她的肩膀圆润漂亮，围着羊绒围巾。她举止轻盈，宛如少女。

吉姆·罗尔斯顿夫人喜滋滋地欣赏着新帽子下面红扑扑的小脸蛋，这顶帽子就是听从她丈夫的劝告，不惜重金买下了的。这是一个大檐帽，白色天鹅绒质地，上面有很宽的缎带，装饰了羽毛和闪烁的水晶，这是给她堂妹夏洛特·洛维尔的婚礼订制的，本周她就要在圣马可教堂结婚了。

夏洛特的婚姻就好像迪莉娅的一样，嫁给一个罗尔斯顿家的人，是住在威弗利街的那支，这是一个不能更安全、更圆满，也更平常的婚姻了。迪莉娅不知道为什么最后一个词跳到她脑海中，因为严格说起来，对她们这种小家族的姑娘们来说，嫁给一个罗尔斯顿并不“平常”。但是谁也不能说这种婚姻不是稳健的，安全的，就像所有的上流社会的婚配一样，最“平常”的，足以保证一个好姑娘，在一个好的安排里，安静平稳地度过一生。

是的，然后呢？

嗯——这算什么问题？然后，就跟所有的婚姻一样，你会惊慌失措地发现自己要应付这个男人不可思议的要求，你用玫瑰色脸颊换来了一枚订婚戒指，还有一张大双人床。第二天早上起来，你推开更衣室的门，吃惊地发现他正在平静地刮胡子，穿着短袖衬衫，脸上挂着推诿、暗示、令人不舒服的微笑，妈妈的教诲在你耳边响起，婚礼上含含糊糊地提醒你要“顺从”。以及每个星期或者每个月令人害羞的冲动，那种困惑、尴尬、狼狈的快乐。然后就慢慢习惯了，慢慢平淡了，对这些隐秘的事情渐渐麻木，认为这不过是理所当然。

巨大的白色床上，无梦的两个人，早上起来无动于衷地讨论，然后依然是穿过更衣室的门，那门一度看上去像是通往一个炙热的所在呢。接下来是孩子，能够“弥补一切”的孩子，但实际上，并没有，虽然他们是非常可爱的宝贝儿。因为大家也并不清楚到底缺了什么，要弥补什么。

是的，夏洛特的命运将会跟她的一模一样，乔·罗尔斯顿跟他的二堂哥吉姆（就是迪莉娅的詹姆斯）几乎一样，迪莉娅想都不用想就知道，威弗利街那个宽大砖房里的生活跟格拉梅西大道里褐砂石房子里的生活不会两样的。只是夏洛特的卧室肯定没有她的漂亮。

她得意地端详自己的卧室，法国墙纸像丝绸一样顺滑，边缘处有讲究的装饰，在会合的地方有流苏。桃花心木的床架上盖着白色刺绣的床罩，映照在跟大床质地一样的衣柜镜子上。列奥博尔德·罗伯特的彩色版画《四季》被镶嵌在一个镀金画框中，在一堆家族银板照片中脱颖而出。金色黄铜的大钟上装饰了一个牧羊少女，她坐在一个倒下的树干上，脚边是一篮子的鲜花。一个牧羊少年过来偷偷吻了她一下，她一副受惊的样子，玫瑰花丛中有只小狗跳出来，作势冲他吠叫。

你从这对恋人的牧羊手杖和他们的帽子形状上就可以看出他们是干

什么的。这个轻佻的钟是迪莉娅的姨妈曼森・明戈特夫人送给她的结婚礼物。她是一个潇洒的寡妇，住在巴黎。礼物是在法国的杜伊勒里宫买的。明戈特夫人委托年轻的克莱门特・斯宾特送来，后者刚刚从意大利回来，准备前往纽约度假，礼物在迪莉娅新婚不久后送到。

事实上，如果年轻的克莱姆[1]有能力养活一个妻子，或者他愿意放弃绘画和罗马，跑到纽约来学习法律的话，也许就不会有什么婚礼了。这个年轻人（看起来非常古怪轻佻、带着洋味儿）笑着跟新娘保证，她姑妈的礼物是“皇家宫殿里最新鲜的玩意儿”。罗尔斯顿家的人虽然都认为明戈特夫人的品位不错，但显然不喜欢什么“异国风味”，所以他们对迪莉娅要把这个钟放在卧室里理解不了，放在客厅壁炉边的墙上就好了嘛。但是她喜欢，早上醒来的时候，她愿意看到大胆的牧羊人偷吻女孩。

夏洛特卧室里刚开始不会有这么漂亮的钟的，这是因为她还没有习惯漂亮东西。夏洛特的父亲三十几岁就死于肺热，他活着的时候属于“穷洛维尔”，死后他的遗孀负担起这个年轻的家庭，生活已经是“逆水行舟”，所以不能为她的大女儿尽什么力。夏洛特穿着妈妈的旧衣服进入社交界，脚上的缎子鞋来自她过世的一个姨妈，该姨妈据说曾经跟华盛顿本人开过舞会。

那些老式的罗尔斯顿家具在迪莉娅看来已经被淘汰了，但是对夏洛特来说依然过于豪华，很有可能她会觉得迪莉娅华丽的法国钟有点轻浮，不大会喜欢。可怜的夏洛特，自从她宁可造访穷人也不参加社交舞会开始，她就变得非常严肃古板。迪莉娅常常想起夏洛特的那次变化，特别突然，家族私下已经认定了，将来，夏洛特会成为一个老处女。

当她刚刚进入社交界的时候，大家可不是这么想的。虽然她母亲只

---

〔1〕克莱姆，克莱门特的昵称。

有能力给她一条新的薄纱裙，虽然她的长相几乎令人遗憾——从她太红的头发，到太暗淡的棕色眼睛，更别说她脸颊上的那些红血丝，这一切都让她看起来好像涂了糟糕的胭脂（多么荒谬的想法啊），但是这一切缺点都被她苗条的腰肢、轻快的脚步、迷人的微笑弥补了。当她去参加舞会，梳好头发，涂上发油，棕色的秀发束在红色和白色的山茶花环下，顺着她娇嫩的脸颊垂下来的时候，好几个适龄的年轻人（乔·罗尔斯顿就是其中一个）都觉得她好漂亮。

好景不长，她生病了。在一次月光雪橇晚会之后她感冒了，脸上的小红点加深了，她咳嗽得很厉害。有人说，她可能要像她父亲一样，于是她被迅速送到乔治亚州一个偏僻的小村子里。她独自在那里生活了一年，身边只有一个年长的女仆跟着。等她回来的时候，所有人一眼看出了她的变化。她脸色苍白，比以往更瘦，但是脸颊白皙透明，眼睛更深，头发更红。她身上也出现了一些奇怪的特征，她老是穿着保守的连衣裙，既不戴饰品也不戴表链，永远披着一件灰色的斗篷，戴一顶又小又紧的帽子，但是却多出一个奇怪的爱好，喜欢去造访穷人。

家里人是这么解释的，她在南部养病的这一年里，周围那些穷白人和他们孩子的无望生活深深触动了她。她对他们有了悲悯之情，这让她无法再过她那些年轻朋友无忧无虑的生活了。

大家都觉得，这只是暂时的情绪，会过去的。这期间，洛维尔老太太，夏洛特的祖母，她可能是世界上最理解夏洛特的人，给了她一些钱让她帮助穷人，还借给她一个马厩里的房间（马厩就在她默瑟街的房子后面），在那里夏洛特建立了一个称作“日间托儿所”的地方，照顾邻里贫穷的孩子。

在这群孩子里，有一个女孩的来历引起大家强烈的好奇心，大概两年或者三年之前吧，一个戴着面纱的女人，穿着一件考究的斗篷，把孩子抱到了居鲁士·华盛顿的小茅屋里。居鲁士是个干粗活的黑人，他的太太杰西敏在兰斯克医生家做洗衣女工。兰斯克医生是当地德高望重的医生，据说通晓从炮台公园（曼哈顿最南端）到联合广场所有家庭的秘密。虽然总是有好奇的人找他打听，但是他坚称无法识别那个戴面纱的女人，也不知道婴儿襁褓上别着的一百美元是哪里来的。

这一百美元就是全部，那位女士再也没有出现过。但是这个小姑娘却跟杰西敏的黑人孩子们一起健康快乐地成长。当她可以走路的时候，她被带到了夏洛特·洛维尔的托儿所。她就跟其他贫民小孩一样，穿着夏洛特旧衣服改造的小衣服，以及她那双不知疲倦的手编织出来的袜子，就这么成长着。

迪莉娅的精力全用在自己孩子身上，只来过这个托儿所一两次。她期待着夏洛特这种母性的本能可以在婚姻中找到正常的出路。这个结了婚的堂姐，颇为迷惑地感受到，相比夏洛特在祖母马厩里奉献给穷苦孩子们强烈的爱，她对自己漂亮孩子们的感情显得非常温和平淡。

接着，惊喜来了，夏洛特答应了乔·罗尔斯顿的求婚。大家都知道夏洛特刚进入社交界，乔就喜欢上了她。她是个优雅的舞者，而乔，高大灵活，两个人跳了好多乡村舞曲。冬天一过，所有的媒人都开始预测会有事情发生了，那个时候迪莉娅曾经偷偷问过夏洛特，但是夏洛特闪烁其词，面色通红，好像暗示年轻小伙子已经改变心意，那就不好再询问下去了。现在看来，在他们之间是有旧情的，可能他们之间也有误会，但是最终和好了，现在圣马可教堂的钟声会为夏洛特的好日子敲响的。罗尔斯顿家的女人们已经凑在一起嘀嘀咕咕的，等不及她生第一个孩子了。

“夏蒂！”迪莉娅惊呼一声，推开她的椅子，她从镜子里看到夏洛特走了进来。

夏洛特在门口停了下来，“他们说你在这里，所以我就来了。”

“当然，亲爱的，看看你身上的绸缎裙子，多漂亮啊。我就说你需要华丽的料子，谢天谢地，你终于把那件灰不溜秋的羊绒披肩脱掉了。”迪莉娅举起手，把白帽子从自己乌黑茂密的头发上拿下来，轻轻抖动着，让上面的水晶闪闪发光。

“喜欢吗？为你婚礼准备的。”她笑着说。

夏洛特一动不动地站着，穿着她母亲的旧绸缎裙子，只是新添加了窄窄的鲜红色的天鹅绒蝴蝶结。一个貂毛披肩搭在肩膀上，还戴着一顶新的海狸帽子，羽毛垂下来，她已经有了已婚女人的沉稳和尊严。

“你知道吗？你的头发颜色变深了，亲爱的。”迪莉娅补充说，仍然在上下打量她。

“更深？是灰了吧。”夏洛特脱口而出，她把遮住脸颊的发带推开，露出鬓角上的一缕白发：“用不着忙活你的帽子了，我不会结婚的。”她微笑着，露出小白牙。

迪莉娅听到这话几乎被吓住了，她放下帽子，扑过去。

“不要结婚？夏洛特，你疯了吗？”

“为什么做我认为正确的事情就是疯了？”

“但是大家都说，你进入社交界的那年就会嫁给他，没人明白到底发生了什么。而现在，你怎么能说这就是正确的？不，你不能！”迪莉娅语无伦次，几乎要哭了。

“哦，大家说的。”夏洛特·洛维尔疲惫地说。

她结了婚的堂姐惊讶地看着她，在夏洛特的声音里有一种激动，这种激动她从未在夏洛特身上见过，也未在别人身上见过。它似乎让熟悉的世界都晃动起来，织花地毯也在她的脚下起伏不定。

夏洛特·洛维尔紧张地站在那里，迪莉娅注意到，在她淡棕色大眼睛里有绿色斑点漂浮在那里，每次她生气或者激动的时候绿色斑点都会出现。

“夏洛特，你到底是从哪里来的啊？”她一边问，一边把夏洛特领到沙发上坐下。

“哪里来的？”

“是的，你看上去好像刚见了鬼——一大群鬼。”

一丝冷笑出现在夏洛特唇边，“我见过乔了。”她说。

“啊！好吧，夏蒂，”迪莉娅惊呼道，“你是不是去追问乔之前的什么事了？我从来不会去听那些无稽之谈。我不知道那些事的真假，即使有，也不要听，但是，如果……”她深吸了一口气，鼓足勇气说，“即使你听说他，已经，已经有一个孩子，当然，如果真的有，他会负责的……”

女孩摇了摇头，“我知道，你不需要说下去了，我明白你的意思，‘男人就是男人’，但是我的决定跟这个无关。”

“告诉我到底是什么？”

夏洛特·洛维尔看着这个阳光明媚的房间，好像看到了自己未来的世界，而这个世界对她来说就是一个监狱，必须要摆脱。她低下头，“我想逃走。”她喘息不定。

“逃走？离开乔？”

“离开他的那些想法，罗尔斯顿的想法。”

迪莉娅有些生气了，因为说到底她也是罗尔斯顿的一员，“罗尔斯顿的想法吗？我倒没有觉得它们是多难以忍受。”她冷笑了一声。

“不，对你来说是不一样的。他们没有让你放弃什么东西。”

“他们让你放弃什么？”迪莉娅好奇了，这个可怜的夏洛特有什么东西值得别人让她放弃？一直以来，她不都是被给予的那个吗？“你可以跟我解释解释吗，亲爱的？”迪莉娅催促她。

“我那些可怜的孩子们，他说我必须放弃他们。”夏洛特以一种受到极大伤害的声音哭道。

“放弃他们？什么意思？你的意思是不再帮助他们？”

“不让我见他们，不让我照顾他们，完全放弃，他让他的母亲来跟我解释的。将来，我们也会有孩子，他是担心……担心我们的孩子会被传染上疾病……当然，他说他会给我钱，让我雇一个人来照顾孩子们，他觉得这个办法比较好。”夏洛特忍不住掉下眼泪，她把帽子甩掉，扑在垫子上哭泣起来。

迪莉娅困惑地坐在那里。在所有意想不到的事情里，这无疑是最不成理由的一个。她现在已经能够像一个罗尔斯顿那样思考了，她几乎看不出乔的这个要求有什么不合理的地方。整个纽约应该都记得范·路易斯家的独子是怎么死的。一个没有经验的保姆偷偷带他去看马戏表演，结果染上天花死了。出了这样的事之后，父母们都觉得对任何可能的感染采取预防措施是合理的。那些穷人都愚昧无知，永远都不在乎自己孩子得什么病。是的，乔·罗尔斯顿当然没有错，夏洛特这次是毫无道理的，但是现在跟她说这些没有用处，出于本能，迪莉娅迟疑了。

“毕竟，”她在夏洛特的耳边低语，“等你有了孩子你就明白了。”

“哦，我明白！”垫子里传来痛苦的回应。

迪莉娅带着已婚妇人的优越感笑了，“真的，夏蒂，我不认为你会明白，你不明白。”

夏洛特·洛维尔直起身子来，她那绣着布鲁塞尔花边的衣领已经松了，挂在皱巴巴的衣服上面。她的头发凌乱，苍白的棕色眼睛里闪烁着憔悴和焦虑，里面有绿色的小斑点显现，好像鳟鱼池子里的叶子一样漂浮着。

“可怜的姑娘。”迪莉娅想，“她看起来多老多丑啊，比以前更像一个老处女，她似乎还是没有意识到，如果现在不嫁，就真的没有机会了。”

“你必须理智些，我亲爱的夏蒂，毕竟自己的孩子更重要啊。”

“是的！就是这样！”夏洛特一把抓住她的手腕，“我怎么能放弃我自己的孩子？”

“你，你自己的孩子？”迪莉娅感到整个世界都在颤抖，但她依然耐着性子问，“亲爱的，那个可怜的小流浪儿，被你称作你自己的孩子？”

夏洛特直视着她的眼睛，“我自己的宝宝，就是我的宝宝。”

“你自己的？啊，小心些，夏洛特，你弄疼了我的手腕。”迪莉娅把自己的手抽出来，勉强挤出一个笑容，“你自己的——？”

“是的，我自己的，就是杰西敏和居鲁士带来的那个——”

“哦！——”迪莉娅·罗尔斯顿倒吸一口凉气。

两个堂姐妹就这样坐着，相对无语。但是迪莉娅的眼睛看着别处，对她来说这种事情本身就令人厌恶，如果非要说出来，不应该在她的卧室，而她自己一尘不染的育婴室就在走廊的对面。冷静些，她抚平了自己的情绪，就好像抚平丝绸裙子上的皱褶。她转过头来看了看夏洛特的眼睛，于是她融化了。

她伸出手臂紧紧搂着堂妹，“哦，我可怜的夏蒂啊，我可怜的夏蒂！”

2

牧羊人继续偷偷吻他的姑娘，横倒的树干下依然是时间在走。

迪莉娅坐在那里，整个人石化了，根本不在乎时钟走到哪里。她的堂妹抱着她。她麻木地坐在那里，这个时候她才发现，她的血竟然流淌在一个陌生婴儿的体内。就是那个纽约人一直窃窃耻笑的“一百美金婴儿”。这是她第一次接触到体面社会下面的丑闻。一想到她，迪莉娅·罗尔斯顿在自己家里，从受害人嘴里听到这个丑闻，她就感到厌恶。

夏洛特当然是受害者，那么孩子是谁的？她没有说父亲的名字，但是迪莉娅不可能不去猜测，恐惧封住了她的嘴唇，她脑子里开始回想夏洛特的过去，但是除了乔·罗尔斯顿，没有别的男人啊。但是乔是绝对不可能的，不合乎情理。那么是个南方人？然后——但是，不可能啊，夏洛特那个时候生病了，所以她才离开的啊。突然，迪莉娅明白了，明白她为什么生病，为什么离开。但是这种猜测让她回避，本能地，她还是去想那些她能够掌控的东西：乔·罗尔斯顿对夏洛特贫民窟的懊恼。当然，乔不能冒险让他的太太把传染病带回家，家应该是安全的所在。她的丈夫詹姆斯也会这么认为的，她也觉得这没错！

她的眼睛重新回到了时钟，每次她看到这个表的时候，就想到了克莱姆·斯宾特。突然，她有一种想法——假设，仅仅是假设，他知道她爱他，一如夏洛特爱乔，那么情况会不会不同呢？这种事情是无法想象的，然而在一瞬间，迪莉娅想象自己是克莱姆的妻子，想象自己为克莱姆生儿育女，她想象自己乞求克莱姆让她继续留在默瑟街的马厩照顾那些可怜的流浪儿。那么她一定会听到他哈哈大笑和轻快的回答，“你到底在想什么呢？我的小傻瓜，你觉得我是个循规蹈矩的法利赛人吗？”

是的，这就是克莱姆·斯宾特的做派，没心没肺、奔放不羁、对后果无动于衷，一时兴起，然后让其他人去买单。有次詹姆斯很严肃地说“克莱姆这个人很不体面”。想到这里，迪莉娅·罗尔斯顿有点激动，她把堂妹拉过来，“夏蒂，告诉我。”

“没有什么可说的。”

“我是说你自己，关于这件事，孩子……”她耳朵里依然有克莱姆·斯宾特的声音，她深吸一口气，“你是不是爱上什么人了？”

“是的，但是都结束了——现在，我心里只有孩子。我可以，我可以爱乔，只是用不同的方式去爱。”夏洛特·洛维尔把身子挺得笔直，眉头紧锁，脸色苍白。

“我需要钱，我需要钱养我的孩子，否则他们会把孩子送到孤儿院，”她停顿了一下，“但是，这不是全部，我也想结婚，我想成为一个妻子，就像你们一样，我也会爱乔的孩子，我是说，我们的孩子，生活不会停止的……”

“是的，不会停止，但是听你讲的，好像，好像那个男人欺骗了你……”

“没有人欺骗我，我那个时候很孤独，不开心，然后我遇到了另外一个孤独不开心的人。不是人人都像你这么有运气的，我们都很穷，没办法结婚，妈妈也不会同意，于是那天，就是他过来道别的那天……”

“他道别?”

“是的，他要离开这个国家。”

“他知道他要走?”

“他自然知道，他不住在这里，他只是回来看他的家人，几个星期而已……”她停在这里，薄薄的嘴唇压住了秘密。

大家都不讲话，迪莉娅只是出神地盯着那个牧羊人。

终于，她压低声音问，“从哪里回来?”

“哦，这又有什么关系呢？你不明白的。”夏洛特说到这停下来了，口气中有怜悯，就好像后者怜悯她就这样交出了处女之身一样。

迪莉娅的脸上泛起了红晕，她从堂妹的反唇相讥中感到了一丝奇怪的羞辱。她感觉自己害羞、无力，像一个无知的女孩一样，根本没有办法处理夏洛特扔给她的问题。但是，很快，她体内强烈的女性直觉挣扎着苏醒了，她毫不回避地盯着夏洛特。

“你不准备告诉我孩子的父亲是谁吗?”

“我没有告诉任何人。”

“那么，你为什么来找我？”

夏洛特冷若冰霜的脸上爆发出哭泣，“那是我的孩子，我的孩子……”

迪莉娅没有安慰她，“如果你不告诉我真相，我怎么能帮到你呢？”她反而用一种严厉冷酷的声音质问她。她的心跳得那么狂野，好像喉咙被一只手紧紧抓住。

夏洛特没有回答。

“从哪里回来？”迪莉娅追问。

伴随着一声长长的哀号，夏洛特双手捂住了眼睛，“他一直以为你会等他，结果你没有，而且你还要嫁给吉姆……他听说这个消息的时候正准备从欧洲赶回来……他不知道，直到明戈特太太请他把结婚礼物，那个钟给带回来。”

“够了！够了！”迪莉娅尖叫一声跳了起来，是她挑起的这次询问，现在反而是她感到无辜和被羞辱了。这是纽约，她的纽约，这还是她友好伪善的纽约吗？这还是詹姆斯·罗尔斯顿的房子吗？而他的妻子正在聆听这种令人耻辱的事情。

轮到夏洛特·洛维尔站起来了，“我就知道，我就知道！你现在比以前更瞧不起我的孩子了……哦，你为什么让我告诉你这一切？我知道你不会明白的。自从我进入社交界以来，我就喜欢他，这就是为什么我一直没有嫁给任何人。但是，我知道我是没有希望的。他眼里除了你没有别人。所以四年前，他回来的时候，你不在了，他终于注意到了我，他对我很温柔，和我说话，聊他的生活和绘画。”她深吸一口气，接着她的声音更清晰了，“但是一切都结束了，我现在既不恨他，也不爱他，现在只有孩子，我的孩子。他甚至都不知道有这个孩子，为什么要告诉他呢？

这与他无关，这与任何人无关，这是我的事情。但是，你一定要明白，我无法放弃我的孩子。”

迪莉娅·罗尔斯顿无言以对，她感到越来越恐惧，不敢再看她堂妹。她已经失去了所有的真实感，失去了安全感，失去了自信。她的冲动关闭了自己的耳朵，让她对别人的请求充耳不闻，就好像一个怕黑的孩子把头埋进被子里。最终，她抬起头来，嘴唇干燥，她说：“那么你是怎么打算的？为什么来找我？为什么告诉我这一切？”

“因为他爱你！”夏洛特·洛维尔终于说出来，两个女人就这么面对面站着。

慢慢地，迪莉娅的眼睛里流下泪水，划过她的脸颊，湿润了她灼热的嘴唇。通过泪水，她看到了堂妹憔悴的面容，好像一个被淹没在水下的人。事情虽然没有被说透，但猜也猜得出来，她的潜意识里模模糊糊也感觉得到。但是，这就好像自己的秘密经由他的另外一个女人之口说出，而所有犀利的语言，都投进她沉默的内心。

最糟糕的是，正如夏洛特所说，她们时间不多了，需要马上行动，一天也不能耽误了。夏洛特是对的，如果嫁给乔就意味着失去孩子的话，她不应该嫁。但是，要想不失去孩子，就要告诉乔，可是这怎么可能。一旦他知道真相之后，他必将掉头就走。

这些念头都在迪莉娅脑子里走马灯一样旋转，而且克莱姆·斯宾特的孩子形象一直又挥之不去，特别是一想到她曾经住在一个黑人小屋里，或者一个所谓的庇护所，但实质只是个灾难一般的破房子里长大时，她就不能平静，她身上的每一根神经都在感受这孩子。是的，要把孩子的利益放在第一位。但是，她该怎么办？有谁能帮助她？她该怎么帮助这个以克莱姆的名义求助于她的可怜人呢？迪莉娅绝望无助地看看四周，然后转向她堂妹。

“你必须给我一些时间，我要好好想一想，你不应该嫁给他，然而一切都准备好了，婚礼迫在眉睫。这个时候如果被大家知道了真相，这个丑闻会杀死奶奶的。”

夏洛特低声回答：“没有时间了，我必须马上做决定。”

迪莉娅用手捂住胸口，“我告诉你，我必须思考，你还是回家去吧，哦，不，你就待在这里，不能让你母亲看到你这个样子，吉姆出门了，晚些时候才回来。你就在房间里等我回来。”她站起来，拉开衣柜，拿出一个便帽和厚厚的面纱。

“待在这儿？可是你要去哪儿呀？”

“我不知道，我要出去走走，透透气，让我自己一个人待会儿。”迪莉娅心慌意乱地展开自己的佩斯利披肩，绑好帽子和面纱，把戴好手套的手插进手筒里。夏洛特呆呆地坐在沙发里，看着她做这一切。

“你就待在这儿。”临出门迪莉娅又回头嘱咐了一下。

“是的，我等你。”

迪莉娅关上门，飞快地下楼了。

3

她确实不知道应该去哪儿，她只是想躲开夏洛特那张令人难堪的脸，还有她带来的悲剧气氛。外面没有这些，反而更容易想事情。

就在她绕着公园走的时候，她看到她漂亮的孩子们在保姆的看护下，和其他住在这里娇生惯养的孩子们一起玩耍。戴着天鹅绒苏格兰帽和白色披肩的女儿，还有穿着绒呢短外套的儿子，他们看起来多么开心快乐啊！保姆看见了她，但是她冲保姆摇了摇头，不让她惊动孩子们，她自己继续往前走。

她走啊走啊，走过熟悉的街道，沐浴在明亮的冬日阳光之下。刚刚下午，先生们吃完午饭回到办公室可能刚刚一个小时，在欧文街和联合广场上几乎没什么人，迪莉娅穿过广场，来到百老汇。

洛维尔的老房子坐落在默瑟街上，是一个坚固的老式砖房，旁边是一个很大的马厩，马厩的门开在小巷里，这种小巷迪莉娅在英国蜜月旅行的时候见过，被称作“猫巷”。她走进小巷，来到马厩前，推门走了进去，在一个破旧的刷着白粉的屋子里，有十几个孩子聚集在炉子旁边玩耍，他们的玩具都很破烂了，一个爱尔兰女人负责看顾他们。她此刻正在一个瘸腿的桌子上剪裁衣料。看到有人进来，她友好地抬起头来，认出迪莉娅就是那位曾经陪着夏洛特小姐来过一两次的夫人。

迪莉娅停下来，有点不好意思。

“我，我是来看看，还需要新玩具吗？”她结结巴巴地问。

“哦，是的，太太，我们需要，还需要些别的东西。但是夏洛特小姐告诉过我，不能跟那些来探望的太太们伸手要东西。”

“哦，布里奇特，你可以跟我张嘴的，我又不是外人。”罗尔斯顿夫人微笑着说，“让我看看孩子们，太久没来了。”

孩子们都停下来玩耍，挤在保姆身边，张大嘴巴看着眼前这个雍容华贵的夫人。有一个小姑娘，眼睛是淡棕色的，脸颊红红的，穿着格子羊绒罩衫，上面缝着仿制的珊瑚纽扣，迪莉娅记得这些纽扣。当年夏洛特进入社交界的时候，这些纽扣一直都在她“最好的衣服”上面。

迪莉娅把她抱起来，仔细打量眼前的这个孩子，她的卷发是棕色的，跟眼睛的颜色一模一样，谢天谢地！但是，她也看到了孩子眼睛里漂浮着似曾相识的绿色光亮。迪莉娅坐下来，让那个小姑娘坐在她膝盖上，小女孩用手玩着她的金表链。

“哦，太太，她的鞋子会把您的裙子弄脏的，这里的地板一点也不干净。”

迪莉娅摇了摇头，反而把孩子拉进怀里。她忘记了还有其他呆呆围着的孩子和保姆。她膝盖上的这个小家伙是那么不同，不需要格子罩衫和珊瑚纽扣，迪莉娅也认得出她。她额头上有棕色的卷发，就跟克莱门特·斯宾特一样。迪莉娅把自己炙热的脸颊放在这个额头上。

“宝贝，你喜欢这个黄色的链子吗?”

小家伙点点头。

迪莉娅把金链子从自己脖子上解下来，挂在小女孩的脖子上。其他幼儿都发出欢呼声，聚拢过来。但是这个小女孩异常冷静，她嘴角的酒窝加深了，但是她继续安静地玩弄手里的链子。

“哦，太太，您不能把这么贵重的东西给小蒂娜，她是要回黑人那个家的……”

“她叫什么?”

“大家喊她蒂娜，我觉得这不是一个基督徒的名字，哈利路亚。”

迪莉娅沉默着。

“我想说的是，太太，她的脸颊太红了，还老是咳嗽，总是感冒，一次接一次地。过来，蒂娜，别弄脏太太的衣服。”

迪莉娅把两条稚嫩的手臂松开，站了起来。

“她不想离开你啊，太太。夏洛特小姐今天不在这里。每次她不在的时候，这个小家伙都感到很寂寞。她不知道为什么，也不跟其他孩子们一起玩。宝贝儿，你看看你哦，得到这么好的一条链子，过来，过来，不要烦那位太太了。”

“再见，克莱姆蒂娜。”迪莉娅轻声说，她吻了吻那淡淡的棕色眼睛，还有卷卷的头发，在眼泪涌出来之前把面纱放下了。她走到院子里，用绣花手帕擦干眼泪，站在那里犹豫了一会儿。然后她做了个决定，带着这个决定，她回家了。

家跟她离开的时候一样，只是孩子们回来了，她沿着走廊回到卧室，能听到孩子们在育儿室里嬉戏。夏洛特·洛维尔依然坐在沙发上，笔直僵硬，一如迪莉娅离开时那样。

“夏蒂，夏蒂，我想明白了，听着，不管发生了什么，那个孩子都不能再留在那里了，我的意思是，我要留着她。”

夏洛特一下子站了起来，显得高大而苍白。薄薄的小脸上眼睛如此空洞，好像头骨上的两个窟窿。她张开嘴想说话，但是用手绢捂住了嘴，跌倒在沙发上，一股红色的水顺着手帕滴到她的裙子上。

“夏洛特！夏洛特！”迪莉娅尖叫着扑到堂妹的膝盖上。夏洛特的头滑向旁边的靠垫，血水停止了。她闭上眼睛，迪莉娅从梳妆台上抓起香醋，放在她的鼻子下，房间里就充满辛辣芳香的味道。

夏洛特的眼皮抬起来，“不要害怕，我只是偶尔吐血——不经常，我的肺没事了，刚才只是吓的。”

“不，不要这样，不会再被惊吓了，我告诉你，我已经反反复复地想过了，吉姆会让我留着这个孩子的。”

女孩有气无力地抬起头来，“吉姆？你跟他说了？刚才你是去见他了？”

“没有，亲爱的，我只是去看了看孩子。”

“哦。”夏洛特又呜咽起来，往后一靠，倒在沙发上。迪莉娅拿起手里的手帕擦拭夏洛特脸颊上流下的眼泪。

“我的夏洛特，你不能哭，你必须勇敢，为了你和他的小女儿——你是怎么打算的呢？但是你必须给我时间，我要用自己的方式来处理……请相信我……”

夏洛特的嘴唇微微抖动着。

“不要擦干我的眼泪，迪莉娅，就让它们在那儿吧，这样我舒服些。”

两个女人互相依靠着不再说话，黄铜钟一秒一秒地走着，十五分钟、半个小时，一个小时过去了。天渐渐暗下来，影子在地毯花纹和白色床边上无限蔓延，有人敲门了。

“孩子们等着饭前祷告，夫人。”

“是的，伊丽莎，你先带着他们做吧，我一会儿就来。”保姆的脚步声退去后，夏洛特·洛维尔从迪莉娅的依偎里分开。

“现在，我可以走了。”她说。

“你身体会不会太虚弱了？亲爱的，我可以让马车送你回去。”

“不，不，这会吓着妈妈的。我喜欢走路，特别是在黑暗中走路。有的时候，世界对我来说好像一束可怕的炫光。偶尔，我也希望太阳永远不要再升起，希望天上只有夜晚的月亮。”她把手放在堂姐的肩膀上，继续说道，“但是现在不一样了，我不会再害怕阳光了，再见。”

两个女孩亲吻了对方，迪莉娅低声说：“明天见。”

4

罗尔斯顿家族总是很不情愿放弃旧的习俗，但是一旦他们采用了一个新习俗，他们又会奇怪为什么其他人没有跟他们一样及时转变。

迪莉娅来自更宽松自在的洛维尔家族，她倾向于新奇自然，当她嫁入罗尔斯顿家族，并跟自己的丈夫提议六点吃晚饭而不是两点的时候，他那年轻温和的脸僵硬得就好像那些肖像画里殖民地时期他的先祖一样。但是经过两天的冷战之后，他接受了妻子的建议，反而转过头来嘲笑那些刻板的人家，笑话他们把大餐放在中午，这就导致下午必须要吃茶点，否则根本撑不到晚上。

“没有什么比狭隘更令我讨厌的了，人们应该想什么时候吃就什么时候吃，这才是我关心的事情，我不能忍受他们的狭隘。”

迪莉娅坐在她的会客厅（她母亲会称这种小房间为起居室），等待丈夫回来。她正好有时间整理她光滑的辫子，穿上黑白条纹的云纹绸裙子，上面有樱桃色的绲边，这是她丈夫最喜欢的衣服。这是个精致的小客厅，饰有诺丁汉花边的窗帷从金碧辉煌的窗帘板下束起，她的大理石小圆桌安放在精雕细刻的红木底座上，老式的桃花心木的扶手椅上放着一个崭新的苹果绿色调法国丝绸靠垫，这是任何一个年轻妻子都会为之得意的小客厅。

在通往餐厅的折叠门两侧的博古架上装饰着热带贝壳、长石花瓶和比萨斜塔的雪花石模型，还有这对年轻夫妇去罗马旅行的时候，在罗马广场买的一对由斑岩和蛇纹石碎石拼成的尖塔、一尊法国佛塞尔瓷制的粉白色的克吕提厄[1]胸像，还有四个名叫“四季”的老式切尔西陶像——这些都得保留在新摆设中间，因为它们是罗尔斯顿祖奶奶的遗物。

墙上挂着科尔[2]阴暗的巨幅铜雕画《人生的旅程》，窗户中间立着真人一般大小的塑像《被囚禁的少女》，这是哈丽特·霍斯默[3]专为吉姆-罗尔斯顿的父亲制作的，人物原型来自纳撒尼尔·霍桑[4]的小说《玉石人像》。桌子上摆着一册册封面图案压印得十分精美的图书，泰

[1]克吕提厄（Clytie）：古希腊神话中的海仙女、大洋神女之一、向日葵神女。

[2]托马斯·科尔（Thomas Cole，1801—1848）19世纪美国风景画家，被认为是哈德逊河派的创始人。

[3]哈丽特·霍斯默（Harriet Hosmer，1830—1908），19世纪杰出的女性雕塑家。

[4]纳撒尼尔·霍桑（Nathaniel Hawthorne，1804—1864），19世纪美国小说家，代表作《红字》为世界文学的经典之一，《玉石人像》是他晚期作品。

纳[1]的《法国江河》，德瑞克[2]的《罪仙》，克雷布[3]的《故事集》，还有《佳人集锦》，里面是参加过埃格林顿伯爵马上比武[4]的英国贵妇们的肖像。

迪莉娅坐在黑色大理石的壁炉旁，里面燃烧着硬木炭，屋子里暖洋洋的，她旁边是她的柚木工作台，客厅中央的圆桌上放着一个崭新的法国台灯，舒适的灯光从水晶台灯罩的流苏下散发出来。此时此刻，她扪心自问，自己怎么能够在如此之短的时间里，完全脱离她以往习惯的印象和信念，走得这么远，远远超出了罗尔斯顿的天地。就是这样，她再次闭上眼睛，好像天花板上的石膏装饰品、家具的形状、她衣服的剪裁，都是罗尔斯顿的偏见构成的，罗尔斯顿的手让它们变得顽固不化。

她想她一定是疯了，跟夏洛特许下那样的诺言，她把自己放在了旋涡的中心，应该能找到其他的解决方法吧。但是，不知道为什么，她体内一个声音在说，要救克莱姆·斯宾特的孩子，只能靠她了。

她听到门闩转动的声音（她的心从来没有跳得这么激烈），她听到高顶礼帽被放置在门厅托架上的声音，好像是两顶帽子，是吗？小客厅的门打开了，两个高大健壮的年轻人走了进来，一瞬间迪莉娅有种恍惚，眼前出现的是两个吉姆，她从来没有发现她丈夫和堂弟乔是这么相似，这就是为什么她一直以来都把罗尔斯顿家的人放在一起思考的原因。

但是作为一个安分守己的妻子，乔在她的眼中不过是她的吉姆的一个无关紧要的复制品而已。但是即使瑕疵是存在的，两个人之间还是有惊人的相似之处，他们都有高大的身材，红润的方脸，笔直的鼻子，笔

---

[1]泰纳（Joseph Mallord William Turner，1775—1851），英国风景画画家。

[2]德瑞克（Francis Drake，1540—1596），英国著名的私掠船长、探险家和航海家，他是在麦哲伦之后完成环球航海的第二位探险家。

[3]乔治·克雷布（George Crabbe，1754— 1832），英国英格兰诗人，博物学家。

[4]1839 年在英国埃格林顿伯爵倡议下，为复兴古代马上比武而举行的比赛。

直的胡子，笔直的眉毛，坦率的蓝眼睛，还有甜蜜的自私的微笑。只是在这一刻，乔看起来愁眉苦脸，有点像牙疼的吉姆。

“看啊，亲爱的，我带了一个年轻人回来，他要跟我们一起吃饭呢。”吉姆笑呵呵的，带着一个健康明朗丈夫的自信，他知道妻子不会介意他带一个朋友回家。

“乔！见到你好开心，吉姆，你觉得牡蛎汤和烧鹅他会满意吗？”迪莉娅笑容满面地对丈夫说。

“我就知道，我告诉过你，我亲爱的老弟。迪莉娅你知道吗？他说你不喜欢不速之客，你会手忙脚乱准备晚餐。老弟啊，等你结婚了你就知道了，约瑟夫·罗尔斯顿——”吉姆在他堂弟的肩膀上摁了摁，乔冲他做了个鬼脸，好像他又牙疼了。

“您真是太客气了，迪莉娅堂嫂，承蒙你让我留下晚餐，但是，事实是——”

“先吃饭吧，好兄弟，如果你不介意，我们开瓶勃艮地葡萄酒吧，这酒非常美味，足以洗刷掉蓝色的魔鬼，来，把你的胳膊给我，我们去看看酒准备好了没有。”

牡蛎汤、烧鲈鱼、烤鹅、苹果派和青椒，餐后还有罗尔斯顿家著名的焦糖奶酪。虽然迪莉娅还是心神不宁，但到底是得意自己能够提供这么丰盛晚餐。当然，这给足了吉姆·罗尔斯顿面子，这下大家都知道了，传说的没错。他，吉姆，永远都可以不打招呼就带朋友回家吃晚饭。

晚宴结束后，大家凑在一起喝酒，就算是乔痛苦的脸也在洛维尔家的马德拉酒面前慢慢变柔和了。喝完酒之后，两个年轻人回到迪莉娅的小起居室，迪莉娅看到他们的变化了。

“现在，我亲爱的朋友，你最好跟她说说到底是怎么回事吧。”吉姆建议道，一边把扶手椅推给他堂弟，让他坐下。

这位年轻的太太正在做自己的羊毛针线活，听到之后，眼皮不自觉地垂下，脸也有点红了。她是一个已婚女人，一个母亲——乔真心希望她能原谅他如此坦诚地和盘托出，再说，他已得到她丈夫的允许。

“哦，别犹豫，说吧。”酒足饭饱的吉姆站在炉边的地毯上催促。

迪莉娅很有耐心地摆出倾听姿态，一开始这位准新郎在尴尬中面红耳赤。她的针从棚布上垂下来，挂在那里，好像达摩克利斯之剑。她一眼看穿乔的意图，他指望迪莉娅可以帮助他来说服夏洛特按照他的意志行事。他是非常爱她的，以迪莉娅看来，在热恋中的人，只要旁边的人推波助澜，他就会屈服，也许夏洛特可以双赢，嫁给他，还留下孩子。

如果真这样就简单了啊，一次友好的聚会、丰盛的晚餐、美味的葡萄酒，还有对夏洛特的爱恋——比她们一开始期盼的还要多哦。但是一种隐秘的嫉妒从迪莉娅的内心升起，让这个反叛得并不彻底的太太犹豫了。

太简单了——不可以，它不能这么轻松！不管发生了什么，她不能让夏洛特·洛维尔嫁给乔·罗尔斯顿。她从小被教育的荣誉感和家族传统都不允许这样的事情发生。她无法允许，虽然她也允许自己用灵巧的手腕蔑视传统，用微妙的反抗去挑战社会习俗，但是，她无法允许弄虚作假。

让夏洛特隐瞒自己的过去，然后跟乔结婚（她自己的吉姆的堂弟），对迪莉娅来说，这个想法是非常不光彩的，这一点上她跟罗尔斯顿家的人一致。但是，不撒谎，直接告诉他真相，那么这个婚约会马上结束，夏洛特对这个也是心知肚明。这个社会对女人的宽容度可远远比不上对男人的。虽然迪莉娅和夏洛特从没有为此困惑过，像她们这个阶层的年轻女性都是一样，对无法忍受的东西，她们只是习惯性地逆来顺受。

是的，没有办法摆脱困境，没有两全法。但是，迪莉娅觉得自己有责任去拯救克莱姆·斯宾特的孩子，是的，这点是毋庸置疑的，即使牺牲他的情妇也在所不惜。当这个想法在她脑海中划过的时候，她想起夏洛特那充满渴望的哭喊：“我想结婚，像你们所有人一样。”迪莉娅的心缩成一团，她知道，这是不可能的了。

乔依然在喋喋不休：“我可以让步，我知道我心爱的姑娘那么天真，那么没有阅历，但是她也同样可爱纯洁。一个男人怎么可能不希望有一个这样的妻子呢？你也同意我是吗？吉姆？迪莉娅？我跟夏洛特说过的，你也明白，我跟她说，你永远都可以给你那些孩子们留一笔钱，这笔钱我出，不在你零用钱里面。关于这点，她绝对可以相信我。上帝啊，我都愿意在律师面前签署一个协议，如果她觉得有必要的话。我赞赏、钦佩她的慷慨无私，但是，我问你，迪莉娅，作为一位母亲，你介意给我你真实的想法吗？你是不是觉得我应该再宽容一些，让她可以继续去给孩子们贴身的照顾，直到……直到……”这个潜在的父亲眉头闪现出一丝骄傲，“直到有更大的责任出现，我已经准备好了，也决定了，你可以跟她说了，我承诺。”乔宣称。然后他眉头出现一丝愁云，“我母亲那里我可以去说服，她有的时候会有偏见，我尊重她，但是我不会允许偏见影响我的决定。”他站起来，走到壁炉的镜子前面，里面映着他毫不畏惧的面容，“是的，这是我的决定。”他又走回来了。

“听听，听听!”吉姆也跟着激动起来。

迪莉娅把手里的针猛然刺到棚布上，她把手工放在一旁。

“我想，我理解你们两个人，真的，乔，如果我是夏洛特，我也永远不会放弃那些孩子。”

“你看，我就说嘛，我亲爱的兄弟!”吉姆高兴地喊起来，觉得迪莉娅这种设身处地为别人着想的勇气棒极了，跟今天的晚宴一样。

“不会放弃，”迪莉娅说，“特别是那个孩子——哦——我的意思是好像有两个特别可爱的孩子，那些孩子如果被送去孤儿院必死无疑，我想这就是困扰夏洛特的事情。”

“她这样爱他们，我反而更爱她了。可怜的孩子们，这世界上怎么会有人让这种事情发生而不受惩罚呢？迪莉娅，你可以告诉她吗？我会为她做任何事情。”

“悠着点，老兄，悠着点。”吉姆提醒他，带着罗尔斯顿式的谨慎，“当然，我的意思是，任何事情，只要它是合情合理的……”

迪莉娅举手示意他不要说了，“我会告诉她的，乔，她会非常感激你的，但是，没有用啊……”

“没有用？为什么没有用？”

“因为，夏洛特最近老毛病又犯了，她今天在这里咯血了，你不能娶她……”

话一出口，她就知道已成定局。她站起来，嘴唇苍白，每根骨头都在发抖，她做得对吗？做错了吗？她怎么会知道啊？

可怜的乔转过脸来，跟她一样苍白，他抓住椅子的扶手，头像一个老人一样垂下，他的嘴唇嚅动，但是没有声音。

“我的……我的上帝啊。”吉姆结结巴巴地说，“兄弟，你要振作起来。”

“我，我很抱歉，乔，她本来打算明天告诉你的。”迪莉娅支支吾吾地说，吉姆在一旁安慰乔。

“像个男人一样，兄弟！想想你自己，你的未来，这个婚约无法进行下去了，迪莉娅说得是对的。她从来都是对的。要早做决断，越早越好。”

“越早越好，”乔机械地重复着，脸上出现一个备受折磨的微笑。迪莉娅意识到，在他以前轻松愉快的生活里，从未出现过这样需要放弃心爱之人的事情。在他的人生字典里，即使“放弃”这两个字也是陌生的。

“但是，我不明白，我不能放弃她。”他像个孩子似的哭了。

“想想你将来的子嗣吧，兄弟，这才是你的职责。”吉姆骄傲地看了一眼健康的迪莉娅。

于是这兄弟俩开始长时间的交谈，说服和反说服，理性的忠告和绝望的抗议。迪莉娅只是偶尔插几句嘴。但是她对结局是什么了然于胸。一个连妻子去探访孤儿都担心把细菌带回家的新郎，是不可能让自己家族的血液里混进疾病的。也不仅仅是这些，所有人都知道，妻子如果过世得太早，给丈夫留下一群嗷嗷待哺的孩子是多么悲惨的景象。罗尔斯顿、洛维尔、兰宁、哈尔西、范德格雷夫，哪个家族在遥远的欧洲没有孤坟？那都是害了肺痨的家族成员被送去温暖的意大利养病，最后就死在那里造成的。那些远在罗马和比萨的新教徒坟墓上，刻满了纽约的名字，这种冷冰冰的愿景和妻子过早离世的愿景凑在一起，把刚才热火朝天的罗尔斯顿一盆凉水浇醒了。迪莉娅低着头，但是耳朵一直在听，她心里有个声音在说，“事情搞定了，但是我怎么和夏洛特说呢？”

晚上，当可怜的乔结结巴巴地道别的时候，她把他从大门口喊了回来。

“你必须让我先去跟她说，你先等着，等到她心情平静了再见她。”

他同意了，这让迪莉娅有点心疼。但是，这个时候说什么都没用。有些困境年轻的乔必须自己去面对，她最后满含同情地看了他一眼。

乔走了，大门一关上，她丈夫赞许地拍她的肩膀。

“我简直不能再赞赏你了，我明智的迪莉娅！”

她的头微微后仰，接受了丈夫的一个吻，然后抽身出来。他眼睛亮亮的，是对她的赞许，也是春心荡漾的暗示，她明白。

但是她在他进一步靠近的时候阻止了他，“吉姆，如果相同的事情发生在我身上，你会怎么办呢?”

他皱了皱眉，觉得这个问题简直微不足道，也不可能发生在她身上，他伸出强壮的手臂坚持道：“别想了，来吧。”

她依然站得很远，神情严肃，“可怜的夏蒂，她现在什么都没有了。”

他也变得沉重起来，充满感伤，这个时候，他依然是那个可以被她掌控的大男孩。

“真的，好可怜。”他开始四处找宽慰的话，“幸运的是，她还有那些穷孩子不是吗？我想一个女人必须得有孩子去爱，如果没有自己的，就去爱别人的。”很明显，一想到这个，他似乎就宽慰了不少。

“是啊，”迪莉娅表示赞同，“我看不出她还剩下什么别的安慰，我想乔也会因为这个感到舒服些的。现在，关于我们，亲爱的——”她伸出手让吉姆握住，“我们必须保证夏洛特没有了婚约之后，至少还有她的孩子们。”

“她的孩子们?”他听到这个词笑了，“当然，这个可怜的女孩，她会被送往意大利吗?”

“哦，不会的，哪里来的钱呢？而且，她也永远不会离开洛维尔姑妈。但是，亲爱的，如果明天我必须跟她说这件事——你看，我真的是特别不想扯进这件事来——如果我能告诉她，你允许我帮助她照料那个她最担心的孩子，就是那个最可怜的小女孩，没名没姓，无家可归——如果，我可以从我的零用钱里拿出一点帮助她……”

他们的手紧紧握在一起，她扬起她那绯红的小脸，他的眼睛里有男人的泪光，他是多么爱她的健康、智慧和慷慨啊。

“不准花你的零用钱，永远不要！”

她假装泄气地说：“想一想，如果是我，如果是我不得不放弃嫁给你。”

“我是说，不可以花你的零用钱，你要多少我另外给你多少，帮助夏蒂的那些穷人，只要你高兴。”

“哦，我最亲爱的，我想起我们自己的孩子，上楼吧。”他们紧紧抱在一起。

5

听到她堂姐的脚步声，夏洛特·洛维尔从枕头上抬起自己发烧的脸。

卧室沉闷昏暗，充满香水和新鲜亚麻床单的味道，迪莉娅从灿烂的冬日阳光里走进来，使劲眨了眨眼睛，努力在被厚重的桃花心木家具挡住的微光之中看清脚下的路。

“我能看看你的脸吗，夏蒂？除非你头疼得不想动。”

夏洛特示意，“不要。”

迪莉娅拉开沉重的窗帘，让一缕阳光洒进来，她终于看清女孩的脸了，铁青色，在半明半暗的阳光下，她脸颊上又出现玫瑰色的小红点了。这让她想起另外一个可怜的堂妹，被送往意大利之前就是这个样子。

“迪莉娅。”夏洛特气若游丝。

迪莉娅走近床边，重新低头审视堂妹的脸。是的，昨天晚上她处理夏洛特的将来的时候好轻松，就好像处理自己的，但是，现在呢？

“亲爱的……”

“说吧，”夏洛特打断她，“不管多可怕，我都应该知道。”

“夏蒂，最亲爱的，我一开始可能把话说得太满了。”

“吉姆不肯让你接受我的孩子？我就知道，我为什么总是要期盼那些不可能的事情？”

迪莉娅的泪水流下来，她在床边跪下，紧紧握住夏洛特滚烫的手。

“不要这样想，亲爱的，想想你最想要的。”

“最想要的?”女孩一下子从床上坐起来，连滚烫的指尖都活过来了。

“你不能嫁给乔，亲爱的，你能吗？嫁给他的同时留着小蒂娜?”迪莉娅继续说。

“也许我不能把她留在身边，但是我可以把她安放在什么地方，当我想她的时候我就去看看，哦，我知道我想得太简单了。”

“放弃这种愚蠢的想法吧，夏洛特，你能把她藏在哪儿？偷偷摸摸地去看自己的孩子，总是生活在耻辱和恐惧中吗？再说，这对你其他的孩子来说公平吗？你想过这个吗?”

“哦，我可怜的脑袋已经不会想事情了，你的意思是我必须放弃她?”

“不，亲爱的，你要放弃的是乔。”

夏洛特重新跌回枕头，她半闭着眼睛，“我跟你说过，我要给我的孩子一个家，迪莉娅，你太幸福了，你不会明白我。”

“你也是幸福的，夏蒂，你不用放弃你的宝宝了，她会一直跟你一起生活，你会照顾她——为我。”

“为你?”

“我答应过为你保住她，不是吗？但是这样你就不能嫁给乔，只有这样，我才可以为你的宝宝建造一个家，好了，事情解决了，你和宝宝会永远在一起了。”

夏洛特倒在她堂姐怀里，开始哭，“但是，乔，我不能告诉他，我不能。”她突然放开迪莉娅，“你还没有跟他说吧？说我孩子的事情，我不能允许自己伤害他!”

“我告诉他你昨天咯血了，他很快就会过来探望你，他非常伤心。我们让他想明白了，因为你身体不好，婚约如你所愿，被解除了，他接受了你的决定。但是，如果你软弱了，或者他软弱了，我就无能为力了，我就不能为你的小蒂娜做什么事情了。看在老天爷的分上，一定要记住这个。”

迪莉娅放开她的手，夏洛特一下子瘫坐在那里，双眼紧闭，咬紧牙关，好像一具尸体。床边的椅子上挂着红色的天鹅绒裙子，这是专门为她订婚制备的。裙子下面还有一双小山羊皮的新拖鞋，可怜的夏洛特，她几乎没有时间变漂亮。

迪莉娅一动不动地坐在床上，她看着堂妹毫无生机的脸。紧闭的眼帘流下两道泪水，先是挂在睫毛上，然后慢慢划过脸颊，直到泪水滑到紧抿的唇边时，她说话了。

“我和她生活在一起吗？你的意思是，我，和她生活在一起。”

“是的，你和她。”

“在一栋小房子里？”

“一栋小房子。”

“你确定吗？迪莉娅。”

“确定，我最亲爱的。”

夏洛特再次举起自己的手肘，在枕头底下摸索，她扯出一条丝带，上面挂着一枚钻石戒指。

“我早就把它取下来了。”她冷静地说，然后把戒指交给了迪莉娅。

第二章

1

所有人都看出来了，夏洛特·洛维尔打算成为一名老处女。即使在她生病之前这件事也是显而易见的。尽管她的头发火红，但是她身上就是有这个味道。但是，幸运的是，吉姆·罗尔斯顿太太圈子里的其他夫人都不知道真相，她们只知道这个可怜的女孩，这么年轻就生这样的病，像个幽灵一样，老是在咳嗽，这就是她跟乔·罗尔斯顿解除婚约的原因。

尽管大家都对她敬而远之，但是，她恢复得很快，她娘家——就跟所有人都知道的那样——没有钱把她送去意大利，况且以前把她送到乔治亚州也没有治愈她的病。于是她收拾了行装前往詹姆斯·罗尔斯顿家在哈德森的一个小农场，住在那里的一个小房子里。她在那里住了五六年，身边跟着一个爱尔兰女仆，还有一个捡来的孩子。在夏洛特的人生里，这个捡来的孩子是另外一个奇怪的故事。从她第一次生病开始，那个时候她才二十二或者二十三岁，她就对孩子，特别是穷人的孩子有一种几乎病态的温柔。

据说，可能就是兰斯克医生说的，因为肺病的原因失去婚姻之后，难以置信的母性本能反而更加强烈了。所以当夏洛特取消了婚约，准备搬去乡下居住的时候，医生告诉她的家人，挽救她的方法，不是让她完全离开她的那些穷孩子，而是让她从里面选一个最弱小、最惹人疼爱的去精心照料。于是詹姆斯·罗尔斯顿夫妇把小农舍借给她住，而詹姆斯夫人，凭借她非凡地掌控一切的能力，安排了所有的事情，甚至许诺，如果夏洛特死了，她会代替她照顾宝宝。

夏洛特没有死，长成了一个健壮结实的中年妇女，精力充沛，甚至专横跋扈。随着角色的变化，她变得越来越像一个老处女：一丝不苟、有条不紊、斤斤计较，把社交上和家庭里的繁文缛节都奉为金科玉律。她越来越像一个机警的家庭主妇。有了这样的名声之后，当可怜的吉姆·罗尔斯顿从马上掉下来摔死，留下年轻的迪莉娅和一双儿女需要抚养时，这个心碎的寡妇把自己堂妹接过来帮她打理生活就变得特别顺理成章了。

但是迪莉娅的行事一直跟别人不大一样，她收留了夏洛特，也收留了夏洛特的孤儿，一个淡褐色眼睛和深颜色头发的小姑娘。因为跟长辈生活得太久，所以她非常乖巧懂事。小女孩名字叫蒂娜·洛维尔，看起来应该是夏洛特把她收养了。她和同龄的罗尔斯顿少爷小姐一起长大，相亲相爱，一视同仁。几乎可以说，这两个女性某种意义上都成了她的妈妈。但是出于一种本能的模仿，而且，也没有人纠正她，她总是喊迪莉娅·罗尔斯顿为“妈妈”，喊夏洛特为“夏蒂阿姨”。她很聪明，招人喜爱，大家都很佩服，可怜的夏蒂竟然这么有运气，那么多孤儿里面，她选的这个最为出众。

社交界里有一个招人喜欢的小伙子史乐顿·杰克逊，他在巴黎待了不少时间，刚刚回到纽约（大家都觉得他在巴黎养成了一些上流社会的体面做派），当蒂娜进入社交舞会的时候，他就被她的魅力所震撼。于是他请求迪莉娅允许他能够在舞会之后也来见她，允许他与她和朋友们一起吃晚饭。他虽然不停地赞美小迪莉娅的美貌，但是母亲的直觉让迪莉娅发现，他心里牵挂的是蒂娜。晚饭之后，他跟两位年长的太太透露说，他发现蒂娜的发型特别“法国”，即使在“时尚之都”的法国，她也是个优雅迷人的小姐。

“哦，”迪莉娅不置可否，只是一笑。这个时候夏洛特·洛维尔坐在一旁紧抿着嘴做针线。蒂娜在房间的另一端和她的表兄妹们说笑，瞬间来到长辈们身边。

“我听到史乐顿先生说的了，是的，妈妈，他在说我头发好看，我不是一直都跟您说过吗？就是要让它们自然地卷曲，而不是像夏蒂阿姨那样用发油抹得平平的。”

“蒂娜，蒂娜，你总是觉得大家在夸奖你，自我感觉太好！”夏洛特·洛维尔小姐抗议说。

“他们就是在夸我啊，我为什么不这么觉得呢?”女孩笑着回嘴，用她调皮的笑眼看着史乐顿·杰克逊说，“请告诉夏洛特阿姨，不要总是那么老气横秋，像个老处女。”

迪莉娅看到夏洛特的脸红了，她薄薄脸颊上不仅仅是出现两个玫瑰圈圈，而是整个面孔都通红。她衣领紧扣，上面别着石榴石胸针，还有她花白的头发（一丝红发的痕迹也没有了）在凹陷的太阳穴上压得平平的。

那天晚上，当她们上床睡觉的时候，迪莉娅把蒂娜叫到自己房间。

“亲爱的，你今天晚上不应该那样跟夏蒂阿姨讲话，这样不尊重，你能看出来，她很受伤。”

女孩马上感到非常内疚，“哦，我很抱歉，可是原因不在我，她本来就是个老处女，不是吗，妈妈？在她的灵魂深处，我的意思，我从来不觉得她曾经年轻过，风趣过，或者坠入爱河过，这就是为什么她永远无法理解我。但是你永远都理解我，哦，我亲爱的妈妈。”她轻轻起身，投入迪莉娅的怀里。

“你这个孩子。”迪莉娅柔声斥责她，亲吻了女孩前额上黑色的卷发。

走廊上传来轻微的脚步声，夏洛特·洛维尔就站在门口，迪莉娅没有动，依然抱着蒂娜，用眼神欢迎夏洛特。

“进来吧，夏洛特，我正在批评蒂娜呢，她今天在史乐顿·杰克逊面前表现得好孩子气，他会怎么看她呢?”

“怎么看都是她活该。”夏洛特冷笑着说。蒂娜冲她走过来，夏洛特用自己干瘪的嘴唇碰了碰女孩的额头，那里刚刚被迪莉娅温柔地亲过。

“晚安，孩子，你该回你自己的卧室休息了。”她冷冰冰地说。

门在两个女人面前关上了，迪莉娅示意夏洛特在她对面的扶手椅上坐下。

“不想离火那么近。”洛维尔小姐说，她反而选了一个比较远的靠背笔直的椅子，十指交叉着坐下了。迪莉娅的眼睛默默地看着那些没有戒指的干枯手指，她也奇怪，夏洛特为什么从来不戴她母亲的那些珠宝。

“我无意中听到你跟蒂娜说的那些话，迪莉娅，你因为她说我是个老处女而指责她。”

轮到迪莉娅脸红了，“我指责她，是因为她不尊重你，亲爱的，如果你看到我说话的语气，就知道我没有很严厉。”

“当然不严厉，我从来没觉得你对蒂娜很严厉，恰恰相反。”

“你觉得我太宠爱她了？”

“有的时候。”

迪莉娅莫名有些生气，“那你说吧，我做的什么让你觉得不合适了？”

夏洛特平静地看了她一眼，“我宁可她觉得我是个老处女，而不是——”

“哦。”迪莉娅喃喃道，一瞬间，她又体会到夏洛特灵魂深处那令人毛骨悚然的孤独感。

“除了老处女，还能是什么呢？”夏洛特继续无情地追问，“她有机会来认识我，来替我想一想吗？”

“我明白了，我明白了，”迪莉娅颤抖着。

“一个荒谬的、狭隘的老处女，”夏洛特·洛维尔坚持把话说完，她站了起来，“不这样对她，我无法感到安全。”

“晚安，亲爱的。”迪莉娅同情地说。

有的时候，她恼恨，恼恨夏洛特竟然是蒂娜的母亲。还有些时候，比方现在，她又柔情百转，为那些不能放到台面上说的血脉关系而心拧成一团。

夏洛特似乎看穿了她的想法。

“哦，不用可怜我，她终归是我的。”她低声说，起身离开了。

2

有的时候，迪莉娅·罗尔斯顿觉得生命中的大事要等到自己的孩子们有了门当户对的婚姻，开始过小日子并且是被纽约上流圈子认可的那种日子，才算完成。

她的儿子先结婚了，娶的是范德格雷夫家的小姐，他也就此进入了岳父家的银行，并马上要成为合伙人。小迪莉娅（就像她母亲预见的那样），选择了约翰·尤尼乌斯，是哈尔西家最靠谱、最体面的小伙子。小迪莉娅也在哥哥结婚一年之后，跟着丈夫搬去婆家过日子了。

当小迪莉娅搬离格拉梅西街的大宅之后，很显然，下一个迪莉娅操心的就是蒂娜了。蒂娜已经到了适婚年龄，她非常可爱，很受追捧，但是，有这样的身世，她有什么希望找到一个合适的丈夫呢？

两个密切关注此事的女人并没有在桌面上讨论这个问题，但是，迪莉娅·罗尔斯顿每天都在想这件事情，直到上床睡觉都无法释怀。她也知道，此刻在楼上房间睡觉的夏洛特也一样，同样的时间，想同样的事情。

姐妹俩在八年的共同生活中，很少公开翻脸。倒不如说，她们之间不交流任何意见。迪莉娅倒是很愿意对她敞开心扉，但是每次她们深深地看着对方灵魂的时候，都有一种强烈的不自在出现，于是隔阂就产生了。

但是有一件事她是百分百确定的，蒂娜对自己的出身一无所知这件事应该不惜一切代价保持下去。而夏洛特·洛维尔，不管多感情用事、粗暴无理、无动于衷，都应该明白，除了永远保持沉默之外没有其他办法保护蒂娜周全。

目前，她一直保持着某种克制，但是小迪莉娅结婚不久之后，令迪莉娅惊讶的是，夏洛特马上提出要搬到空出来的那间房里去睡，那间房就在蒂娜的卧室旁边。

“但是，夏蒂，你在那间房间里不会舒服的，你想过没有？你是不想爬楼梯吗？”

“不，楼梯不算什么。”夏洛特一如既往地平静回答。她怎么可能接受迪莉娅给她的这个理由呢？迪莉娅明明知道她现在上下两三层楼梯还像小姑娘一样。“是因为，我应该在蒂娜旁边。”她直言不讳，低沉的声音毫不修饰，像一个没有调试过的和弦。

“哦，当然可以，只要你喜欢。”罗尔斯顿夫人不知道为什么对这个要求感到烦躁。也可能是因为她本来打算把这间屋子变成蒂娜的一个小起居室，刷成粉红色和淡绿色，像盛开的花。

“当然，如果你有别的打算——”夏洛特说，好像看懂她在想什么似的。

“这倒没有，只是，我以前想给蒂娜一个惊喜，把这个房间做成一个小闺房，她可以在里面放自己喜欢的东西或者书，在里面和自己的女朋友们见面。”

“你真是太好了，迪莉娅，但是蒂娜不一定需要闺房。”洛维尔小姐反唇相讥，绿色的斑点又重新闪现在她眼中。

“好吧好吧，随你便，”迪莉娅重复着，用同样不悦的语调说，“我明天让人把你的东西搬下来。”

夏洛特在门口停下来，“你确定？”

“有什么不能确定的，你想搬下来就搬下来好了。”两个女人互相充满敌意地看着对方，最后夏洛特转身离开了。

但是谈话一结束，迪莉娅就因为满足了夏洛特的愿望而感到懊恼，为什么总是她让步，她才是这个家的女主人，夏洛特和蒂娜是因为有她才活到今天，或者说，能活得这么幸福，至少是因为她吧。但是，只要是关于蒂娜的事情，夏洛特总是自作主张，而迪莉娅总是让步的那个，好像夏洛特用她自己那种安静固执的方式，利用这种依赖性，让迪莉娅这样天性的女人，总是无条件地妥协。

事实上，迪莉娅非常想跟蒂娜好好地沟通一下小闺房这件事，她觉得小姑娘会非常喜欢这个想法的。当迪莉娅自己的女儿住在这个房间的时候，罗尔斯顿太太习惯每天晚上花上一个小时的时间，在两个女孩换了衣服之后跟她们聊天，听她们聊聊这一天都发生了什么。

对自己女儿的想法，她心知肚明，但是蒂娜的观点和意见却永远让她惊喜。不是说这些想法古怪或者新奇，而是说，有的时候，这些想法和观点好像梳理了迪莉娅自己的过去，说出了很多她从来没有说出口的话，表达了好多她自己都不敢承认的想法。蒂娜说的很多话，是迪莉娅·罗尔斯顿在想象中，说给克莱门特·斯宾特的话。

但是现在，再也不会有这种晚上的闲聊了，因为夏洛特要搬到她女儿旁边去住，有没有可能是因为她想结束她们的聊天？以前这种事不是没发生过，难道是因为迪莉娅对蒂娜的影响让夏洛特不高兴了？这种想法一出现，就好像一束光照进了两个女人之间的深渊。但是很快，迪莉娅就责备自己，不应该把嫉妒归咎于她的堂妹。也许原因在自己身上，夏洛特，作为蒂娜的母亲，想要靠近自己的女儿难道有什么错吗？迪莉娅有什么资格去反对这种天性呢？于是，第二天早上，她让人把夏洛特的东西搬到蒂娜旁边的房间里去了。

到了晚上休息的时间，夏洛特和蒂娜一起上楼了，但是迪莉娅借着写信的理由在客厅滞留。事实上，她不想跨过那道门槛，因为她已经习惯了每天晚上两个女孩甜美的笑声，而那个时候，夏洛特都已经跟个老人似的早早睡了。有一种痛苦的想法涌上迪莉娅的心头，也许，她要被切断和蒂娜之间的亲密关系了。

一个小时之后，她也准备上楼了，她沿着走廊里厚厚的地毯，小心翼翼地走动着，花费比平常更长的时间弄灭楼梯平台上的汽灯，当她磨磨蹭蹭的时候，她竖起耳朵仔细去听夏洛特和蒂娜相邻的门后面的声音，如果里面传出来欢声笑语，她想她会难过的。但是里面鸦雀无声，而且早就熄灯了。很显然，夏洛特，一直以来都是这么有条不紊，她跟女儿说完晚安之后，就径直去睡了。她从来不许蒂娜睡得太晚，也不许她在换衣服的时候太拖沓太兴奋，也许，她要求住在女儿旁边的目的就是看着她，不许她熬夜。

每次她试图去猜测她堂妹行为背后的秘密时，总因为自己把夏洛特的动机想得太卑鄙而羞愧难当。她也觉得很奇怪，怎么会这样呢？她，迪莉娅·罗尔斯顿，全世界都知道的幸福的人，竟然会羡慕夏洛特，羡慕她隐秘的为人母的秘密。每次她发现自己嫉妒的时候，都非常痛恨自己，于是反过来用一种更软弱的态度和对夏洛特情绪更体贴的行为来补偿，但是这种尝试并非总是奏效。迪莉娅甚至不知道，夏洛特是否厌恶对她的不幸表现出来的同情。对她来说，最备受折磨时，即使最温柔的抚慰也会给人带来痛苦。

迪莉娅和往常一样，在卫生间的有花边装饰的镜子前面慢条斯理地换衣服，她仿佛又看到曾经的那个新娘站在里面，正当她浮想联翩的时候，她听到轻轻的敲门声，打开门，蒂娜站在门口，她穿着睡袍，黑色的卷发披在肩上。

迪莉娅伸出手去，感到自己快乐的心跳。

蒂娜小声说："我必须跟您说晚安，妈妈。"

"当然，亲爱的。"迪莉娅在她扬起的额头上深深地亲吻了一下。"快跑回去吧，小心别吵到夏蒂阿姨。你知道她睡眠很轻的，你要像老鼠一样安静，她现在就睡在你隔壁了。"

"是的，我知道。"蒂娜心照不宣地调皮回答。

她没有再说话，也没有再逗留，她只是握住迪莉娅的手，放在自己脸颊上贴了一会儿，然后悄无声息地走了，就好像来时那样。

3

"但是，你必须承认，"夏洛特·洛维尔说，把手里的晚报放在一旁，"蒂娜有变化，你看出来了吗？"

这两个女人坐在客厅的炉火边，蒂娜和她的表姐，年轻的约翰·尤尼乌斯·哈尔西太太出门去吃晚饭了，之后她们要去参加范德格雷夫家的一个舞会，然后，约翰·尤尼乌斯夫妇答应会送蒂娜回家。晚饭开始得很早，结束后，罗尔斯顿夫人和夏洛特有很长的一段晚上去打发。往常这种时候，夏洛特会给姐姐读报纸，而迪莉娅会绣花，但是今天晚上，虽然夏洛特依然在很认真地读报，每一栏都不错过，迪莉娅还是明显感觉到了，因为女儿不在，她心神不宁。

听到夏洛特的问题，迪莉娅先不忙回答，她不想那么快展开话题，她俯下身从白色刺绣里挑出一根针。

"蒂娜变了吗？从什么时候开始？"她反问。

夏洛特飞快地回答："从兰宁·哈尔西频繁来咱们家开始。"

"兰宁？我以前还以为他是来看小迪莉娅的。"罗尔斯顿夫人思索了一下，随口说道，又给自己争取了一点时间。

“你当然会觉得所有人都是为了你女儿而来。”夏洛特干巴巴地说，“但是兰宁不放过任何一个和蒂娜在一起的机会。”

罗尔斯顿夫人抬起头来，偷偷看了一眼她堂妹。是的，她当然注意到蒂娜有变化了，是未曾打开的花瓣要绽放的那种改变。这个女孩更美、更沉静、更害羞、更惹人怜爱了。但是迪莉娅并没有把这些变化和兰宁·哈尔西联系起来，兰宁只是小迪莉娅出嫁前众多造访的青年人之一。当初，罗尔斯顿太太还有一丝丝的担心，担心自己女儿选了英俊的兰宁。在所有健壮木讷的哈尔西兄弟里，兰宁是唯一一个谨慎的母亲在把女儿托付给他之前会犹豫的小伙子。很难说清楚是为什么，他比所有人都英俊，都善于辞令，不拘小节，洒脱随意。克莱姆·斯宾特年轻时就是这样，如果小迪莉娅嫁给他……？

但是小迪莉娅的母亲很快就放心了，自己的这个女儿，这个聪明出众的姑娘，不会对花里胡哨的东西动心的，除非有更坚实的品质做支撑，说到底，这个姑娘内心还是个不折不扣的罗尔斯顿。所以她最终选择了另外一个最符合罗尔斯顿要求的哈尔西小伙子。

罗尔斯顿夫人知道夏洛特在等她说话，“很难相信蒂娜都要谈婚论嫁了，”她温柔地说，“到时候就只剩下我们两个老太婆了，我不知道我们还能做些什么，这个房子空掉了，我们就待在这座空荡荡的房子里。但是我觉得我们应该考虑蒂娜的事情了。”

“我就在认真考虑。”夏洛特严肃地说。

“你不喜欢兰宁？我的意思是，作为蒂娜的丈夫。”

洛维尔小姐把报纸折叠起来，伸出干瘪的手去抓针线活，她看了一眼对面的堂姐，“不能让蒂娜难做人——”她说。

“哎呀——”迪莉娅表示抗议，脸也变红了。

“要说就开诚布公。”另外一个步步紧逼，“我一贯如此，要说就全部说，你也知道，否则就什么都不说。”

迪莉娅只好表示赞同，夏洛特继续，“这样比较好，你我都知道，这个时候早晚要来，我们早晚要商量。”

“什么时候？你和我？商量什么？”

“蒂娜的将来。”

两个人沉默了一会儿，迪莉娅·罗尔斯顿，作为总是心软的那个，对一丁点儿诚意都热情以对的人，深深叹了口气。最终，夏洛特胸中的冰冷之气融化了。

“亲爱的，”迪莉娅喃喃道，“你知道对我来说蒂娜的幸福意味着很多。如果你不喜欢兰宁·哈尔西做她的丈夫，你还有其他更好的人选吗?”

洛维尔小姐露出一丝苦笑，“门口还有别人排队吗？我没有反对兰宁·哈尔西做她的丈夫，对我个人而言，我还很喜欢他，我也知道蒂娜很喜欢他。”

“蒂娜喜欢他?”

“是的。”

罗尔斯顿夫人把她手里的活儿放下，若有所思地看着她堂妹棱角分明的脸。夏洛特·洛维尔笔直地坐在扶手椅里，不可能比像现在更像个老处女了，她的手肘干瘦，一边刺绣，一边冷静地讨论她女儿的婚姻。

“我不明白，夏蒂，不管兰宁有什么不好的地方——虽然我觉得不是很大的错——我跟你一样很喜欢他，毕竟——”罗尔斯顿夫人停了一下，“有人发现他行为有缺吗？除了，就我听说的而言，就是他不知道能选一个什么样的工作。纽约人对这个看得总是很狭隘，你也知道，年轻人不被允许有其他爱好……艺术……文学……他们甚至很难决定……”

两个女人都有点脸红，迪莉娅猜，那些让她心神荡漾的怀旧情绪，一定也在夏洛特勒得紧紧的紧身衣下翻腾。

夏洛特说话了，“是的，我知道，不知道选择什么样的工作而犹豫，那么做其他决定……做其他决定的时候也会犹豫。”

“你是什么意思？感觉不像是说兰宁。”

“兰宁没有向蒂娜求婚呢。”

“于是，你觉得他是在犹豫？”

夏洛特不讲话了，寂静中只听到她的针刺到棚布上的声音，就好像很多年前迪莉娅卧房里的钟一样，一下一下敲打着寂静。没等迪莉娅想太多那个时候，现场就弥漫出一种紧张的情绪。

夏洛特继续说：“兰宁没有犹豫，他已经决定了不和蒂娜结婚，但是他也决定了，不能放弃来见她。”

迪莉娅脸红了，夏洛特的模棱两可的用词让她坐不住了，终于脱口而出：

“你的意思难道是他曾经求过婚，然后又后悔了吗？我不认为他可以这样羞辱蒂娜。”

“他还没有羞辱蒂娜，他只是告诉蒂娜他目前还不能结婚，他父亲每年只给他几百美元的花费，这一状况要等到他确定将来的职业才会有所改变。而且，如果他娶了个家里不同意的女孩，他连这点钱也没了。”

现在轮到迪莉娅沉默了，夏洛特的话让她想到了过去。那时克莱门特·斯宾特就站在她面前说同样的话：进退两难、囊中羞涩，充满煽动性。啊，如果当初她不幸被他说动了呢？

“蒂娜发生这样的事，我很抱歉，但是，兰宁目前还是表现得非常体面，没有见异思迁。所以，我们也应该希望……应该希望……”迪莉娅停下来了，她也不知道应该希望什么。

夏洛特把手里的活儿放下，“迪莉娅，你跟我一样清楚，任何一个爱上蒂娜的年轻人都会找一个理由不去跟她结婚的。”

“所以，你觉得兰宁的借口只是个托词？”

“自然，他之后还会有别人的，蒂娜很吸引人。”

“哦。”迪莉娅喃喃道。

终于她们两个可以面对面地讨论这个问题了，在这么多年的沉默和回避之后，这个问题已经呼之欲出了，好像一个被匆匆掩埋的即将要暴露出来的尸体。

迪莉娅再次深吸了一口气，仿佛在释放什么。她一直都知道给蒂娜找一个合适的丈夫很难，几乎不可能。但是，她是那么希望蒂娜能幸福，虽然在她内心深处也有自私的想法：如果晚年有这个姑娘的陪伴，自己就不会寂寞无聊了。但是，怎么和蒂娜的母亲说呢？

“也许你只是过于紧张了，夏洛特，可能会有些无聊的事情……但是，不管如何，蒂娜即使永远跟我们生活在一起也没什么不好的，有我们两个这么爱她。”

“蒂娜？老处女？不！绝不！”夏洛特猛然站起来，拳头拍在小巧的工作台上，“我的孩子要有她自己的人生……她自己的生活……不管要我付出什么代价。”

迪莉娅敏感的同情心又起来了，“我明白你的感觉，我也这样想，虽然这会把她从我们身边带走，让我们想念。但是，也不必心急，我们还有时间，这孩子还不到二十，再等等。”

夏洛特一动不动地站在迪莉娅面前，让迪莉娅想到和熔浆抗争的花岗岩，外面看起来结实坚硬，但是里面已经在熊熊燃烧了。

“等等？如果她不想等呢？”

“但是，他如果都不打算求婚——你什么意思？”

“他不娶她——但是还来见她。”

迪莉娅惊诧不已，浑身颤抖。

“夏洛特！你知道你在暗示什么吗?”

“是的，我知道。”

“但是，你太过分了，没有一个体面的女孩……”

话冲到迪莉娅嘴边停住了。夏洛特的眼睛咄咄逼人，不为所动，“女孩不总是如你所说那么体面。”她断言。

罗尔斯顿太太慢慢回到自己的座位上，她的绣花棚布已经跌落在地板上了，她吃力地弯下腰去把它捡了起来，夏洛特的身影笼罩在她头上，冷酷得像个厄运。

“我无法想象，夏洛特，你通过这些暗示想要获得什么，你难道不相信你自己的孩子吗?”

夏洛特哈哈大笑，“我妈妈也是相信我的。”她说。

“你怎么敢——你怎么敢?”迪莉娅说，但是她大惊失色，她的喉咙僵硬得说不出话来。

“哦，对蒂娜我有什么不敢？她是个什么样子，我当然敢实话实说。”蒂娜的妈妈喃喃道。

“实话实说？她是完美无缺的!”

“让我这么说吧，她必须为我的不完美付出代价，但是，我只要求她不用付出太多代价。”

罗尔斯顿太太目瞪口呆地坐在那里，在她看来，夏洛特是把生命祥和表面之下的那些灰暗命运都调动出来跟她说话。而这些问题根本没有办法回答，只能默默承受。

“可怜的蒂娜!”她长叹一口气。

“哦，我的意思不是要让她受苦，这不是我这么苦苦煎熬的原因，犯错误的是我，我现在也悔悟了，也在积极补救。而你，一直以来都对我们这么好，但是，我们必须走了。”

“走？”迪莉娅透不过气来。

“是的，不要以为我不知道感恩，你救过我的孩子，你以为我会忘记吗？但是现在该我了，现在该我来救她了。只要让她远离这里的一切，把她目前所知道的一切拿走，我可以做到的。她生活在假象里太久了，她就像我，他们不会接纳她的。”

“假象？”迪莉娅含糊地重复。

“年轻的小伙子们爱她，但是不能娶她，那些家庭现在还是欢迎她的，等到有一天开始怀疑她在接近哪个兄弟或者丈夫，这些家庭就会羞辱她。我们怎么能够想象我们的孩子可以逃脱这个？以前我只考虑到她过得安稳，和你在一起，你给了我们需要的一切。但是小哈尔西的事情提醒了我，我必须带蒂娜走，我必须找一个没有人知道我们的地方生活，我们会跟那些平凡的人生活，过平凡的人生，在那里，她会找到一个丈夫，有一个家。”

夏洛特停下来了，她一直以快速单调的语调说话，好像背书一样。但是现在她的声音裂开了，她痛苦地重复：“我不是忘恩负义的人。”

“哦，不要跟我提感谢，我们之间不需要这个。”

迪莉娅站起来，在屋子里心神不宁地走来走去。她渴望去恳求夏洛特，恳求她不要这么匆忙地做决定，不要把蒂娜莫名其妙地带走，去和什么平凡的人过什么平凡的生活，硬生生地把她从她的习惯中分离出来，这太残酷了。而且怎么忍心让如此光彩夺目的生命去温顺地接受命运的捉弄，在这种条件下给自己找一个所谓的合适的丈夫呢？这样做只会造成悲剧。迪莉娅的人生经验已经不足以想象，如蒂娜这样的女孩，突然从甜美的生活中被带走会发生什么样的事情，但是在她痛苦的想象中，有一个模模糊糊的预感，如果这么做的话，蒂娜会比夏洛特的人生更悲惨，更无法挽回！

“这太残忍了——太残忍了。”她哭道，这更像是对自己说的，而不是对夏洛特说的。

夏洛特没有回答，只是突兀地看了一眼钟。

“你知道现在几点了吗？都过午夜了，我不能让你待这么晚，为了我的愚蠢的女孩。”

迪莉娅的心缩成一团，她看得出夏洛特想结束谈话，这么做是为了提醒她，只有蒂娜的妈妈才有权决定蒂娜的未来。虽然迪莉娅刚刚说过她们之间不需要感谢，但是那一刻夏洛特给她的感觉分明就是个不知道感恩的怪物，迪莉娅有些话就在嘴边：“这么多年我在蒂娜身上的心血又算什么？”但是，就在同时，她又把自己放在夏洛特的位置上去思考，体会到一个母亲对孩子的令人恐惧的保护欲。在公开场合夏洛特无法宣称自己对蒂娜的母性，那么，在私下，对任何有可能篡夺她母性的可能，她都会出于本能地怨恨，这是非常正常的事情啊。但是，在同情中，迪莉娅也意识到，在这个世界上，只有在她面前，夏洛特才可以做蒂娜的母亲。“可怜啊，就随她吧！”她暗暗自语。

“但是，你为什么要在这里等蒂娜呢？她自己有钥匙，小迪莉娅也说了要送她回来。”

夏洛特·洛维尔没有马上回答。她把自己的针线活卷起来，神情严肃地看着壁炉上的一个烛台，走过去把它扶直。然后，她拿起了自己的针线包裹。

“是的，你说得没错，我们干吗等她？”她在房间里走来走去，把灯熄灭，把炉火封上，查看窗户是不是插上了，迪莉娅只是被动地看着她做这些事情。然后姐妹俩点燃了蜡烛，穿过黑暗的房子上楼了。看得出，夏洛特已经下定决心不再进一步继续她们的话题。到了门口，她停下来，给了迪莉娅一个晚安的吻。

“我希望仆人们让你屋子里的火一直生着。”她依然是一副干练的口吻，在迪莉娅仓促的回应下，两人同时低声说了“晚安”，然后夏洛特转身回自己房间了。

4

迪莉娅的炉火一直在燃烧，她的睡袍就放在炉火边的扶手椅上，烤得暖暖的。但是她既没有换衣服，也没有坐下来。和夏洛特的交谈让她惊恐不安。

有那么一会儿，她站在屋子中央，慢慢环顾四周。这个屋子从她成为新娘那天起就没怎么变过，她曾经想过让它更现代一点，但是很久之前她就失去了重新布置的心情。一种深植于内心深处的无动于衷慢慢把自己当成了第三个人，过着一种为另外一个女人而活的日子，她再也不是以前那个生动活泼的迪莉娅·洛维尔了，不是那个带着很多计划和愿景住进这栋房子的年轻姑娘了。她知道，这不是她先生的错。是她费尽心思，用了各种招数，把这个孩子收在自己的羽翼之下。一旦成功了，就发现没有比这件事更值得尝试的了。第一眼看到小蒂娜的感觉似乎蔓延到了迪莉娅的整个人生，让她除了丈夫和孩子的福祉之外，对其他事情都无所谓了。她看到一个充满责任的未来，她必须乐观认真地去完成。但是，她自己的生活却结束了，她感觉自己被隔离，好像寺院的修女。

她身上的变化隐藏在最深处，几乎不可察觉。罗尔斯顿家族公开赞赏过迪莉娅的理性，这些赞许都是通过迪莉娅的让步得来的。当新鲜血液表露出自己的与众不同的属性时，家族教义就是这样一个又一个地同化他们的。迪莉娅看着家族合影里的自己，恍然明白，她正看着自己的坟墓。

变化是因夏洛特而来，那一天，她缩在迪莉娅的卧室里，承认一切的时候，迪莉娅的世界变了。于是，第一次，迪莉娅又恐惧又欣喜地发现了自己脚下那种生命力挣扎喊叫的力量。也就是从那天起，她知道自己终究要被排除在外，注定要生活在阴影里。生命已经对她置若罔闻，把她留给了罗尔斯顿家族。

好吧，不管怎样，她都要尽力而为，不管是她身上的洛维尔血液，还是罗尔斯顿品质。既然有了承诺，就要坚定不移，近二十年来，她都在信守诺言。只有这一次，她不是罗尔斯顿，她是她自己，只有这一次，她最有价值。

现在，同样的挑战再次响起，这一切值得迪莉娅去战斗。当然不是为了克莱门特·斯宾特，可怜的克莱门特多年前被安排娶了一个平庸的表妹，被这个固执女人追到罗马，把他死死圈在一个无情的家庭里。然后哭丧着脸让所有纽约过去的亲戚买他的画。不，不是为了克莱门特·斯宾特，也不是为了夏洛特，甚至不是为了蒂娜，是为了她自己，迪莉娅·罗尔斯顿，为了她自己缺失的那部分，她丧失的真实感，她需要再一次打破罗尔斯顿的阻碍，挑战真实的世界。

寂静的房子里传来一阵微弱的声音，搅乱了她的沉思。她侧耳去听，是夏洛特·洛维尔的门开了，她浆硬的衬裙发出沙沙的声音，她在走路。一线灯光从门口透出来，又消失了。夏洛特在楼下，从迪莉娅的脚下走过去了。

迪莉娅没有动，继续听着，也许是细心的夏洛特去查看前门有没有插好，或者去确保大厅的火熄灭了。如果她真的是要做这些事情的话，应该听到她回来的脚步声啊，但是没有。这说明，夏洛特去等她的女儿了，为什么？

迪莉娅的卧室就在房子的正面，她轻手轻脚地走到窗边，把窗帘收在一旁，小心翼翼地把百叶窗折起来，在她眼前是大门前的空地，月光铺在上面，如同初雪。大树的影子摇曳生姿。对面的房子在黑暗中沉睡着，没有脚步声打扰这白色的月光，也没有马车轮子辗过漂亮的街道。在她头上，是漫天的星斗。

据迪莉娅所知，在格拉梅西这条街上，只有另外两家年轻人去了舞会，彼得鲁斯·范德格雷夫小两口，和他们的表亲，年轻的帕姆里·罗尔斯顿。卢修斯·兰宁夫妇正在为刚去世的卢修斯的妈妈守孝三年（对她们的女儿凯特来说，这真不容易，因为她刚刚十八岁，那么在二十一岁之前是不可能出来社交的）。年轻的摩西·明戈特夫人正在等待她的第三个孩子，也要在公众的视线里消失一年了，而广场上的其他人家基本属于不会被邀请的范围之内。

迪莉娅把头靠在窗板上，没过一会儿，在长长的马车厢转过街角之前，沉睡的广场上响起了马蹄声，还有年轻人在门口告别时的欢声笑语。一切都如往常一样，夏洛特为什么要在黑暗中等待女儿回来呢?

广场上的巴黎时钟敲响了凌晨一点，迪莉娅离开窗户，拢了拢壁炉里的火，又拿起一个披肩裹上，继续回来守夜。哦，她一定是老了，所以才会感觉这么冷。这也提醒了她，未来可能会有神经痛、风湿病、腿脚不便，还会越来越虚弱。而且，再也不会有一个爱人的手臂在夜晚温暖她了。

广场依然是安静的，舞会可能快结束了，再好的舞会也不会拖到凌晨一点之后。而从大学街到格拉梅西街之间的距离很短。迪莉娅抱着双臂，静候着。

是马蹄声，踏在雪地上发出沉闷的声音，在欧文街，彼得鲁斯·范德格雷夫家的仆人出现在门口，范德格雷夫家的几个女孩和兄弟们跳下马车，进门了。然后马车又停了几个门口，帕姆里·罗尔斯顿夫妇被她们的表亲带回来，在自己家门口下车了。下一个绕过拐角的马车应该是约翰·尤尼乌斯带蒂娜回来吧。

镀金钟走到一点半了，迪莉娅越来越担心，她知道她的小迪莉娅，还有约翰·尤尼乌斯，这小两口总是恪守时间，她们从来不会在舞会中待到很晚。毫无疑问，是蒂娜滞留了。罗尔斯顿太太想到蒂娜让她的表姐和表姐夫待这么晚，就有点不开心。但是这种感觉马上被同情所替代，“我们必须离开这里，做平凡人，过平凡生活。”迪莉娅知道夏洛特如果不是下定了决心，不会这么说的，她如果真的让这个威胁成真，那么今天就是可怜的蒂娜最后一次舞会了。

又过去了十五分钟，当迪莉娅的披肩也阻挡不了寒冷的时候，她看到两个人从欧文街拐进了空无一人的广场，一个是小伙子，头戴帽子，身穿宽大的斗篷。挎着他胳膊的是一个裹得严严实实的身影，离得太远看不清楚，直到她走到路灯下迪莉娅才认出来，她很奇怪自己竟然没有第一时间认出蒂娜来，那明明就是她的身形，还有她每次跟人交谈时歪一下头的俏皮样子啊。

是蒂娜和兰宁·哈尔西，从范德格雷夫家的舞会出来后，两个人单独走回家，迪莉娅的第一反应是意外发生了：马车坏了，或者是小迪莉娅的女儿生病了，所以他们不得不独自先回家。不，就算是孩子生病了，她也应该让马车送蒂娜回家啊。如果真有这样的意外发生，年轻人会马上通报罗尔斯顿太太，而不是像现在这样，在寒冷的夜晚，两个恋人如同在仲夏夜里漫步一样走回家，蒂娜精致的小鞋仿佛踩在雏菊上，而不是雪地上。

迪莉娅像个小姑娘一样颤抖起来，一瞬间，她明白了长久以来困扰她的隐秘的问题：夏洛特和克莱门特·斯宾特这对恋人是怎么找到机会秘密接触的？在这样众目睽睽的小圈子里，他们俩是怎么，事实上，完成了这样的相遇呢？

迪莉娅从来不敢去问夏洛特这个问题，甚至有的时候，她宁可不去猜测答案。但是现在，只看了这么一眼，她就明白了，以前当夏洛特·洛维尔和她体弱多病的祖母单独生活的时候，她肯定有好多次这样的单独从舞会走回家的经历，她和克莱门特，一定也经常偷偷潜入她在默瑟街上那栋昏暗的老房子里，那里没人能够窥视到他们，除了一个聋哑老太太和一个上了年纪的老仆人，所有的监护人都睡着了！迪莉娅的眼前出现了老洛维尔家那个古板的客厅，装饰着花枝式样的吊灯和坚硬的帝国沙发，还有雕刻成没有眼睛的女神样子的大理石壁炉台，很少有人用这个客厅，在想象中，她仿佛看到月光在褪色地毯上的天鹅和花环之间游荡，在冰冷的光线下，两个年轻的身子紧紧搂在一起。

是的，一定是这样的经历才让夏洛特如此警惕，激发了她的恐惧，让她躲到黑暗中去等待两个有可能的罪人。迪莉娅在这种对比中感到不寒而栗，如果蒂娜知道了自己母亲的秘密呢！当然，对蒂娜来说，夏洛特一直以来，就如同她自己塑造的那样，是个拘谨的独身老女人。如果夏洛特真是这样的话，也许一切就简单了。迪莉娅可以想象楼下的一幕将会是多么的静谧和谐：没有大惊小怪，没有横加指责，更没有讽刺挖苦，有的只是微笑和对所有借口都买账的宽容。

“什么！蒂娜？你跟兰宁一起走回来的？你这个傻孩子啊，雪这么湿，怎么能走呢？哦，原来小迪莉娅担心家里的宝宝，所以早早离开了，留下马车要送你们回来，但是马车一直没来是吗？好的，我亲爱的，幸好你还有兰宁送你回来。是的，是的，我坐在这里，是因为我这个老糊涂永远都不记得你是不是带了钥匙，还有比我更老糊涂的阿姨吗？不要告诉你妈妈啊，亲爱的，她会笑话我的，还会责怪我这么冷还坐在楼下。

你确定你带了钥匙？啊，兰宁拿着呢？谢谢你啊兰宁，总是这么体贴，晚安，哦，我应该说早安。”

当迪莉娅在脑海里上演着夏洛特的独角戏的时候，院子大门砰一声关上了，年轻的兰宁·哈尔西慢慢地穿过广场。迪莉娅看到他在对面马路上停了一会儿，看着屋子，然后转过身，依依不舍而去。他们分别的时间在合理的范围之内，跟迪莉娅期望的一样，并没有太久。过了一会儿，她看到走廊的灯亮了，听到夏洛特的衬裙沙沙作响，她知道母亲和女儿都回房间了。

慢慢地，若有所思地，她开始换衣服，吹熄蜡烛，跪在床边，把脸隐藏到黑暗中了。

5

一宿无眠，迪莉娅把自从她决定抚养蒂娜以来的每一个细节都回想了一遍，那个时候，她自己也几乎是个孩子，没有人可以商量，没有人帮她做决定，也没有人给她好的建议。快二十年的时间过去了，她已经修炼出处乱不惊的本领，这二十年也让她成了给别人建议的那个，而不是寻求指导的那个。但是这些年的生活重重压在她身上，好像锁链一样，让她越来越谨慎，跟第一次冒险比较起来，独立的行动变得更危险、更不可思议了。似乎现在有更多的人需要“考虑”（“考虑”是罗尔斯顿家族爱用的词儿）：她的孩子，孩子的孩子，还有亲家。哈尔西家会怎么说？罗尔斯顿家会怎么说？她是不是已经变成一个彻头彻尾的罗尔斯顿了呢？

几个小时之后，她坐在老兰斯克医生的会客室里，她的眼睛盯着被煤烟熏得乌黑的土耳其地毯，兰斯克医生不行医已经好多年了，顶多去看看几个老病人，或者给疑难杂症一点儿意见。但是，他依然在他的领域保留他的威严，一个类似教皇或者医学权威般的人物，他曾经治愈的病人经常回过头来找他，寻求精神上的支持。人们都相信兰斯克医生的判断才是明智的，但是吸引他们去找兰斯克医生的秘密原因却是，在这个保守传统的社区里，他是公认的不惧怕任何事情的那个人。

现在，当迪莉娅看着医生满生华发的大脑袋在房间里笨拙地走来走去，周围是一大堆书籍和感恩戴德的病人们赠送的“垂死的角斗士与年轻的奥古斯都”雕像，她感到自己无往而不胜的信心又回来了。

“您看，当我决定收养蒂娜的时候，我也没有考虑很周全——”

医生在桌子后面停下来了，用拳头轻轻捶了一下桌面，“多亏你没有，这个镇上不缺考虑周全的人，但是你跟他们都不一样，迪莉娅·洛维尔。”

她迅速地抬起头，“您为什么喊我迪莉娅·洛维尔?”

“好吧，因为今天我猜测你就是。”他回答得很妙，她也回了他一个苦笑。

“可能，我如果不曾是个洛维尔，我的意思说，如果我一直都是那个谨小慎微的罗尔斯顿，也许对蒂娜来说会更好一些。”

兰斯克医生把自己巨大的身子放到桌子后面的扶手椅里，从眼镜后面意味深长地冲她笑着，“我不喜欢马后炮式的仁慈，这就好像三天之后的冷羊肉，没有什么滋味。”

她低头沉思，“当然，如果我正式收养蒂娜的话——”

“然后呢?”

“那么，人们就会说——”她的脸腾一下红了，整个脸颊到眉毛，在她梳理整齐的头发下面发热，好像火一样。

医生点点头，“然后呢?”

“也许，”她的脸更红了，“人们会说，她是吉姆的——”

兰斯克医生再次点点头，“这是他们最有可能的猜测，但是又有什么坏处呢？我知道吉姆，当你决定收留这个孩子的时候，他没有提出任何疑问，可是，他知道这个孩子是谁的。”

她惊讶无比地站起来，“他知道？”

“是的，他来找过我，唉，为了这个孩子着想，我破了一次例，没有守口如瓶，这就是为什么蒂娜有了一个家，你不会因为这个谴责我吧？是吗？”

“哦，兰斯克医生，”她的眼睛里都是痛苦的泪水，“吉姆知道，但是他却没有告诉我？”

“是的，那个时代人们并不总是无话不谈。不是吗？但是他为你做出的决定感到非常自豪，现在他在另外一个安详的世界了，为什么不认为他会继续为你要做的事情而感到自豪呢？据说，”医生不无讽刺地总结说，“人们普遍认为四十五岁比二十五岁更没有勇气。”

迪莉娅承认，“啊，这就是我今天早上想的。”

“那就证明他们是错的吧，”医生看了看自己的表，他站起来，把自己的手慈父般放在迪莉娅的肩上，“让人们爱怎么想就怎么想吧，如果小迪莉娅给你什么麻烦的话，让她来见我。你的儿子应该不会，约翰·尤尼乌斯也不会。墨守成规的多半是女人……”

一个老仆人往里张望，迪莉娅于是起身准备走了，但是在门口她停下来。

“我有种感觉，可能需要来见您的是夏洛特。”

“夏洛特？”

“您知道的，她会讨厌我要做的事情。”

兰斯克医生挑了挑银色的眉毛，“是的，可怜的夏洛特，我猜她会嫉妒吧？但是第三代和第四代的秘密总要开始解决，总得有人为其承担。”

“啊，只要不是蒂娜承担就好！”

“好吧，希望夏洛特能早一点认识到这一点，好了，你的问题明朗了。”

他陪着她走过餐厅，一些穷人和一两个老病人已经等在那里了。

事实上，迪莉娅的问题真正明朗化是那天下午她把夏洛特单独叫到自己卧室的时候。蒂娜因为头疼正在休息，那个年代，年轻女子遭遇情感上两难问题的时候，总是以这样的方式休息，这给两个长辈的交流提供了便利。

吃午饭的时候，迪莉娅和夏洛特随便地说了些家常话，这个时候迪莉娅还是有种感觉，堂妹的决定是不可动摇的，前一天晚上发生的事情，无疑又坚定了夏洛特的信心：是时候做出这样的决定了。

洛维尔小姐跟往常一样，不动声色地关上了卧室的门，然后走向窗户间印花休息沙发。

“迪莉娅，你想见我？”

“是的，哦，请不要坐在那里。”罗尔斯顿太太不由自主地喊道。

夏洛特盯着她看，她是否能忘掉在相同的垫子上，自己曾经那么痛苦地哭泣过？

“不坐这里？”

“是的，离我近一点，我最近听力有点不好。”迪莉娅慌张地解释，把一张椅子拉到自己身边。

“好吧。”夏洛特依言坐下，“我倒没有察觉到，但是如果你真的听力下降了，那也是好事，因为你就没听到蒂娜昨天晚上凌晨才从范德格雷夫家的舞会上回来。即使像她这么没心没肺的人，也会因为半夜吵醒你而自责的。”

“她没有吵到我。”迪莉娅回答说，但是她心里想，“完了，夏洛特心意已决，我只怕不能说服她了。”

她接着说，“我猜蒂娜在舞会上玩得很开心吧？”

“嗯，是开心，都头疼了，这样的兴奋并不适合她，我跟你说过了——”

“是的是的，”迪莉娅打断她，“今天叫你来，就是想继续聊聊我们昨天晚上说的事情。”

“要继续这个话题吗？”夏洛特干枯的脸颊上又出现了砖红色的圆圈，“还有必要吗？我想我应该马上告诉你，我心意已决，我想你会承认，我知道什么对蒂娜来说才是最好的。”

“是的，当然，但是，你能不能至少让我也在你的决定中出一点力？”

“出力？”

迪莉娅向前微微欠身，把自己温暖的手放在夏洛特紧紧交叉在一起的手指上，“夏洛特，就是在这间屋子里，很多年前，你请求我的帮助，你相信我能帮到你，你现在还会这么相信吗？”

夏洛特的嘴唇变得僵硬，“我相信是时候让我自己帮自己了。”

“以蒂娜的幸福做代价？”

“不，只是避免她更加不幸。”

“但是，夏洛特，蒂娜的幸福就是我想要的全部。”

“哦，我知道，你为我孩子做了所有你能做的。”

“不，还没有！”迪莉娅站起来，站在她堂妹的面前，“但是，我现在准备去这么做了，”她的语调庄严得好像要发表一个誓言。

夏洛特抬起头来望着她的堂姐，忧心忡忡的眼睛里闪现出感激的光芒。

“如果你的意思是用你的影响力来说服哈尔西一家——我感谢你，我一直都感谢你，但是我不想我的孩子有一个勉强的婚姻。”

迪莉娅因为对方的误解而脸红了，在她看来，她想要做的已经写在自己脸上了，“我要收养蒂娜，把我的姓氏给她。”迪莉娅大声说。

夏洛特·洛维尔目瞪口呆地看着她，“收养她——收她为养女?”

“你难道不明白吗？亲爱的，一旦收养，一切都变了啊，我有我母亲的钱，这是洛维尔家的钱，这些钱虽然不是很多，但是已经足够了，吉姆也说过，希望这些钱回到洛维尔家。而我自己的迪莉娅和她的哥哥都有足够的钱了，我手里的这点家私没有理由不给蒂娜，而且，她为什么不可以是蒂娜·罗尔斯顿呢?”迪莉娅停顿了一下，“我相信，而且我也知道，吉姆会同意这一点的。”

“同意?”

“是的，你难道看不出来，当他决定让我接受这个孩子的时候，他一定是预见到什么，并且接受了任何可能的结果了吗?”

夏洛特也站了起来，“谢谢你，迪莉娅，但是不要再说了，我们必须离开，离开你，我肯定这才是吉姆最愿意看到的事情。”

罗尔斯顿太太往后退了几步，夏洛特冰冷的态度让她感到很受挫，她一时不知道怎么回答，“啊？那么，对你来说，牺牲自己的骄傲难道比牺牲蒂娜的幸福还难吗?”她喊道。

“我的骄傲？我已经没有任何骄傲了，除了为我的孩子骄傲，而我永远都不会牺牲我的孩子。”

“没人让你去牺牲，你太不讲道理了，你太狠心了，我只是请求你允许我帮助蒂娜，而你说得好像是我在干扰你的权利。”

“我的权利?”夏洛特凄惨地笑了，“我的权利在哪儿呢？我根本没有权利，不管是在法律面前，还是在我孩子的心目中。”

“你怎么能说这些话！你知道蒂娜多爱你。”

“是的，很同情地爱我，就好像我以前爱我的老处女姨妈。你还记得吗？咱们有两个老处女姨妈，就好像两个枯萎的婴儿，我们这些孩子都被教育说，跟乔西姨妈和诺妮姨妈讲话要小心，不可以刺激她们。那天晚上你跟蒂娜说了相同的话，一模一样。”

“哦——”迪莉娅喃喃道。

夏洛特站在迪莉娅面前，憔悴、僵硬、冷酷无情，“不，已经拖得太久了，我要跟她坦白一切了，然后带她走。”

“你要跟她说她的身世？”

“我从不为此感到羞愧。”夏洛特激动地说。

“你这就是在牺牲她，为了满足自己的占有欲而牺牲她！”

两个女人面对面站着，都使用了最具杀伤力的话。迪莉娅义愤填膺，气得发抖，她看着对手慢慢开始晃动着向后退去，然后在一阵含糊不清的自言自语中把自己沉到沙发里去了。夏洛特把脸埋在垫子里，激动得双手紧紧抓捏着垫子。她曾经因为相同的母性激情深陷在相同的垫子里，现在她只是陷入更深、更苦的放弃中。迪莉娅似乎听到很久之前的哭泣，“我怎么能放弃我的孩子？”迪莉娅的怒火瞬间熄灭了，她走过去，搂住这个可怜母亲扭曲的肩膀。

“夏蒂，这次我们不会放弃她，我们难道不可以一起去爱她吗？”

夏洛特没有回答，很长一段时间里她闷声不响地趴在那里，一动不动，她把自己的脸隐藏起来，她似乎很惧怕把脸转过来。但是，慢慢地，迪莉娅看到紧绷的肌肉放松了，看到堂妹的一只手臂微弱地动起来，好像在摸索什么。她伸出手去握住摸索的手指，夏洛特抓住它，把它放在自己的唇上。

6

蒂娜·洛维尔——现在是克莱门蒂娜·罗尔斯顿小姐，将于四月份与兰宁·哈尔西成婚。订婚的消息是在四月份宣布的，圈子里的太太们为之哗然，她们抗议订婚太仓促了。当时，纽约上流社会的一致想法是“年轻人应该有一个合理的时间段去互相认识”，虽然很多纽约社交圈的夫妻都是打小一起玩大的，而且两家父母也都是多年至交，但是繁文缛节的礼仪还是要求两家要假装不认识，互相熟悉一下再订婚。在南方，事情就不同了，那些仓促的订婚，甚至私奔一样的婚姻都非常普遍，但是这样的狂野不大符合纽约圈子的呆板风气，这里的生活节奏依然有荷兰人的循规蹈矩。

特别是对像蒂娜·罗尔斯顿这样不同寻常的个案，大家也都表示谅解。首先，大家都知道，她不是罗尔斯顿家的人，除非真有人相信那些暗地里传播的小道消息——可怜的吉姆那些不被察觉的“过往”，还有他遗孀的宽容。但是大多数人还是不喜欢这些无稽之谈，人们厌恶对一个死去的人横加指责，毕竟他无法替自己辩护。而且罗尔斯顿也一致对外宣称，尽管他们不同意詹姆斯·罗尔斯顿夫人的做法，但是，他们都认为，如果收养蒂娜会坐实她亡夫行为有缺的话，她一定不会这样做。

不，那个女孩更像是个洛维尔，虽然大家只是随便猜猜，但是她肯定不是罗尔斯顿，她棕色的眼睛，还有轻快的行事方式，都很明显地把她从这个家族中剔除。事实上，大多数的人一直相信，就好像兰斯克医生一直坚持的那样，她的身世真的无法搞清楚，所以她代表着一种未解之谜，在纽约这种循规蹈矩的社会，偶尔会有这样的未解之谜困扰大家。而她被迪莉娅·罗尔斯顿收养这件事，仅仅证明了洛维尔家族关系密切，罗尔斯顿太太接受这个孩子，只是因为她的堂妹夏洛特离不开这个孩子。如果说罗尔斯顿太太的儿子和女儿对于收养蒂娜这件事感到很高兴，显然就夸张了，然而，他们都不予评价，用一种有尊严的沉默尽量减少母亲的怪念头在社交界产生的影响。这是旧时代纽约大家庭里一种比较常见的方式，让每个成员的奇思怪想能够共存，而且，只要有“足够的钱”，继承人也都避嫌不去抗议，以免被人认为是对大宗财产之外的那一小撮财产还有觊觎之心。

然而，从蒂娜被收养之日开始，迪莉娅·罗尔斯顿就意识到她两个孩子的态度在悄悄改变。他们很有耐心地面对母亲，甚至有些慈爱，好像母亲是个小孩子，虽然任性，却是可以被纵容的。尽管如此，她依然不能大意，需要格外地小心，因为社交界对待她的方式虽然宽容，但也非常审慎。

西勒顿·杰克逊第一个指出，迪莉娅·罗尔斯顿有着非凡的解决难题的能力，自从那个大胆泼辣的曼森·明戈特太太违背了丈夫的遗愿以来，整个纽约再也没有像迪莉娅这次这样的态度了。但是，罗尔斯顿夫人的方法是不同的，不太容易分析。

曼森·明戈特夫人的行事方式喜怒形于色，咄咄逼人，非常强势，搞得鸡飞狗跳的；但是迪莉娅不同，她不高声说话，也不会招人怨恨。当她说服吉姆·罗尔斯顿收留小宝宝的时候，好像一只手转过来那么简单，没有人知道她是怎么办到的，什么时候办到的。第二天，她和他就跟往常一样无忧无虑，喜笑颜开了。而现在，这个正式收养，她也是用的相同的方法，就像西勒顿·杰克逊说的，她做这件事的感觉，好像收养蒂娜是件理所应当的事情，她不觉得有什么值得大惊小怪似的。事实上，正是因为她的坚定，大家的非议就显得很愚蠢，于是闲言碎语慢慢就没有了。

实际上，迪莉娅表面上泰然自若，内心却是忐忑不安、充满疑虑的，但是她早就学会了一件事，那就是一个人只要不试图去解释，基本上可以完成所有事情（甚至谋杀），这个教训她从没有忘记。她从来没有解释过为什么要接受这个孩子，现在她也不准备解释为什么要收养她。她只是每天正常生活，就好像没发生什么值得大惊小怪的事情一样，而家族道德上的谦虚美德，帮助她把反省留给了自己。

这些反省与其说跟公众舆论有关，不如说是跟夏洛特的个人想法有关。而夏洛特在最初表示了悲剧性的抗议之后，开始呈现更悲剧化的情绪了，但这次是感恩，一种让人无比痛苦的感恩。她也有充足的理由这样做，因为蒂娜的态度。

从范德格雷夫舞会回来后的最初几天里，蒂娜表现得特别封闭，整天黑着脸，这让迪莉娅想到当初的夏洛特，那时她坐在迪莉娅的卧室里，鬼一样的面孔从梳妆台的镜子里反射出来。

母亲历史的第一个篇章，已经写进女儿的眼睛里了。而蒂娜血液里有斯宾特的基因，可能会让后续的她更加沉沦。迪莉娅暗暗观察了蒂娜几天，她恐惧而同情地发现了夏洛特的担心是有道理的。对她们来说，这个女孩已经完全迷失了，所以她下定决心，不论付出什么代价，相同的风险不可以再发生了。

总的来说，哈尔西一家表现得令人钦佩，兰宁要娶亲爱的迪莉娅·罗尔斯顿的心肝宝贝，这个女孩很快就会姓养母的姓，还会继承她的财产。对哈尔西家族来说，还有比和罗尔斯顿家族联姻更好的事情吗？这两个家族一直以来都有婚姻关系。哈尔西的父母用一种仓促行事的方式给出了自己的祝福，这也多少暴露了他们的焦虑，看到兰宁终于“成亲了”多少补偿了这桩婚姻中的缺憾，而且，一旦敲定婚事，他们就决定对这些缺憾视而不见。老纽约人都是这样，对那些可以干扰他们完美安排的事情，他们都一概不予考虑。

夏洛特·洛维尔当然也意识到了这一切，当她和迪莉娅在屋子里密谋的时候，她就接受了，就像一个不该接受恩惠的罪人再一次接受怜悯一样。她说了一句话，表示她接受这个决定，她说“现在，至少蒂娜不会再怀疑真相了”。对这个可怜的人来说，她的目的竟然是她的孩子永远都不要猜出她们之间的关系。

但是最让迪莉娅心生安慰的是蒂娜的变化。迪莉娅一生都被压抑所塑造着，慢慢地，她的个性在顺从中被淹没。有时，她看着蒂娜被爱情折磨得时阴时晴的脸孔，感觉到自己的血液在蒂娜体内燃烧，她能够读懂汹涌澎湃背后的每一种思想和情感。蒂娜的爱情是一场暴风骤雨，不停地涌起又消落，狂喜又沮丧，傲慢又自卑。迪莉娅看着这一切在她眼前展开，有一种朴实无华的丰富，每一个场景，都让她想起自己窒息的青春。

至于这个被收养的女孩心里是怎么想的，我们很难得知。她现在的一切观感是在她十四岁的时候被给予的，她不经意地接受这一切，就好像一个快乐的孩子接受某种遥不可及的不可思议的事情一样，而这些事情没有改变她既定的生活。她以相同的态度接受了她被收养的事实。她知道，罗尔斯顿的姓氏方便她和兰宁·哈尔西的婚姻。而迪莉娅有一种感觉，所有的不相关的疑问最后都会被压倒性的感激之情湮灭：“我一直把你当我的妈妈，而现在，最亲爱的人，你真的就是了。”蒂娜把脸贴在迪莉娅脸上，轻声如是说。迪莉娅笑了，“既然律师可以帮我完成这个心愿，我为什么不呢?”在这些日子里，蒂娜的生活里只有迪莉娅、夏洛特和殷勤的兰宁，她好像一棵在洪流旋涡中极速旋转的幸福稻草。

金色的洪流裹挟着她们一直向前向前，越来越接近那个迷人的日子了，迪莉娅连日来都在为新娘的婚礼忙碌着，她有些奇怪，当初给她自己的女儿准备婚礼的时候，她手上事情虽然多，但相对来说还是比较冷静的。在小迪莉娅稳重的新娘风格里，没有什么可以激发疯狂的因素。

但是当蒂娜的婚礼越来越近的时候，各种意象蓬勃而出，躁动不安，这一年来都是这样。婚礼被安排在洛维尔的老宅举行，迪莉娅·洛维尔就是从这栋桑德湾上的老房子里出嫁的，母亲去世之后，她还是每年去那里避暑。虽然那里被开发了，出现越来越多的房子、越来越多的街道。但是这栋有长柱走廊的老房子，依旧矗立在未修建的草坪和枝叶茂盛的灌木丛中，会客厅里依然摆着那个老旧不结实的靠椅，还有雪里顿[1]风格的台子和柜子。把它们换成更时尚的家具也没有什么必要，因为城市发展得很快，这个地方终究要被卖掉。

就像当初罗尔斯顿夫人一样，蒂娜也会有一个“家庭式婚礼”，虽然圣公会不赞成这种形式，这种形式更多被浸信会、卫理公会或者其他教派采用。但是迪莉娅和夏洛特都希望蒂娜的婚礼在这栋房子里举办，这里又低调又安静，这是比宗教意义更重要的事情，而且哈尔西家也赞成。在六月底之前，前来帮忙的女士们都住进洛维尔大宅，每天早上，兰宁·哈尔西的小船就穿过海湾，在铺满草坪的小山坡下的码头上停锚。

在大家的记忆里，再也没有这么舒服的六月了，阳台下的大马士革玫瑰和木樨草从来没有如此热烈地开放过，高大的法国窗户外面是从未有过的夏日气息。老态龙钟的橘子树从老拱廊里伸出，密密麻麻地开放着，比以往都茂盛，草坪上的干草堆发出阵阵阿拉伯香料的气息。

在婚礼之前的晚上，迪莉娅·罗尔斯顿坐在阳台上，看着桑德湾上升起的月亮。最后的准备工作让她很疲惫，她坐下来，想着蒂娜要走了，在接下来的日子里，这栋房子要空了，她将和夏洛特伴着夜晚的灯光坐

---

[1]雪里顿（Thomas Sheraton，1751—1806），英国家具设计师，他创立的品牌是18世纪英国三大家具品牌之一。

在一起，直到死亡把她们分开。

这种死气沉沉的想法真是愚蠢，她提醒自己，“不要像她一样生活”。但是太多的记忆绞进她的脑子嗡嗡作响，她的心紧作一团。她把安静的客厅门关上，这个客厅已经被装饰成了一个教堂，圣坛已经布置好花边，高大的石膏花瓶在等待着白色玫瑰和六月百合，长长的红毯把两边的椅子分开，从门口一直铺到圣坛。她觉得也许回到洛维尔大宅办婚礼可能是个错误。因为，在这里她又看到了自己，穿着她高腰的绣着雏菊的印度薄绸礼服、平底缎子凉鞋，戴着她的布鲁塞尔面纱。就在这个房间里，那时的她看着镜子里的自己，羞涩地把手交给开心的罗尔斯顿。当她站在白玫瑰扎成的大钟下的时候，她慌乱地看了一眼镜子，然后对前来祝贺的人们微笑着。啊，明天那个老旧的镜子里会映出多么不同的影像啊！

夏洛特轻快的脚步在屋子里响起，她走出来，和罗尔斯顿夫人做伴。

“我刚才去厨房了，告诉梅丽莎·格里姆斯她最好要准备至少两百份冰淇淋。”

“两百？也是，我猜也差不多，因为费城的亲戚们也要来。”迪莉娅沉思着说，“垫盘子的装饰布呢？”

“有你的塞西莉亚·范德格雷夫姑姑在，搞得定。”

“是的，谢谢你，夏洛特，辛苦了。”

“哎哟，”夏洛特抗议道，不易察觉地冷笑一声，迪莉娅也感受到了其中的讽刺，谢谢一位母亲为自己女儿婚礼而忙碌吗？

“坐下来吧，夏蒂。”她低声说，为自己的考虑不周而感到脸红。

夏洛特叹了口气，坐在就近的椅子上。“明天我们肯定会有美好的一天，”她说，脑子里冷静地盘算着婚礼的细节。

“是的，蒂娜在哪儿？”

“她累了，我让她去楼上睡觉去了。”

这样做是对的，迪莉娅没有马上回答，等了一会儿之后她才说：“我们会想念她的。”

夏洛特的反应只是一串无意义的喃喃自语。

两个堂姐妹于是都不讲话了，夏洛特像往常一样坐得笔直，她干瘦的手紧握住那把老式灯芯草垫扶手椅的把手。迪莉娅完全深陷在高靠背的安乐椅上。两个人又说了些关于婚礼准备的闲话，除了客人的数量、酒品的提供、神职人员的招待，还有怎么安排出一个空闲的房间来堆放那些礼物。

但是只有一个话题不曾涉及，迪莉娅看着她堂妹的单薄侧影越来越暗，渐渐融化到黄昏中，她在等着夏洛特先开口，但是夏洛特没有说。

“我在想，”迪莉娅决心把这个话题挑开，在她的声音中有一丝颤抖，“我觉得，我现在应该——”

迪莉娅注意到夏洛特的手紧紧抓住扶手椅上的手柄。

“你应该什么？”

“我想，趁蒂娜还没有睡，我也许该去见见她。”

夏洛特不讲话，但是她明显表示对这个想法不予支持。

“明天，”迪莉娅继续说道，“我们一大早就会开始忙碌，在那种乱哄哄的情况下，我可能没有机会——”

“没有机会？”夏洛特单调地回应。

迪莉娅感到自己的脸在黄昏中越来越红了，“嗯，我猜你是同意我的意见的，是吗？我只是想跟孩子说说关于新角色和新责任的事情——呃——事实上，在这个时候，这些话是很必要的，不是吗？”她结结巴巴地把话说完。

“是的，我想到了。”夏洛特回答说，除此之外她什么都没有说，但是迪莉娅从她的语气中感到了含含糊糊的反对，这是蒂娜人生中的重大时刻。她不明白，在这样的时刻，夏洛特怎么可以这么阴阳怪气，这么难以沟通，在当下这一刻，她也看不出有什么理由让这样的情绪变化来影响她要去做的事情。蒂娜一定盼望有一双手指导她进入新的生活，就好像她自己也很盼望能把自信与经验传授给养女一样，这也可能是她跟养女的告别。

她的心跳得比平常更快了一些，她站起来，从敞开的落地窗走到充满阴影的客厅里去。月光从阳台柱子之间洒进来，穿过一排排的椅子，照亮装饰着花边、摆着空烛台和花瓶的圣坛，也照亮墙上镜子里银色的迪莉娅。

她穿过房间向客厅走去。

“迪莉娅!”夏洛特在后面喊她，迪莉娅转过身来，两个女人在月光下注视着对方。夏洛特的脸色灰败，可怕的神情又回来了，就好像很多年前，迪莉娅从她肩膀上面的镜子里看到的一模一样。

“你准备上楼去跟蒂娜说话?”夏洛特问。

“我，是的，差不多九点了，我想——”

“是的，我明白,”看得出洛维尔小姐在拼命克制自己，“但是，迪莉娅，如果我请求你不要，你一定要理解我。”

迪莉娅看着她捉摸不定的堂妹，这个奇怪的要求背后又隐藏着什么新的秘密?但是不会，这种想法一经提及就被她否定了，她太明白她的蒂娜了。

“我觉得我不是很明白，夏洛特，你肯定也这么认为，在婚礼前的一个晚上，新娘应该得到母亲的指导，和母亲的——”

“是的，我知道。”夏洛特·洛维尔深吸了一口气，“但是问题是，我们俩谁才是她的母亲?”

迪莉娅不由自主地后退了一步，“我们俩——?”她结结巴巴地说。

"是的，哦，不要以为这是我第一次问自己这样的问题，我是很平静的，真的很平静，我不打算再翻旧账，我已经接受了，接受了所有的事情，以感恩的心态……只是，今晚，只有今晚……"

迪莉娅发现，每当她准备说几句心里话的时候，对夏洛特的同情之情总是压倒了其他情绪。她的喉咙里充满泪水，哽咽难言，只好保持沉默。

"只有今晚。"夏洛特斩钉截铁，"我是她的母亲。"

"夏洛特！你不会打算跟她说实话吧？"迪莉娅不由自主地喊出来。

夏洛特有气无力地笑了笑，"如果我说了，你会非常恨我是吗？"

"恨你？我们之间怎么会有这个？"

"我们之间？我们之间从一开始，从最一开始就有这个！从那天你发现克莱门特·斯宾特没有因为配不上你而心碎开始；从你出于报复心理和争强好胜的心理让我接受你的怜悯开始；从你要把他的孩子从我身边带走开始！"夏洛特的话好像地狱之火在熊熊燃烧，然后火焰减弱了，她的头沉下去，她就这么站在迪莉娅面前，僵硬而痛苦。

迪莉娅被吓得后退一步，一直以来，她温柔、友好、富有同情心、助人为乐，每当她要表现这些美德的时候，就会激发对方胸中那些阴暗的东西，这就好像夏天美丽的原野上扫过的有毒的烟雾。

以前，每当迪莉娅感受到这种不满之后，总是会用同情来疏解，但是这次没有，她已经完全厌倦了。

"是的，"她慢慢说，"有的时候，我相信你真的恨我，从一开始就恨我，我为你做的任何事情都是你恨我的理由。"

夏洛特猛然抬起头来，"为我做的？你所做的一切都是为了克莱门特·斯宾特！"

迪莉娅恐惧地瞪着她，"你太可怕了，夏洛特，以我的人格担保，我早就不想这个人了，好多年了。”

“哈！你一直在想他，你一直在！你看到蒂娜就想起他，你在想他，不是想别人！女人从来不会忘记她曾经爱过的男人。即使多年后，依然在想他，即使是无意识的，看到什么都会想起他——书、照片、日落、鲜花或者丝带，还有壁炉架上面的那个钟。”夏洛特说到这里冷笑了一声，“这就是我赌的东西，你看，那天我为什么要来找你，因为我知道我给蒂娜找了另外一个母亲。”

有毒的烟雾再次包围了迪莉娅，在她看来，她和夏洛特，两个精疲力竭的老太婆，竟然在蒂娜的新娘神坛前面，彼此发泄仇恨，这未免太卑劣不堪了。

“你这个变态的女人，你变态！”她喊道。

然后，毒雾散去了，通过薄雾，她看到了一个困惑的可怜母亲，她甚至不认为自己是个母亲，为了孩子的利益，她被剥夺了做母亲的权利。

迪莉娅走过去，握住夏洛特的手臂。

“不要在这儿，这些话，我们不要在这儿说。”

夏洛特扭了一下身子，摆脱开她的手，“你随便找个地方吧，我反正无所谓。”

“但是今晚，夏洛特，这是蒂娜的婚礼前夜啊。这个房子的每一个角落不都应该为她而准备吗？我们怎么可以彼此说这些残忍的话呢？”

夏洛特沉默了，迪莉娅用更坚定的语气说：“你说什么都不会真的伤害到我，长久以来都是如此，而且，我也不想伤害你——我从来不。”

“你怎么还好意思跟我说这个？这么多年来，只要能把我们母女分开，能做的你都做了，这些年来听着她喊你‘妈妈’，你觉得这对我来说容易吗？是的，是的，我明白，绝对不能让她猜到真相……但是，但是，如果不是你，我和她之间就不会有第二个人，除了我就没有别人。在你以前，她对我的感情就好像一个孩子对母亲，她爱我已经超过任何别人。但是因为你的宽容、你的慷慨，你还是把我的孩子从我身边抢走了。我必须眼睁睁地看着这一切发生，因为我别无选择。但是，今晚，今晚，她应该是属于我的，今晚我无法忍受她喊你‘妈妈’。”

迪莉娅·罗尔斯顿没有马上回复，在她看来，这也是她第一次听到如此强烈的母性激情，空气仿佛还在嗡嗡作响，她也为此深深震撼。

“你是因为非常爱她，所以才跟我说这些话，”她喃喃自语道，终于，她强迫自己下了决心，“是的，你是对的，我不会上楼去看她了，去看她的人应该是你。”

夏洛特神情激动地冲过去，但是她的一只手举在胸前，好像要防着迪莉娅变卦。迪莉娅没有理她，她穿过房间回到阳台上。当她再次深陷到椅子里时，她听到客厅的门打开又关闭，是夏洛特的脚步声，拾阶而上。

迪莉娅独自坐在这夜里，她最后的一点宽容似乎也用完了，她尽力摆脱跟夏洛特对峙产生的激动情绪。这个时候楼上正在发生什么呢？夏洛特会温柔地跟蒂娜说话，小心翼翼地不破坏新娘的美梦吗？到底怎样已经不重要了，她，迪莉娅·罗尔斯顿，已经完成了自己的使命，竭尽了全力，现在，除了强打精神，掩盖令人痛心的失败感之外，什么也做不了了。

但是夏洛特的话不可思议地道出一些真情，她的母性某种程度上让她非常敏感，她似乎有一百万个理由去嫉妒。是的，对迪莉娅来说，蒂娜的婚前一晚那么甜蜜喜乐，充满了迪莉娅一直期盼但未曾实现的愿景，这让迪莉娅在不知不觉中，无限温柔地和过去有缺失的记忆和好如初。跟蒂娜在一起生活的最后的日子里，无疑让迪莉娅看到了少女时代的自己，那个遥远的迪莉娅·洛维尔。

这是第一次，迪莉娅承认了自己有代入式的爱，没有耻辱，没有自责，没有煎熬和顾忌，虽然她以前总是不肯承认。

年轻的时候，她做出了选择，成年以后，她接受了它，而现在，在新娘的喜悦中，有一个隐秘的自己存在，这就是她一直以来错过的，但是从来没有放弃的补偿。

迪莉娅现在明白了，夏洛特一定也看出来了，这个想法给她带来非常大的愤慨。夏洛特很久之前就饱含怨恨地说过，克莱门特·斯宾特从来没有真正心属她。现在她发现克莱门特的孩子也一样。

当想明白了这个之后，迪莉娅的心里又再次涌起了对夏洛特的同情。她知道去干涉别人的命运是件很糟糕的事情，哪怕是用自己温柔的善意去介入别人爱与受苦的权利，都是一件亵渎神灵的事情。但是迪莉娅曾经两次介入夏洛特·洛维尔的生命中来，所以夏洛特成为她的敌人是一件理所当然的事情，只要她不要用伤害蒂娜的方式来报复她就好。

养母的心思又痛苦地回到了楼上那个白色的小房间里，她本来想亲自上楼跟女孩待上半个小时，留给她一些好像花朵般清新的想法，等她早上起来可以慢慢回味，但是现在——

楼梯上突然响起了脚步声，打断了迪莉娅的胡思乱想，是夏洛特下来了。迪莉娅站起来，莫名地有种想要逃跑的冲动，她觉得她无法面对她堂妹的眼睛，她迅速地转过阳台走廊的拐角，希望餐厅的百叶窗没有关上，她就可以不动声色地溜回自己房间，但是夏洛特很快出现在她身后。

“迪莉娅!”

“哦，是你啊，我正准备上楼睡觉。”终其一生，迪莉娅都无法让自己的声音坚硬起来。

“是的，很晚了，你肯定累了。”夏洛特停了一下，她的声音紧张而痛苦。

“我是很累了。”迪莉娅承认。

在如水的月光下，两人沉默相对，夏洛特走了过来，怯懦地用自己的手碰了碰迪莉娅的手臂。

“能不能见了蒂娜再去睡？”

迪莉娅愣住了，“蒂娜？但是已经很晚了，她还没睡？我以为你会陪着她直到她——”

“我不知道她睡了没有，”夏洛特犹豫了一下，“其实我没有进去，但是她门下有灯光透出来。”

“你没进去？”

“没有，我只是站在走廊上，试图要进去——”

“试图？”

“我在想跟她说什么……跟她说什么才不会让她起疑心。”她小声啜泣起来，她竭力忍住泪水，“没用的，你是对的，没有什么可说的，你才是她真正的母亲，去找她吧，这不是你的错——也不是我的错。”

“哦。”迪莉娅哭了。

夏洛特有种说不出的委屈，“你说我变态——我没有变态，至少她小的时候是我的。”

迪莉娅搂住她的肩。

“嘘，亲爱的，我们一起上去吧。”

夏洛特下意识地躲开迪莉娅的手，但是两个人还是肩并肩地走上楼梯。夏洛特调整自己的脚步，跟随着迪莉娅。她们沿着走廊向蒂娜的屋子走去，但是终于，夏洛特·洛维尔停了下来，摇摇头。

“不，你去吧。”她低声说，转身走了。

蒂娜躺在床上，手臂交叠放在头下。她幸福的眼睛里都是窗户外面银色的天空，她好像做梦一样地看着迪莉娅笑。

“我知道您会来的。”

迪莉娅坐在她身边，她们的手紧紧握在一起放在被子上。但是她们没有讲很多话，或者说她们之间的交流已经不需要语言。迪莉娅不知道自己在孩子旁边坐了多久，感觉自己好像融入了月光一样。

但是突然间，她想到了夏洛特独自一人在房间里，那扇紧闭的房门之后，有另外一个母亲在关注着、挣扎着、倾听着。迪莉娅不能因为自己的快乐，让别人在煎熬中等待。她俯下身子低头亲吻了蒂娜，祝她好梦，然后起身离去，但是走到门口的时候，她转过身来。

“亲爱的，还有一件事。”

“什么事?”蒂娜依然沉浸在自己的梦里面。

“我要你答应我。”

“什么都可以，什么都可以，我亲爱的妈妈。”

“嗯，那么，明天早上，婚礼结束你离开的时候——就是最后一刻，你明白的。”

“怎样?”

“当你跟我说再见，跟所有人说再见，当兰宁扶你登上马车的时候——”

“怎样?”

“你要把最后一个吻，留给你的夏洛特阿姨，好吗?别忘了，最后一个吻。”